社會語言學展望

真田信治 編著

簡月真　黃意雯　蔡珮菁　譯

五南圖書出版公司 印行

原版編者序

寫於中譯版出版之際

很高興能爲《社會語言學展望》台灣翻譯版撰寫序文。

本書詳細記載了在今昔對比變動更顯劇烈的全球化之語言世界裡，社會語言學所應探討的諸多重要研究議題。很榮幸地，本書在日本廣受學生、研究者等閱讀。

本書的編撰，特別注重日本國內社會語言學研究與國外社會語言學研究之融合。日本的社會語言學界有段時期曾分日本派與歐美派針對方法論進行議論，不過那已成過往歷史。現今的社會語言學已能尊重各地區研究方法的獨特性並積極地進行對話，以促進相互間的理解。

現今市面上的語言學教科書標題多含「入門」「序說」「概說」等字眼，內容大多爲基本事項的解說或過往研究的介紹，以致讀者僅能被動地理解書籍內容。本書既題爲「展望」，一如字面所示，主要在於展望過去至未來的研究潮流，以淺顯易懂的方式提示今後的研究課題或方法論。因此，「問題意識」、「未來展望」等各節皆使用較多篇幅進行論述。

在此，首先感謝三位譯者煞費苦心翻譯，使本書得以呈現於中華圈，尤其是台灣讀者的面前。同時也要感謝五南圖書協助出版本書。最後，希望對日本社會及日語的變異抱持高度興趣的讀者諸君能在閱讀中加深對日本的認識並確立台日間相互理解，在此先向您致上謝意。

我滿心地期待能從讀者諸君，尤其是年輕學子們的反應及回饋中反向學習。因爲那是我在追求更強力、更具前衛性的「接觸社會語言學」的過程中，所希求的主要砥礪來源。

2015年3月於台北

真田信治

譯者序

　　台灣可謂社會語言學研究的寶庫。然而，由於政治環境等因素，台灣
於此領域之研究起步甚晚。近年來，雖然各大學及研究所廣設社會語言學課
程，且有不少社會語言學領域的論文問世，然而以中文書寫的教科書卻非常
有限。

　　反觀日本，於1948年設置國立國語研究所後即展開一連串的語言調
查，累積了豐碩的研究成果。其研究議題無論廣度或深度皆值得我們認識與
學習，尤其台日同為漢字圈國家，而且彼此間歷史淵源深厚。除了歐美的社
會語言學之外，我們亦應掌握日本的社會語言學研究成果，以促進台灣社會
語言學研究之發展。

　　本譯著《社會語言學展望》之日文原文版乃大阪大學社會語言學講座的
畢業生及研究生們為了慶賀真田信治教授六十歲大壽而撰寫的。33名執筆者
針對自己熟悉的研究議題，除了介紹先行研究之外，還「展望」未來研究方
向，內容充實有趣。

　　本書翻譯過程中遇到的最大難題為學術名詞之中譯，有些尚無譯詞，
有些則有數個譯詞。希望本書能拋磚引玉，促使學界進行討論，早日取得共
識。另外，本書適時地保留了部份的日語詞彙及例句，並標示羅馬拼音，希
望借此幫助讀者掌握該處之日語發音，進而認識日語的變異、語言變化等現
象。內文中的日文文獻之作者名則維持日語書寫法，以便讀者搜尋參考文
獻。各章參考文獻亦依日文文獻書寫方式呈現，日文論文名處以「 」，書
名則以『 』標示。

　　本譯著得以出版，首先要感謝原書編者—真田教授在我們徬徨失措時總
是給予最中肯的建議以及溫馨的鼓勵，更要感謝五南出版社朱曉蘋主編的協
助與包容。最後，本書若有疏漏，皆為譯者之責，在此衷心祈請各界先進不
吝指正。

2015年7月1日

譯者一同

目 次

序 章

　　本書乃社會語言學教科書。

　　各位讀者閱讀本書的動機也許各有不同。您或許動機積極，早已接觸社會語言學並對其深感興趣。或許只是被這不熟悉的書名《社會語言學》所吸引。抑或您正在摸索尋找畢業論文題目。不管您的閱讀動機為何，我想如同對日常生活中常接觸到的「社會」一詞的涵義似懂非懂一樣，對於「社會語言學」這門學問的內容看似了解卻又無法明確地掌握其輪廓的讀者應該不在少數。

　　「社會語言學」研究領域的成立，並非遠古之事。記得1971年初夏，當時還是東北大學研究所學生的編者，走在大學紛爭餘波尚存的校園裡，不經意地看到某學會的海報，那一刻所受到的心靈衝擊至今依然記憶猶新。海報上寫的是：「探求語言與社會的關係」。那是個語言學研究用語中即使有「地理」也絕不會出現「社會」的時代。探討語言與「社會」的關聯在當時的語言研究被視為禁忌。看到海報中的主題，編者預感新時代即將來臨。

　　究竟社會語言學是一門什麼樣的學問？其針對語言的哪一部分？以何種方法研究？目前為止探討過哪些課題？有什麼樣的研究成果？尚有哪些議題待研究？本書以「社會語言學展望」為題，編輯目的為探討這些問題意識、研究方法以及目前為止的研究史。以下，首先介紹社會語言學研究領域誕生的緣由、與其他語言學的相異點（第1節），緊接著將目前為止的社會語言學研究議題分類後，說明本書的架構以做為以下各章節的導論（第2節）。

1. 社會語言學的基本概念

1.1 何謂社會語言學

　　社會語言學乃含有修飾詞「社會」的語言學研究的一分支。其他含修飾詞的語言學尚有心理語言學、應用語言學、歷史語言學、對比語言學、認知語言學、語料庫語言學等。近年來更增加了接觸語言學、臨床語言學等新學門。

不含任何修飾詞的「語言學」，廣義而言，涵蓋了所有與語言相關的學問；狹義而言，則排除語言以外的因素僅探討語言本身的音韻系統、文法、語彙以及語意等。另一方面，含修飾詞的語言學則加入各式各樣的因素與觀點分析語言。不過，修飾詞和語言學之間的修飾關係各有不同。例如，對比語言學是對照兩個以上語言的語言學，而語料庫語言學則是利用語料庫進行研究的語言學。本書的社會語言學和心理語言學等一樣，乃在於探討語言和語言以外的現象（社會、心理等）之間的關係。

當然，上述的看法並非沒有爭議。有些人認為:「語言原本就是有社會才能成立。無視社會因素存在的語言學根本就稱不上是語言學。因此，沒有必要特立社會語言學學門。它原本就是語言學」。本書雖然對於此看法亦有同感，但仍將依慣例以前述的定義使用「語言學（狹義）」及「社會語言學」等用詞。

1.2 社會語言學用詞說明

自18世紀末發展至今的語言學主張:「語言皆平等。沒有所謂的『未開化的語言』或『不完整的語言』。語言間存在的僅是語言系統的差異」。由此可知，語言學本身的歷史，是一段肯定各個語言系統乃與其他語言不同，是個獨立的語言系統的歷史。例如，下列的不等號左方所示的語言乃較早被語言學列入研究對象，而右方所示的語言則後來才被承認（正被承認）。

(1) 傳統語言與新生語言：
　　古典語 > 現代語
　　成人語言 > 年輕人用語
(2) 先進文化的語言與開發中文化的語言：
　　先進國家的語言 > 開發中國家的語言
　　共通語、大都會的語言 > 方言
(3) 既存的語言與新生的語言：
　　提供詞彙的語言（lexifier language）> 洋涇濱（pidgin）、克里奧爾（creole）

母語使用者（native speaker）的語言 > 學習者的語言（中介語）

大人語言 > 幼兒語言

(4) 社會地位上位者的語言與下位者的語言：

男性用語 > 女性用語

多數人的語言 > 少數人的語言

貴族的語言 > 平民的語言

(5) 敬意高的語言與中立、敬意低的語言

敬意高的語言（敬語等）> 中立的語言、敬意低的語言（詈罵語）

　　此擴大研究對象的歷史是包含社會語言學的廣義語言學所共有的歷史。其中，社會語言學更針對社會上的弱勢團體，解析其語言上的獨自系統性，藉此聲援弱勢團體的主張，追求他們在社會上應享有的平等待遇。例如，1960年代美國民權運動興盛的時期，探討非裔美國人（African American）所使用的美語等研究突飛猛進。

　　另一方面，社會語言學有其獨特的觀點。其重視：「每個語言，雖然在體系上是平等的，但在社會上卻是不平等的」。所謂不平等，可從許多現象一窺究竟。例如，有些語言的使用者人數不斷地增加，但有些語言卻不再被使用而面臨消滅的危機；書店裡的外語辭典的種類、頁數、內容、價格因語言不同，差異甚鉅；有些語言的學習有助於經濟上的改進，但有些語言則無。

1.3 社會語言學問題意識

　　雖然社會語言學研究，歐美和日本有著各自的發展史，但其共同擁有下列的動機：

(a) 探討語言的多樣性（語言學上的理由）

(b) 解決與語言相關的社會問題（社會現實面的理由)

　　關於(a)，如同前述1.2小節語言學擴大的歷史所示，一個共同體內部存在多種語言以及一個語言的地區方言（regional dialect）、社會方言（sociolect）、語體（style）等下位變種（variety）。換言之，一個共同體並非內部成員皆使用相同語言的等質社會，而是使用各種不同語言並呈現混質狀態。帶來這種多樣性的因素有：(a-1)語言的自主性變化。(a-2)語言接觸。(a-3)（敬語、禮貌（politeness）、語言的性別差異、階層差異等）社會需

求。這是任何一個社會皆普遍可見的因素。日本社會語言學研究的前身——位相語研究、方言研究以及標準語化（共通語化）研究的開端也是發現一個共同體內的語言多樣性進而加以探討。發掘多樣性中的規則（性），探討該規則（性）為何以該型態存在，這是社會語言學研究自始至今仍然不變的議題之一。

接下來將探討(b)解決語言相關的社會問題。日本的社會語言學研究有幾個源流，其中之一為語言生活研究。這方面的研究主要由國立國語研究所主導。國立國語研究所成立宗旨在於建構國語合理化的紮實基礎並提供國語政策制訂所需的參考資料。國立國語研究所將關於傳統社會的標準語化、待人詞語的運用、雜誌用詞及詞彙等幼兒語言能力發展等一連串的研究成果以報告書或方言地圖（http://www.kokken.go.jp/katsudo/kanko/index.html）的方式呈現。這些研究基本上皆欲解決語言的社會問題。而如前述（1.2小節），歐美的社會語言學也針對社會上的弱勢族群，例如非裔美國人、女性、移民、外籍勞工等所面臨的問題，加以深入研究探討。移民的雙語言教育政策等也是從這些研究中誕生的。語言的社會問題有些是日常生活中常見的問題。例如，若有一位你不太喜歡的學長邀你去看電影，你該如何拒絕？早上遇見老師道聲早安，五分鐘後又再次碰面，這時該如何打招呼？諸如此類，維持人際關係的日常對話也足以構成語言的社會問題。

上述「語言的多樣性」及「語言相關的社會問題」乃理解社會語言學的兩大關鍵詞，缺一不可。不過，此兩者並非相互獨立存在，通常「語言的多樣性」是引發「社會問題」的因素。

人，是構成各式各樣的社會與網絡的基本要素。語言的多樣性及社會問題中，源自於人所引發的問題在任何社會皆普遍可見。不過，有一些問題因國家、文化、或時代不同，呈現的方式亦有異。現代日本社會裡究竟存在何種語言多樣性及與語言相關的社會問題？本書將涵蓋日本過去的狀況及世界各國的情形加以介紹。

2. 本書架構

本書將社會語言學研究加以分類，設定了以下的(1)～(8)章（「0方法

論」分散於各章中解說）。

(0)方法論　　　　(1)語言變種　　　(2)語言行動

(3)語言生活　　　(4)語言接觸　　　(5)語言變化

(6)語言意識　　　(7)語言習得　　　(8)語言規劃

關於各研究領域的特色以及日本獨特的研究方法與展望可簡述如下：

(0) 方法論（Methodology）

與歐美的研究相比較，清楚可見日本的研究特色在於：不先提出假設，首重資料收集以掌握實際的使用動態。編者認爲：「研究，最重要的莫過於以客觀的資料爲基礎。沒有資料依據的理論可謂空論」。不過，這個想法曾遭受其他學者批評道：「無理論基礎及漫無目的地資料收集所得的不過是堆垃圾」。資料收集的前提當然一定有個假設。編者的研究理念在於極力避免將傾向一般化，而是使每一個人的特色皆能浮現。編者想建立另一個以每一個渺小的人生所經歷的語言生活爲起點的社會語言學。順帶一提，歐美，尤其是美國的研究者大多熱衷於追求人類的普遍性。然而，其所謂的普遍性不過是以美國人的立場所見的普遍性罷了。

(1) 語言變種（Language Varieties）

目前本領域的研究焦點乃關於性別所引發的差異，尤其是與禮貌（politeness）相關的女性專用語。多數的研究關注日本女性被賦予的社會角色。但是，日語眞的有性別差異嗎？性別差異應該是近代才發生的，而且僅見於標準語。有人說日語本來就存在顯著的性別差異，但是對於此說法，編者個人則抱持懷疑的態度。

關於「群體語（集団語）」（特定的社會團體或專門領域特有的或具特色的詞語及詞彙）的調查研究頗爲盛行。「群體語」乃日本創造的術語，歐美並不存在此概念，相同觀點的研究也不多。然而，「群體語」是社會語言學重要的觀點，應積極地加以推廣。

(2) 語言行動（Language Behavior）

日本以歐洲爲典範完成近代化，再加上戰敗後曾被美國占領，日本人長久以來面對歐美人時有種深深的自卑感。而且日本人有認爲歐美人皆說英

語的傾向。另一方面，日本人看不起日本周邊的東亞國家並且鄙視亞洲的語言。近年來，有不少人開始對亞洲人及亞洲語言改觀並平等對待，但仍有歧視旅日外籍人士的現象。這些意識明顯地出現在日本人對外國人的語言行動上。因此，相關議題的研究調查乃當務之急。

(3) 語言生活（Language Life）

由國立國語研究所設計的「語言生活24小時調查」乃針對個人的語言活動，從早到晚持續一整天觀察、記錄並進行分析。其為探討個人使用語言的廣度及功能的個案研究。負責主導此調查的國立國語研究所研究員柴田武的著作含此方法論的解說及會話分析的方法，該著作可謂現代會話分析的先驅且具前衛性（柴田武1978〈言語生活の二十四時間調查〉《社会言語学の課題》三省堂）。

(4) 語言接觸（Language Contact）

近年來，日本國內出現了各種語言。2005年，居留日本的外國人約占日本總人口的1.5%。其中26.5%乃1900年代前半開始移居日本的旅日韓國人、朝鮮人以及華人。而1970年代末期之後，赴日長期居留的新移民不斷增加。有報告指出少子高齡化的日本社會有必要積極接納外籍移民。因此，從使用母語表達自我的權利和了解行政機關等處之資訊的知的權利（right of access）雙方面看來，是該積極探討異語言間相互理解議題的時候了。為了顧及基本語言權（language right）並且與偏執的民族主義相抗衡，我們應勾勒目前以及未來日本的多文化、多語言共生生態圖（請參閱真田信治、庄司博史編2005《事典 日本の多言語社会》岩波書店）。順帶一提，所謂的語言權是指用母語表達自我的權利以及透過母語接受教育的權利。

(5) 語言變化（Language Change）

國立國語研究所於山形縣鶴岡市針對語言形式的標準化舉行了三次間隔20年的持續調查，研究方法備受世界矚目（国立国語研究所1974《地域社会の言語生活—鶴岡における20年前との比較—》秀英出版）。第二次世界大戰後，隨著大眾傳播的普及，以東京話為基礎的語言變種成為日本全國的標準語。該標準語不但影響日本各地的方言系統，也造成多數的傳統方言瀕

臨消失的危機。不過，近年來受地區意識抬頭的影響，各地的年輕人逐漸建構出新的地區性語體。例如，沖繩的沖繩大和語（ウチナーヤマトゥグチ）是當地在學習東京話的過程中，受傳統的沖繩話干擾（interference）所形成的沖繩獨特的中介語（interlanguage）。編者將此類新語言變種（language variety）稱為「Neo方言」，是一種地區復權的象徵。然而，最近提倡傳統方言復古運動的守舊派則將「舊方言」神格化並尊崇來自中央的「標準語」而強烈批判新語言變種。

(6) 語言意識（Language Consciousness）

語言意識包含對語言、語言行動的意識以及對語言主體的意識。例如，從語言變種的選擇與使用可看出說話對象的屬性（國籍、出生地、職業、性別等）以及說話者的身分。若認為自己是女性，就會選擇能表達女人味的語言變種。尤其認同（identity）可以是個人或小團體程度的微視語言意識，同時也可以是以語言社會為單位的巨視程度之議題。官方語言、國家語、民族語等語言變種的概念與語言主體的民族、國家的自我認同有著密切關聯。

(7) 語言習得（Language Acquisition）

習得者所使用的習得者語言（幼兒語言或中介語）可視為一種變種。無論是第一語言（母語）或第二語言，習得者至少必須學會兩種能力：文法能力與社會語言能力。所謂的文法能力是指能用目標語言造出正確的句子和文章之能力，以及對目標語言的理解能力。社會語言能力則指說話者能看場合適當發言，而且能了解各場合發言的能力。社會語言能力包含(a)視狀況區分使用各個形式的「轉換能力」。(b)有效地運用話輪轉換的「相互作用能力」。(c)適當地運用道歉、請託、拒絕等言語行為的「語用學能力」。日本的社會語言學目前特別關注(c)的議題。

(8) 語言規劃（Language Planning）

本領域的研究議題之一為日本於戰前、戰爭時期在殖民地和占領地實施的日語普及規劃。目前為止，有幾個研究計劃針對台灣及密克羅尼西亞等環太平洋地區的殘存日語進行研究調查。

上述八至九個領域乃1982年編者就任大阪大學社會語言學講座時所設定的。大阪大學的社會語言學講座於1977年設置，是日本國內國立大學最早設立的社會語言學講座。因無傳統可繼承，剛開始面臨不少困難。多虧語言學者柴田武教授伸出援手，1981年秋天柴田教授邀請編者一同思考社會語言學有哪些研究領域、研究範圍為何，並要求編者網羅所有相關研究並製作清單。結果蒐集了戰前到1980年的社會語言學相關文獻共666件，並將其整理為目錄清單（真田信治、柴田武1982年3月《日本的社會語言學動向（日本における社会言語学の動向）》私家版）。根據該目錄清單，編者得以歸納出前述的日本社會語言學研究領域。（該目錄經過增補，於2003年10月以CD-ROM形式，題為《20世紀的日本社會語言學研究文獻清單（20世紀の日本社会言語学研究文献リスト）》，由大阪大學21世紀COE研究計劃「Interface的人文學」（大阪大学21世紀COEプログラム「インターフェイスの人文学」）出版）。

3. 本書的目的

編者目前為止共出版了兩本與本書架構類似的社會語言學教科書。第一本是編者於大阪大學任教10年後的1992年邀集有志者一同執筆的真田信治、渋谷勝己、陣内正敬、杉戸清樹《社會語言學（社会言語学）》（おうふう出版社），介紹日本社會語言學的各個研究領域，是本入門用教科書。另一本是真田信治、Daniel Long（編）1997《社會語言學圖集—日本語、英語解說—（社会言語学図集—日本語・英語解説—）》（秋山書店）。此為資料集，收錄了各領域具代表性的研究文獻。為了向歐美介紹日本的社會語言學研究成果，該書主要節錄圖表並使用英文進行解說。

此二冊書籍的問世，使得日本社會語言學擁有基本入門教科書及資料集。那麼，出版本書的目的為何？

本書欲補足上述兩冊缺乏的重要部份：(a)研究史的回顧與展望、(b)融合國外研究與日本國內的研究。關於(b)，以前曾分日本派及海外派探討社會語言學的研究方法（研討會「社會語言學的理論與方法—日本與歐美的研究方法（社会言語学の理論と方法—日本と欧米のアプローチ—）」《言語

研究》93號、1988年）。不過，那樣的時期已成過往。社會語言學學門已經進入尊重彼此的研究特色、積極進行對話交流、以及嘗試融合的階段。

　　本書爲了達成前述的目的(a)，各章皆含章節提要以及兩個主題項目。兩個主題項目是該章議題中具社會重要性且已累積成果的研究。雖然不具網羅性（基本上本規模的教科書原本就無法網羅所有研究文獻），不過也涵蓋了不少該領域的研究。

　　各主題項目皆由下列五小節所構成：

1. 研究對象：該項目的內容及探討的現象。
2. 問題意識：研究的出發點、問題意識、該研究之必要性。
3. 研究現況：目前爲止有哪些先行研究？研究成果爲何？現今的研究及研究方法。
4. 未來展望：今後的研究課題。
5. 練習與討論

　　爲求簡單易懂，本書的研究實例儘量列舉以日語爲對象的研究。若國外的想法或研究較易理解時，則積極地介紹國外的研究及文獻，同時可達到(b)融合國外的研究及日本國內研究之目的。

　　本書可從任何一章開始閱讀。不過，本書的目的並非僅只於說明用語及概念。期待讀者能理解各領域的研究意義、研究史以及今後的研究方向，並在研究史中爲先行研究進行定位。

第1章　語言變種

1-1　屬性與語言

〔關鍵詞〕

語言變異、地區差異、階層差異、

性別差異、年齡差異、年輕人用語、群體語

1-2　場合與語言

〔關鍵詞〕

場合、待人詞語、書面語、口語、語體

章節提要

　　世界上無論何種語言，其內部皆含多種變種（variety）。例如，因說話者的出生地不同所伴隨的地區方言（regional dialect）、因說話者的社會屬性不同所產生的社會方言（social dialect, sociolect）、一個人因場合不同而區別使用的各種語體（style）等。

　　假設所有的用字遣詞只是單為傳達說話者或寫作者的想法而存在，那麼將各種語言統一成標準語是較理想的，沒有變種是比較好的。然而，只要不是人工語言而是自然語言的話，世界上就不可能存在沒有變種的語言。

　　究竟語言變種有哪些？為什麼這些變種必須存在？本章將進行探討。

　　語言變種可藉由下列兩個觀點加以釐清。

　　(a) 使用者是什麼樣的人？

　　(b) 每一位說話者（addresser）對什麼樣的人、在什麼樣的場合使用？

　　(a) 乃與說話者屬性相關的變種，我們將於1-1「屬性與語言」中進行說明。說話者的認同也是屬性的一種，本書將另闢第6章6-2「語言與認同」進行論述。有些年齡差異乃語言變化的具現，其與第5章「語言變化」的內容息息相關，請參閱。

　　(b) 則將於1-2「場合與語言」進行探討，其重點在於解析某一社會中存在哪些語言。至於說話者如何區別使用這些語言，則在第2章2-2「語碼轉換」中論述。

　　本章將各種變種分為「1-1 屬性與語言」及「1-2 場合與語言」兩個項目進行論述。至於上述(a)與(b)的分類僅為筆者採用的研究觀點。事實上，地區方言或俚言等變種皆可利用觀點(a)或(b)進行探討。舉例而言，地區方言一般被視為因說話者出生地不同所產生的變種，但其同時亦為說話者為因應場合及聽話者而區分使用的語體；而俚言除了是非正式場合的用語，同時也是年輕世代所喜愛的用語。讀者可進一步思考如何以觀點(a)(b)探討這些變種。

1-1 屬性與語言

1. 研究對象

　　語言，即使指稱的內容相同，但會因使用者的出生地、階級、職業、性別、年齡等社會屬性不同而產生差異。這不但反映了語言乃由使用者所屬的群體內部所共有，同時也說明了每個人會因應社會屬性而使用眾人所期待的語言。

　　舉例而言，不同地方的人使用不同的方言（地區方言）；不同階層的人則構築階層內部特有的溝通模式，因而產生不同的語言；而不同職業間的語言差異（行話）乃起因於職種間常用詞彙的不同或因其使用特有的專業用語（國立國語研究所 1981）。至於語言的性別差異，則因男性與女性的社會定位及角色關係不同而產生。而年齡大小所伴隨的語言差異雖然大多為語言變化的具現化現象，不過，例如年輕人用語是年輕人族群意識的表徵，而說話要「像個孩子」或「像個大人」也是社會對各年齡層應使用何種語言有不同期待所造成的現象。

　　說話者的何種社會屬性會引發語言差異與該社會之文化息息相關。歐美的社會語言學探討階級差異的研究為數頗多，這是因為歐美社會是階級差異極其顯著的社會。而日語則被視為性別差異極大的語言，此乃因為日本社會是個在傳統上區別「男性本色」「女性本色」的社會。日語的性別差異近年來有縮小的傾向。因為男女角色分擔不再那麼地制式，為因應現代日本社會的改變，日語亦隨之發生變化。

　　因此，探討屬性與語言的研究，並非僅止於語言的描述。其同時可以解析社會的結構與規範，亦可進一步預測未來變遷走向。本項目即將針對語言與使用者的屬性、語言變種與社會結構、以及社會規範間的關係等議題進行探討。

　　以下，首先於第2節簡述屬性與語言的相關研究史，緊接於第3節中概觀研究現況。第4節為未來展望，論述今後以社會語言學觀點進行屬性與語言研究之可行性。

2. 問題意識

　　古往今來、四方寰宇皆存在與自己用字遣詞不同的人，這問題也一直引人注意。究竟語言因人而異是什麼樣的情況？其如何產生？爲解開此疑惑，我們需將語言與社會加以連結並深入探討。而事實上，各研究領域早已關注此議題。本節將回顧目前被統一歸類爲「屬性與語言」研究的發展史，並闡明此研究領域最初的問題意識。

2.1 位相語研究史

　　因說話者（addresser）屬性不同所產生的語言多樣性，向來在日本被視爲「語言的位相（phase）」所涵蓋的子題。所謂語言的位相並不單指說話者的社會屬性，亦包含其與聽話者（addressee）間的關係（長輩／上司或晚輩／部下、關係親近或初次見面）以及場合（愼重的正式場合或輕鬆的私人場合）等所引發的語言差異。

　　「位相」概念的確立主要歸功於菊沢（1933）。菊沢將自然科學的術語phase（位相）導入日語研究而開啓了「位相論」。其同時提倡採用社會屬性差異及語體差異觀點以綜合考察日語變異的重要性。「位相論」認爲用字遣詞因人、因狀況而異，並試圖解析語言差異的背景因素，此手法與現今社會語言學的方法論相通。菊沢的觀點，無論從現今日本的社會語言學或歐美的社會語言學看來皆極具先驅性。

　　然而，位相論研究本身並沒有朝全盤考察日語變異的方向邁進，而是發展成爲描述個別領域所使用的特殊詞彙研究，因而促使注重文獻的歷史性研究以及武士用語、宮廷侍女用語（女房ことば）、青樓用語（廓ことば）等具暗語性格的特殊詞彙研究盛行一時（国田 1954 等）。爾後亦有不少研究聚焦於現代特定社會團體所使用的詞彙，但仍局限於蒐集與描述特殊詞彙之研究模式。

2.2 區域語言研究史

　　在以往日本的「國語學」主要針對文獻中的日語進行歷史研究的時期，探討日本社會中實際使用的日常用語乃屬方言研究的工作。尤其1950

年代後期至1960年代，日本語言地理學（linguistic geography）領域進行了各種實驗性調查，爲了從地理分布現況重構語言的歷史，遂將出生地以外的屬性列入探討對象。

　　語言地理學蓬勃發展時期的代表性研究爲「系魚川調查」。此調查根據新潟縣系魚川地區約180個聚落的年約70歲土生土長的男性受訪者（在該聚落出生成長且在外地生活不超過五年）之回答繪製語言地圖。同時選定兩個重點聚落進行全數調查，探討年齡與居住經歷等說話者屬性如何影響語言的使用，並探究其如何反映在區域語言的變遷上。對此，該調查的核心人物柴田武表示：

> 對語言地理學而言，不可或缺的條件是地區。因爲地區不同所使用的語言也不同。語言差異的發生有許多因素，例如性別、年齡、居住地、居住經歷、學歷、職業、社會階層等。我認爲造成顯著語言差異的應是年齡、居住地以及居住經歷。
>
> （柴田1969:194）

　　重視地區此一條件，對以探討區域社會語言變化爲目的的語言地理學而言，是再理所當然不過的。不過，這項調查並不侷限於NORM（Non-mobile = 土生土長、Old = 老年、Rural = 鄉村社會、Male = 男性）等傳統方言學（dialectology）中的調查對象，而是調查各式各樣的人，以解析區域社會中語言的多樣性或語言變化的擴大方式。此舉可謂語言地理學向社會語言學躍進的一大步。

　　同是承襲自區域語言研究的另一研究爲1950～1960年代日本「國立國語研究所」一連串的語言生活調查（請參閱第3章3-1項目）及標準語化（共通語化）研究（請參閱第5章5-1項目3.1小節）。例如，以標準語化爲議題的研究有福島縣白河市（國立國語研究所1951）、山形縣鶴岡市（國立國語研究所1953、1974）等，其皆利用量化分析手法將區域社會裡看似毫無規律而混用的標準語和方言使用狀況，與年齡、性別、出生地、居住經歷、學歷、職業等屬性交叉比對進行探討。受國立國語研究所一連串研究的影響，針對區域社會內部進行語言變異的全盤性調查研究方法得以確立。

2.3 歐美社會語言學研究史

　　歐美的社會語言學，尤其將語言變異加以理論化的變異理論（variation theory）研究，乃於各種語言變種廣受矚目的1960年代正式展開（請參閱序章1.3小節）。變異理論主張：①語言變異乍看之下毫無規則性，但事實上其有些部分與說話者的屬性、使用場合等相互牽動，並傳達著社會性資訊（orderly heterogeneity）。②部分的語言變異是語言變化的表徵，若能從說話者的屬性、使用場合等觀點加以探討，便能捕捉現正發生的語言變化（change in progress）。③語言變化具社會性動機（social motivation of language change）。由於語言變化常見於大都市，因此執著於以NORM爲研究對象的方言學所未曾探討的混雜且人口聚集之大都市語言調查就此展開。

　　例如在美國，Labov一連串的語言變異研究（Labov 1963、1966等）確立了分析語言變異的研究方法。其研究成果顯示一個社會團體裡的語言變異與說話者之屬性及語體（Labov認爲語體受說話者對用字遣詞的注意度影響）等語言外在條件息息相關。尤其Labov（1966）指出紐約市的幾個發音變異的使用與說話者的社會階級有著密切的關係（請參閱第5章5-1項目3.1小節）。另外，英國的Trudgill（1974）將社會階級定義爲「擁有相似的社會、經濟特徵或兩者兼俱的個人集合體」，並解析英國諾里奇地區三個子音（ng、t、h）的發音變異與社會階級的關聯性。

　　歐美社會語言學語言變異研究手法於1970年代後亦傳至日本，尤其對採用量化手法分析語言變異之研究帶來極大的影響。現今日本的語言變種研究已由本項目2.1～2.3小節所介紹的三個研究動向合而爲一。

3. 研究現況

　　本書第4章語言接觸與第5章語言變化將介紹從語言變化觀點探討語言變異及語言變種的相關研究，本節則將介紹社會結構以及群體特徵和語言變種間關係的研究實例。3.1小節將探討階層差異，3.2小節將探討性別差異，而3.3小節則將探討年輕人用語。

3.1 階層差異所產生的語言變異之研究

首先介紹真田（1973）的研究成果。該研究分析傳統社會的結構與當地所使用的待人詞語（待遇表現^{tai gū hyō gen}）系統間的關係，並於富山縣五箇山鄉的山村聚落，以「循環賽式全數調查（リーグ戰式全數調查^{rī gu sen shiki zen sū chō sa}（league series survey））」[1]的方式調查聚落成員間相互使用何種待人詞語。結果顯示傳統各家的地位（血緣關係的有無、嫡系與否）、以及家族內的輩分（是否為戶長）等區域社會內部的階層差異是規範區分使用待人詞語的要因（請參閱第3章3-2項目3.4小節）。

如2.2小節所述，1960年代語言地理學已存在針對一個聚落進行全數調查的研究方法以及聚焦於屬性與語言的研究觀點。真田（1973）指出說話者所屬階層與語言變異關係密不可分。自此，日本的區域語言研究不再只侷限於探索語言變化的過程，而是更進一步地發展為解析社會結構及人際關係的研究。

然而，爾後的日語變異研究中，階層差異所造成的變異相關報告並不多見。這或許是因為1970年代以後的日本社會不存在顯著的階層差異所致。歷經高度經濟成長期後，生活水準一致提升，日本國民普遍具有中產階級意識，再加上交通網絡發達、電視普及，不僅促進社會內部的流動，同時也縮減資訊傳達落差，使得此時期的日本社會處於一種急速均質化的過程。回顧這個時期以後的日語變化將會發現標準語化、新方言誕生以及年輕人用語盛行等年輕人特有的語言現象顯著的情形持續不斷。真田也在上述調查後約10年，在同一聚落中進行相同的持續調查。結果發現標準語化的影響顯著，原本受傳統的家族地位（家格^{ka kaku}）所支配的待人詞語使用規範已然崩壞（真田1990）。

---

[1]　譯者註：循環賽式全數調查乃真田（1973）為了蒐集待人詞語所開創的調查方法。該研究以全村村民（26人）為受訪者，並將每一位受訪者以外的所有村民（25人）設定為交談對象，要求受訪者一一內省（introspect）其平日對每個村民分別使用的語言形式為何。例如，「這是你的傘嗎？」中的第二人稱「你」的部份會用omai、annya、wari、anata、anta、sensē還是親屬稱謂（jīchan等）（參考真田1973）。

3.2 女性用語研究

　　女性用語之所以成爲重要研究課題乃受1970年代美國女性解放主義運動的影響。女性解放主義認爲性不僅有生物學層次（sex），亦有社會性層次（gender）。以「性別（gender）」概念探討社會文化角色所引起的性別差異，使我們得以解析性別差異的形成過程。此類研究的先驅Lakoff（1973）認爲自古以來社會上對女性的偏見是因襲的，爲了讓社會大衆認知並繼續維持，遂使用內含此類想法的語言。反過來說，Lakoff主張只要改變語言中的男女不平等，便能改變社會中的男女不平等。

　　日本的國語學研究領域雖可見些許女性用語研究，然而在女性解放主義抬頭之前，論述其與社會間關聯的研究可說微乎其微。雖說有「宮廷侍女用語」、「青樓用語」等研究，但大部分多以分類或分析用語本身爲目的（杉本1985；堀井1990、1992）。

　　探討日語與性別關係的先驅研究當屬寿岳（1979）。寿岳認爲男女的說話方式及書寫方式無法以對立的角度捕捉，因此她不贊成用二元對立的觀點歸納語言的性別差異。此外，她也針對規範和實踐的關係指出：只要女性實踐打破規範的語言行爲就能改變規範。自寿岳之後，採用女性解放主義觀點進行性別差異研究的風氣日漸普遍。例如，遠藤（1987、1992、1998）探討日語中的性別歧視現況；ことばと女を考える会（語言與女性研究會）（1985）指出辭典中的說明及所列舉的例句常見性別歧視；メディアの中の性差別を考える会（媒體性別歧視研究會）（1991）則分析報紙對女性與男性報導方式的差異。

　　社會、文化若不同，男女間的關係或規範亦會有所差異。井出（1997）認爲女性用語研究應先觀察各社會文化裡的男女地位及角色的不同，方能掌握男女使用語言的差異。井出更指出，藉由此方法所解析出的女性用語特徵爲：(1)語言表現柔和（常用句尾或語調較輕柔的語言變種或婉轉說法）、(2)避免使用粗俗低級語詞、脫離規範的說法以及失禮的用語等。

　　另外，Bodine（1975）的「相互排除性性別差異（sex-exclusive difference）」與「傾向性性別差異（sex-preferential difference）」概念亦有助於

理解日語中的性別差異。所謂相互排除性性別差異乃指男性或女性僅一方使用的語言現象。例如，語助詞「ぜ」、「ぞ」、「よな」爲男性所使用的形式，而語助詞「わ」、「わね」、「わよ」、「わよね」、「のよ」、「のよね」、「かしら」則可視爲女性使用的形式。而傾向性性別差異則指男女雙方皆可使用，但相對而言男性或女性一方使用頻率較高的語言現象。例如，「おいしい」與「うまい」、「食べる」與「食う」、「おなかが空く」與「腹が減る」等優雅的單詞與粗俗的單詞對立時，女性通常傾向使用前者，而男性則傾向使用後者。不過另一方面，以往壁壘分明的男性用語和女性用語中有些男女差異已有減緩的傾向。例如，現代日本語研究會編（1997、2002）針對職場用語中的句尾形式、疑問詞、敬語、面稱、語言行動、會話進行、言談結構等進行研究後指出：以往被視爲女性專用的語言表達形式「わ」「わね」、「わよね」等語助詞如今已漸減少，男女間的語言差異呈現縮小的傾向。

3.3 年輕人用語研究
3.3.1 年輕人用語研究觀點

　　如中東（2004）所示，自1980年代後，日本年輕世代的用字遣詞成爲目光焦點，有關標準語化、新方言、年輕人用語的論述爲數頗多。針對年輕人用語或校園用語的辭典、詞彙集的編撰也相當盛行。

　　米川（1997:240）對年輕人用語定義如下：

　　　　所謂的年輕人用語，指的是國中生至30歲上下的男女在同伴間
　　　　爲了促進交談、增加娛樂效果、強化認同感、傳達自我形象、隱
　　　　蔽、緩衝以及淨化等目的而使用的脫離規範並帶有自由與玩樂特
　　　　徵的特定詞彙或說法。年輕人用語的使用及語言意識因人而異，
　　　　且因時代而有所不同。

　　由於年輕人用語是一種「同伴間的語言」，既不會對同伴外的人使

用，同伴圈外的人也無法理解，因此可說是一種暗語（但事實上他們並非刻
意對同伴圈外的人隱瞞）。現代年輕人引領語言變化，不但具有取材自方言
乃至標準語等語言變種的柔軟性，同時也有將其轉變為自我用語的創造性。
族群內部共同使用同伴所創造的新詞，可有效提升同伴意識與連帶認同感。

年輕人用語具「脫離規範並帶有自由與玩樂」的特徵，意謂著其不被固
有的規範束縛而是基於自由思考的「玩樂的感覺」所創造出來的。對年輕人
而言，既有的用字遣詞艱澀無趣，缺乏魅力。因此，樂於使用更新鮮有趣的
詞語並創造新詞（不過，這樣的特徵並不侷限於年輕人用語，其亦可見於社
會言語學所探討的各種語言現象，例如新詞的產生與普及模式請參閱第4章
「語言接觸」和第5章「語言變化」，語言的知覺與接受則請參見第6章「語
言意識」）。

井上（1994）觀察年輕人用語誕生數年後的使用狀況，並進行如表1的
分類（表中的「同世代（cohort）」是社會學用語，意指同一期間出生的群
體，例如「團塊世代」（団塊世代）^(dan kai se dai) [2]等）。表1顯示，與屬性「年輕人」
密切相關的正是「年輕世代用語」。以年輕人為主要成員的族群所使用的
用語，可視為群體語（集団語）^(shū dan go) [3]的一種。因此，當說話者到達一定的年齡
後，將脫離該族群且不再使用年輕世代用語。

表1　年輕人用語的四種分類（井上1994:4）

	年輕人變老後不使用	年輕人變老後使用
其後的年輕人不使用	1 一時性的流行語 新詞・時事用語 流行語	2 同世代語 殘存的流行語 社會現象用語
其後的年輕人依然使用	3 年輕世代用語 校園用語 學生用語	4 語言變化 新方言 確立的新詞

2　譯者註：日本的團塊世代（団塊世代）^(dan kai se dai)乃指1947～1949年第一次嬰兒潮期間出生的世代。

3　譯者註：「群體語（集団語）^(shū dan go)」乃柴田武（1956）提出的用語。有鑑於暗語、行話、俚語等皆為某
　一群體特有的用語，遂將其總稱為「群體語」（請參閱柴田武（1956）〈集団生活が生むことば〉
　石黑修等（編）《ことばの講座》5：pp.88－107，東京：創元社）。

下一小節，將以「校園用語」與「社會新鮮人用語」爲例，藉此一窺「年輕世代用語」之端倪。

3.3.2 年輕人用語研究實例

「校園用語」的使用者爲年輕學子，因此屬年輕人用語的一種。「校園用語」涵蓋課程名稱、課外活動、打工、校內設施等與學生生活相關之事物。其以各種方法改變形式、意義、用法以提高傳達效率，如「サイリ」（再履修（重修））、「パンキョー」（一般教育（通識教育））、「コーケツ」（公認欠席（公假））、「カテキョ」（家庭教師（家教））等。

而「ダイヘン」（代理の返事（教師點名時，代缺席者回答））、「ラクショー」（楽勝（輕易取勝，引申爲營養學分））、「ホトケ」（仏（佛或像佛般仁慈的人，引申爲給分寬鬆的好好老師）等則偏俚語性質。至於「チャイ語」（中文。源自英文Chinese）、「フラ語」（法語）、「ドイ語」（德語）等科目名稱則兼具效率與玩心。

校園用語依其適用範圍不同可分爲：「全國型」、「地區型」（地域性的用語）以及「局部型」（僅適用於單一所校園）（陣內1998）。全國型的有「パンキョー」、「コーケツ」等；地區型的有如以關西爲中心所使用的「カイセー」（如「1回生」、「2回生」等表大學年級）；而局部型的例子，如都染（1992）所指出的甲南大學裡的用語「ヒラオマエ」（該校創辦者平生釟三郎的銅像前）、永瀬（1993）介紹的專修大學校園用語「ランド」（小田急線讀賣樂園車站（読売ランド駅）及其周邊一帶）、「ドヒョー」（指野外音樂堂旁邊的圓型空地）以及馬瀬等（1998）指出的菲莉絲女子學院大學用語「グリーンパーティー」（菲莉絲學友會主辦的迎新派對）、「ゲザンスル」（從山手校區順著坡道而下，前往元町或石川町車站周邊）。

　　「社會新鮮人用語」指的是公司同事間使用的語言，特別是年輕女性特有的用字遣詞被稱爲「OL語」。例如，「フラットにする」_(fu ra t to ni su ru)（先歸零，將條件統一）、「ゴーする」_(gō su ru)（企劃開始執行）、「ショートする」_(shō to su ru)（沒有達到目標值）等源自於英語的用語；「なるはや」_(na ru ha ya)（なるべくはやく_(na ru be ku ha ya ku)（盡可能快一點））、「オリテル」_(o ri te ru)（折り返しtelする_(o ri kae shi teru su ru)（回電））、「ASAP」（as soon as possible）等縮語；「アンテナを立てる」_(a n te na o ta te ru)（「立天線」＝留意新資訊）、「スタンプラリー」_(su ta n pu ra rī)（「（和製英語）stamp＋rally」＝請負責人在文件上蓋章）等比喩用法；以及「カツカツ」_(ka tsu ka tsu)（身心緊繃）、「さくっと」_(sa ku t to)（短時間內、輕易地）等擬聲擬態語（糸井2003）。

　　近年來，不僅「學生」及「社會人士」等族群，年輕人之間也普遍使用許多新的形式，舉例如下：

- オレ的にはオッケーだけど、デートは、ハーバーランドとかいいよね。_(o re teki ni wa o k kē da ke do　dē to wa　hā bā ra n do to ka ī yo ne)
  （對我個人來說還滿OK的，約會應該在HARBOR LAND之類的地方吧。）

- 知的な学生、みたいな感じはいいけど、お水系はやばいんじゃない？_(chi teki na gaku sē　mi ta i na kan ji wa ī ke do　o mizu kē wa ya ba i n ja na i)
  （宛如知性學生型的感覺還算不錯，但風月場所類的就不太妙，不是嗎？）

　　陣內（2005）認爲這是一種「非正面回答之委婉表達法（ぼかし表現）_(bo ka shi hyō gen)」，具有增加同伴間和樂、親密氣氛的功能。

　　年輕人用語之研究，一方面能同步掌握新詞的發生、普及、衰退等動態過程。另一方面，由於最近的年輕人用語並不僅限於提升同伴間的認同感，還可從中窺見其經營人際關係的用心。年輕人用語乃指具該族群特徵的一系列用字遣詞，其研究對語言與社會關係之解析貢獻頗大。

4. 未來展望

今後的研究課題可簡述如下：

(a) 社會變化與語言變化之探討。從社會語言學的觀點來看，語言反映了社會的樣貌，語言的動態變化也反映了社會樣貌的轉變。1980年代以後日本的社會語言學界探討的語言現象中，年輕世代的語言動態變化相關研究占壓倒性的多數。這反映了此一時期的日本社會，不論在階層上或地域上都呈現相當程度的均質化，僅世代間呈現顯著的差異。

然而，如前述，日本社會已漸發生變化。首先，由於高齡少子化，今後日本的人口將持續減少。在此狀況下，年輕人的文化是否能持續保有活力？已有研究指出：今後難有大幅度的經濟成長，年輕世代中已漸產生新的階層差異（佐藤2000；三浦2005；山田2004等）。近年來，打工族及尼特族問題蔚為話題，這些不屬於任何特定社會群體的年輕人今後也許將形成一個階層。這類階層是否會被社會孤立？他們的用字遣詞又有什麼樣的特徵？

(b) 女性的多樣化。今後的女性用語研究也將面臨許多課題。隨著女性投入社會的比例增加，女性的生活型態開始變得多樣化，無論在經濟或意識層面，女性間的貧富優劣差距不斷擴大。長久以來同屬「女性」屬性的族群內部今後應該會出現顯著的個人差異。

(c) 新團體的形成。溝通方法的改變也不容忽視。長久以來直接面對面的溝通方式日漸演變為透過手機、電子郵件、網際網路等通訊媒體溝通的模式。聚焦於這類通訊媒體的語言研究已展開。今後，溝通方式的轉變也許會改變族群的形成模式或社會網絡的樣貌，並帶來獨特的語言及語言行動模式。

屬性與語言研究，乃以某種屬性中存有共通的溝通模式或共通的社會角色為前提。截至目前為止，有利於歸納語言多樣性的屬性並不多見（或許有些遺漏）。不過，現代社會愈形多樣化，每一個個人所擁有的屬性亦愈形多樣。

包含本項目所未提到的許多屬性，今後的研究課題首重釐清什麼樣的屬性與什麼樣的語言現象息息相關，藉此才得以清楚歸納出看似複雜且難以捉摸的語言混質性並闡明語言與社會間的關係。

練習與討論

1. 「わしが博士じゃ」（博士）、「よろしくってよ」（千金小姐）、「拙者が存じておる」（武士）等刻板印象化的角色都有其獨特的措詞。這類措詞被稱之爲「役割語（角色語）」（金水2003，請參閱第6章6-1項目3.3小節）。請從各種不同的語言作品收集角色語的例子，並針對其措詞特徵加以分析。

2. 在語言的性別差異中，除了男性用語與女性用語的差異之外，指稱男性的詞彙與指稱女性的詞彙亦呈現不均衡的現象。如英語的man同時兼具「人」以及「男人」的意思，而「女人」則以特別形式woman表示。在日語裡，有女流作家、女醫的說法，但卻沒有男流作家、男醫的說法。不過，英語近來有將chairman（主席）改爲chairperson的趨勢，日語也有將護士（看護婦）改稱爲護理師（看護師）等的現象。請收集這類型的例句，並探討我們的社會裡有關性別差異的傳統規範意識及其變化模式。

3. 1980年代，由日本高中女生主導的「圓體字（丸文字）」曾經流行一時（山根1986）。1990年代中期，「長體藝術字（長体ヘタウマ文字）」取代了「圓體字」。1990年代後期，隨著手機簡訊的普及，年輕女性間又興起了所謂的「少女文字（ギャル文字）」（利用複數的文字、記號組合單一個文字。像是平假名中的「か・が」就有「カゝ」「カ、」「カ、」「カゝ」「カ｜」「カゞ」「カ｜"」等多種造字法）。請討論特殊文字使用的變遷以及年輕人文化的轉變過程。

參考文獻 (*爲基本文獻)

井出祥子編 1997『女性語の世界』明治書院

糸井重里 2003『オトナ語の謎』東京糸井重里事務所

井上史雄 1994『方言学の新地平』明治書院

遠藤織枝 1987『気になる言葉—日本語再検討—』南雲堂

遠藤織枝編 1992『女性の呼び方大研究—ギャルからオバサンまで—』三

省堂

遠藤織枝 1998『気になります、この「ことば」』小学館

菊沢季生 1933『国語位相論』明治書院

金水敏 2003『ヴァーチャル日本語　役割語の謎』岩波書店

国田百合子 1954『女房詞の研究』風間書房

現代日本語研究会編 1997『女性のことば・職場編』ひつじ書房

現代日本語研究会編 2002『男性のことば・職場編』ひつじ書房

国立国語研究所 1951『言語生活の実態－白河市および附近の農村における－』秀英出版

国立国語研究所 1953『地域社会の言語生活－鶴岡における実態調査－』秀英出版

国立国語研究所 1974『地域社会の言語生活－鶴岡における20前との比較－』秀英出版

国立国語研究所 1981『専門語の諸問題』秀英出版

ことばと女を考える会 1985『国語辞典における女性差別』三一書房

佐藤俊樹 2000『不平等社会日本―さよなら総中流―』中公新書

*真田信治 1973「越中五ケ山郷における待遇表現の実態―場面設定による全員調査から―」『国語学』93

*真田信治 1990『地域言語の社会言語学的研究』和泉書院

柴田武 1969『言語地理学の方法』筑摩書房

*柴田武 1978『社会言語学の課題』三省堂

寿岳章子 1979『日本語と女』岩波新書

陣内正敬 1998『日本語の現在―揺れる言葉の正体を探る―』アルク新書

陣内正敬 2005「ぼかし表現の二面性―近づかない配慮と近づく配慮―」『日本語社会における配慮の言語行動』国立国語研究所

杉本つとむ 1985『江戸の女ことば―あそばせとアリンスと―』創拓社

*田中章夫 1999『日本語の位相と位相差』明治書院

都染直也編 1992『甲南大学キャンパスことば辞典』私家版

永瀬治郎編 1993『専修大学キャンパス言葉事典　第3版』私家版

中東靖恵 2004「キャンパスことば研究のこれまでとこれから」『岡山大

学言語学論叢』11 岡山大学文学部

*中村桃子 2001『ことばとジェンダー』勁草書房

堀井令以知 1990『女の言葉』明治書院

堀井令以知 1992『はたらく女性の言葉』明治書院

馬瀬良雄・中東靖恵・小西優香編 1998『首都圏女子大生のキャンパスことば―横浜・フェリス女学院大学―』私家版

三浦展 2005『下流社会―新たな階層集団の出現―』光文社新書

メディアの中の性差別を考える会 1991『メディアに描かれる女性像―新聞をめぐって―』桂書房

山田昌弘 2004『希望格差社会―「負け組」の絶望感が日本を引き裂く―』筑摩書房

山根一真 1986『変体少女文字の研究』講談社

米川明彦編 1997『若者ことば辞典』東京堂出版

*米川明彦 1998『若者語を科学する』明治書院

*れいのるず秋葉かつえ・永原浩行編 2004『ジェンダーの言語学』明石書店

*渡辺友左 1981『隠語の世界―集団語へのいざない―』南雲堂

Bodine, A. 1975 Androcentrism in prescriptive grammar: singular *they*, sex indefinite *he* and *he or she*. *Language in Society* 4.

*Coates, J. 1986 *Women, Men and Language*. Longman.（吉田正治訳 1990『女と男とことば―女性語の社会言語学的研究法―』研究社出版）

Lakoff, R. 1973 Language and woman's place. *Language in Society* 2.

*Lakoff, R. 1975 *Language and Woman's Place*. Harper and Row.（かつえ・あきば・れいのるず訳 1990『言語と性―英語における女の地位―』有信堂）

Labov, W. 1963 The social motivation of a sound change. *Word* 19.

Labov, W. 1966 *The Social Stratification of English in New York City*. Center for Applied Linguistics.

*Trudgill, P. 1974 *Sociolinguistics: An introduction*. Penguin Books（土田滋訳 1975『言語と社会』岩波新書）

1-2 場合與語言

1. 研究對象

　　因應日常生活中各式各樣的場合（場面^{ba men}），每一個語言使用者皆會選用適合該場合的用字遣詞。如此一來，便逐漸形成一套規則：「同一語言或方言的使用者採用相同的選擇模式，在特定的場合使用特定的語言」。換言之，因應場合而區別使用語言的社會化行為，在不斷地重複下促使了各個場合產生特有的用詞。本項目將聚焦於語言使用場合並探討不同場合所使用的各種日語變種（標準語與地區方言、敬語與非敬語、書面語與口語）之間的關係。

　　會話場合通常具有社會性。因此，探討場合與語言之間的關係，對於解析社會屬性與語言使用關聯性的社會語言學而言是非常重要的議題。日本學界對該議題的探討已累積豐碩的研究成果。究竟先行研究從何種角度探討場合與語言之間的關係，觀其如何定位「場合」便可略知一二。因此，我們首先將「場合」定義為「環繞語言的外在因素」，並將這些因素進行歸納整理。

　　所謂「環繞語言的外在要素」，尤其在第2章所探討的語言行動研究裡，被視為構成所有言語事件（speech event）的要素。言語事件構成因素的探討在1960～1970年代十分盛行（Hymes 1974；ネウストプニー 1979等），近年來亦可見杉戶（1992）、由井（2005）等研究。環繞語言的外在因素之認定因研究者不同而有所差異，但整體而言包含了下列因素：

　　〔說話的場所〕在餐廳喝茶、接受電視採訪等。
　　〔參與者〕說話者及聽話者的屬性、說話者與聽話者的關係等。
　　〔手段、工具〕口語或書面語、面對面談或透過電話等。
　　〔參與者的心理狀態〕談話時的情緒、對談話內容的專注力等。

所謂的場合，就是由這些因素相互結合所構成的一種複合式概念。

　　本項目將針對此四因素整理相關先行研究，同時亦會適度提及其他構成

言語事件的因素，如〔談話時間點〕、〔參與者的物理位置關係〕、〔談話目的〕等。

以下，第2節將探討何謂場合並從場合觀點如何捕捉語言等議題。第3節則將概觀研究發展狀況，第4節將論述今後的研究方向。

2. 問題意識

如「1–1屬性與語言」第2節所述，探討語言變種與說話者的屬性或使用場合間關係的研究歷史悠久。而其中「場合與語言」相關研究中關於「場合」的定義以及如何解析與場合相牽動的「語言」等兩大議題長久以來備受矚目。由此可見該議題難度之高。

2.1 何謂場合

一般而言，此領域的典型研究方法是先設定特定的「場合」，然後描述該場合所使用的語言。例如，下圖即為典型的例子。圖1乃大阪府豐中市及京都府宮津市兩地的受訪者在「與朋友交談」、「與鄰近熟人交談」、「在里民大會發言」、「在當地與初次見面的人交談」、「在東京與東京人交談」等場合分別使用方言或標準語的意識調查結果（國立國語研究所1990，圖1擷取自杉戶1992）。該研究乃針對場合與標準語、方言之對應關係進行調查。若在場合的設定上多下點功夫亦可調查場合與書面語或口語、場合與敬語或非敬語等之間的對應關係。

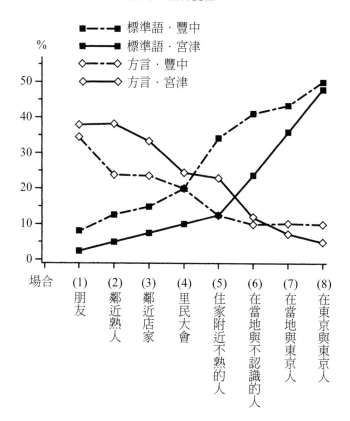

圖1　方言與標準語的轉換意識（杉戶1992:36）

　　然而，究竟該如何設定場合仍存在許多問題。本項目第1節已簡述構成場合的要素並探究何謂場合。但所謂的「場合」究竟是什麼，實有必要賦予它更嚴密的定義。

　　目前為止，關於場合的研究手法主要有下列兩大類：

　　(a) 第1節所示「環繞語言的外在要素」的子分類

　　(b) 將具有社會性意義的場合抽象化

(a)和(b)是兩個完全相反的觀點。

　　首先，關於(a)的語言外在要素，備受關注的議題有敬語、粗俗語詞、詈罵語、親愛語詞等。例如，菊地（1994）將「待人詞語」（待遇表現 [tai gū hyō gen]）相關的社會性、心理性因素加以整理並歸納如下：

　　(1) 社會因素

　　　　A 場合與話題

①參與者

②場合的性質等

③話題

B 人際關係（A①與③話題人物間的人際關係）

①上下關係

②立場關係

③親疏關係

④內／外關係

(2) 心理因素

A 敬意意圖：想要表達何種敬意

①極其一般的敬意

②對「恩惠」的看法

③對「親疏」距離的拿捏

④對「內／外」的看法

⑤其他特殊的敬意意圖

⑥在敬意意圖產生前的心理狀態下發言

B 背景因素

• 對該人士所抱持的心態

• 有無意願讓人際關係更圓滑

• 人品、語言生活經歷等

C 考量表達技巧及溝通效果的觀點

（摘錄自菊地 1994：30-58）

　　另一方面，(b)並非藉由構成因素的組合細分場合種類，而是設定幾個該社會裡的典型具體場合。目前為止的社會語言學中，最負盛名的是由 Joshua Fishman 所提倡的以「參與者」、「場所」、「話題」三大要素所複合構成的領域（domain、語言使用領域）概念。例如，「在里民活動中心對里民大會幹部說明孟蘭盆舞的企畫時」、「在晚餐餐桌上與家人閒聊時」等都是典型的例子。這是一種調查對象的社會成員皆能聯想到的場合設定手法，而該場合可觀察到典型的語言使用（請參閱3.1小節）。

　　場合及其構成要素是無限的，但語言變種卻是有限的。所以不會因為場

合的種類而分化出相對數量的語言變種，而且構成場合的要素也不見得都會影響語言的選用。究竟該用(a)(b)哪個方法研究此現象？唯有因應個別問題進行檢討方爲上策。

2.2 如何掌握與場合相對應的用字遣詞

　　其次，我們必須思考場合與用字遣詞的對應關係究竟該用語言中的什麼單位加以解析。2.1小節的圖1將「標準語」與「方言」視爲與場合相對應的語碼（code），而非個別的語言形式。然而，場合與語言的對應關係有時透過個別語言項目的探討會比分析語碼更清晰且符合實況。例如，下列表1顯示東北青森縣津輕方言使用者（老年人、年輕人各一名）分別與同世代的津輕方言使用者、不同世代的津輕方言使用者（表1中標記爲「上一世代」、「下一世代」）以及研究者等三人對談各30分鐘的語料中所出現的接續助詞（表理由）之使用頻率（阿部、坂口 2002）。表中可見方言及標準語的形式[4]，也可觀察到接續助詞的轉換。由此可見，探討個別的語言項目較能清楚地掌握語言與場合的對應關係。

表1　津輕方言使用者的接續助詞使用頻率
（部分修改阿部、坂口2002:13之表格）

對象	老年人			年輕人		
	同世代	下一世代	研究者	同世代	上一世代	研究者
ノデ、ンデ	-	-	-	-	-	32
カラ	-	-	12	-	-	1
ドゴデ	-	2	-	-	-	-
ハ（ン）デ	-	5	-	56	31	-

　　另外，我們必須思考與場合對應的語言究竟是場合間非連續性的轉

---

[4]　譯者註：表1中的「ノデ、ンデ」及「カラ」爲標準語形式，「ドゴデ」及「ハ（ン）デ」爲方言形式。

換，還是使用頻率不同但具連續性？（請參閱第1章1-1項目3.2小節Bodine的分類）。詢問受訪者在特定場合是使用「標準語」還是「方言」的二選一調查法屬於前者的立場，而如表1的研究方法則屬後者的立場。社會語言學所探討的語言現象中呈現連續性樣貌者為數頗多。

究竟該從個別的語言項目或語碼整體進行探討？ 若從語言項目的角度探討，又該選擇何種語言項目？ 受語言外在條件影響，語言使用會呈現連續性或不連續性？種種問題並非只有場合與語言相關研究需面對，無論何種社會語言學研究議題皆常面臨這類問題。

3. 研究現況

本節將介紹採用領域（domain）概念進行的研究（3.1小節）、以及與語言的連續性與不連續性相關的研究實例（3.2小節），並論述其問題點及今後的研究發展方向。

3.1 從意識研究轉型為實況研究

如前一小節圖1所示，場合與語言變種的使用意識相關研究，在日本已累積相當豐碩的成果（國立國語研究所 1982、1990等）。研究結果使我們了解語言使用者如何認知語言變種的社會功能、以及社群（地域社會^{chi iki sha kai}（community））或企業中的語言使用狀況。事先設定場合以進行語言使用意識調查的研究方法亦運用於國外的田野調查（field work）。例如，簡月真（2002）即採用本項目2.1小節的領域概念研究台灣的多語言併用現象。

圖2顯示台灣泰雅族受訪者於各領域的語言使用意識調查結果。台灣為多語言社會，而日語也是使用語言之一。從圖中可看出泰雅族年輕世代逐漸不使用泰雅語而多使用華語。換言之，其正面臨語言轉移（language shift）的變化。另一方面，老年人與其他族群溝通時無法流利使用華語，而以日語為通用語（lingua franca）進行溝通。使用日語的領域有「在市場買東西」、「與不同族群老年人的接觸情境」、「心算與祈禱」、「鄰居、兄弟、配偶」等。此外，日語也具有暗語功能，可用於訴說不想讓年輕世代知道的秘密。

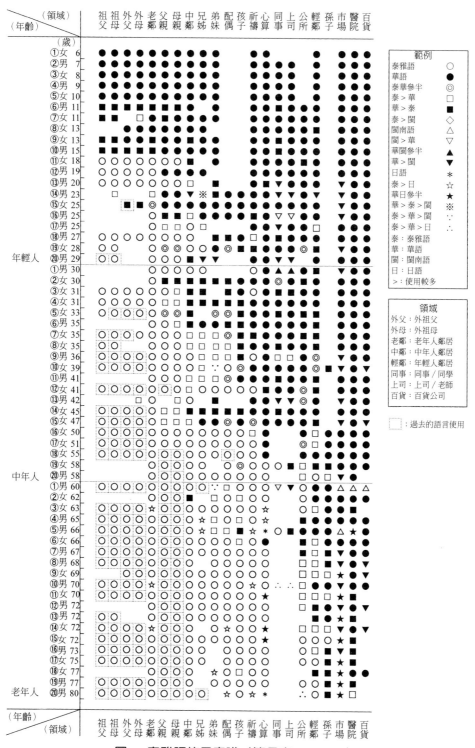

圖2　泰雅語使用意識（簡月真2002：10）

由此可見，場合與語言使用意識的相關研究能有效釐清該社會的語言狀況與問題。這類研究今後應持續進行。然而，探討意識（而非實際使用）的研究也面臨下述問題（請參閱第2節）：

- 語碼轉換（code-switching）並不限於領域與領域間（請參閱2.2小節表1），有時發生在同一領域內部，但這點無法從意識調查得知。
- 在同一領域裡轉換語碼時，哪一個語言項目會被轉換，這點無法從意識調查得知。
- 意識調查即使設定了語碼轉換的語言項目，但設定方法是恣意的，無法有系統地掌握語碼轉換。
- 意識調查基本上是一種內省（introspection）調查，不確定是否能掌握實際狀況。

日本的社會語言學長久以來多採面談或問卷調查等意識調查方式，但近年來已漸改用語料分析語碼轉換現象（請參閱2.2小節表1）。不過，此類型研究也有下列缺點：

- 如第1節所述，難掌控構成場合的各種因素。
- 蒐集多數人在各種領域內的語料是相當困難的工作。

因此，我們必須針對研究目的充分地檢討資料蒐集方法及場合設定基準。

3.2 書面語和口語的趨近──場合的語言手段及媒體因素

本節將探討書面語。書面語也會因書寫目的（投稿、報告、創作等）、類別（日記、商業、藝術等）、書寫工具（原子筆、鋼筆、文書處理機等）、媒介（便條紙、書、網路等）等各種的場合構成要因而改變其樣貌。例如，鋼筆比原子筆正式等，場合因素在不同社會文化被賦予不同的評價，這一點值得以社會語言學的手法進行考察。書面語和口語在場合對應關係上有許多雷同之處，但目前為止的書面語研究似乎都和口語分別獨自進行。這或許是因為口語特有的地區方言、俚言、重音或語音等在書面語中不構成問題所致。

然而，近年來也許是書寫意識的變化，年輕人間開始流行使用近似口語

的書面語。如下列造訪「岩崎千尋美術館」[5]後的感想文所示（佐竹 1991:5-6）：

---

ko ko ni ku ru no wa　　ni do me de su
ここに来るのは、2度目です。

（這是第二次造訪。）

sa mi shi sō t te i u no wa　　so no toki　sai sho ni　is sho ni ki ta hito ga i t ta
さみしそうっていうのは、その時（最初に）一緒に来た人がいった
koto ba de su
言葉です。

（「你看起來好寂寞喔」，是那時（第一次）和我一起來的人對我說的話。）

so re ma de ki ga tsu ka na ku t te　　ha t to shi ma shi ta
それまで気がつかなくって　ハッとしました。

（我在那之前一直都沒注意到，不由得讓我嚇了一跳。）

kyō　wa hi to ri de ki te i ma su　　hon to wa　so no hito no　　da t ta no
今日はひとりで来ています。ホントは、その人のBirthdayだったの
ni
に…。

（今天我是自己一個人來的。其實，今天是那個人的Birthday…。）

bā su di i vu ni　tsu ma n nai ken ka o shi cha t ta n de su
バースディイヴに、つまんないケンカをしちゃったんです。

（在Birthday Eve，我們吵了一場無聊的架。）

kyō　wa han sē su ru ta me ni ko ko e ki ma shi ta
今日は反省するためにここへ来ました。

（我今天是爲了反省而來這裡的。）

cha　n to nakanao ri shi te　ma ta kon do　futa ri de ki ma su
ちゃんと仲直りして　また今度　2人で来ます。

（希望能夠和他和好　下次能再　兩個人一起來。）

kyō　wa naga i ichinichi de shi ta
☆…　　　　今日は永い1日でした。

（☆…　　　　今天真是漫長的一天。）

5　譯者註：岩崎千尋美術館（現名爲「ちひろ美術館・東京」）位於日本東京，建於1977年以紀念繪本
iwa saki chi hiro
　作家岩崎千尋。

即使是這種闡述感想的文章，以往只要是書面語就會比較正式，和口語有一線之隔。但這篇文章使用的「ホント（事實上之意，書面語為ホントウ）」、「つまんない（無聊之意，書面語為つまらない）」、「しちゃった（不小心…含悔恨之意，書面語為してしまった）」等短縮形或「Birthday Eve」等臨時造詞皆為口語常見的特徵（請參閱遠藤1988）。此類採用近似說話的語氣，宛若書寫者對著讀者說話般的文章在年輕人間相當普遍，被稱為「新言文一致體」（佐竹 1991）。

佐竹（1991）從下列四類文章中隨機抽樣蒐集句子：A.刊登於年輕讀者群閱讀的雜誌中之投稿。B.「岩崎千尋美術館」感想筆記。C.給青少年小說作家的粉絲信。D.青少年小說。進而將其與E.報紙的投書進行比較，分析各類別文章的語言特色。其方法之一為比較詞彙的種類（語種）[6]，如表2所示：

表2　不同類別文章中的詞彙種類比率（佐竹 1991:7）（%）

	漢語	和語	外來語	混種語	其他
A. 年輕讀者群閱讀的雜誌中的投稿	19.3	69.6	5.4	2.4	3.3
B. 感想筆記	16.4	78.0	1.0	1.8	2.7
C. 粉絲信	20.6	69.4	3.1	2.0	4.8
D. 青少年小說	14.1	74.0	2.6	2.6	6.6
E. 報紙的投稿投書	39 .0	54 .7	1.9	3.0	1.5

從表2可看出：

- 漢語的使用比率在A～D等年輕人書寫的文章中較低，而在報紙的投書中則較高。

- A~D的漢語使用比率與口語相近，年輕人的書面語有口語化的趨勢。

6　譯者註：「語種」乃指詞彙來源的分類，包含：(1)日語固有的「和語」。(2)源自中文的「漢語」、(3)借自西歐諸語的「外來語」。(4)不同語種要素相結合所產生的「混種語」，例如「和語+漢語」、「和語+外来語」等。

此外，網路或手機簡訊用語的口語化更是與日俱增，地區方言的使用亦日益增加（中村2000）。

誠如上述，現代社會隨著語言使用方式及媒體的多樣化，場合分化得較複雜，即使是以往便已存在的場合，其社會定位有些也產生了變化。這些場合裡的語言具流動性，而且場合間也呈現顯著的連續性。因此，無論「場合」或「語言」，都不應被視為固定不變，而應以流動性、連續性的觀點加以探討。

4.未來展望

從語言外在因素─「場合」探索語言多樣性的研究發展多元，成果也很豐碩。因為場合此一概念包含了廣泛的要素，研究課題的範圍也因而愈形寬廣。不過，研究論文數量豐富並不代表此領域的問題已被綜合且充分地探討。關於場合的語言變種使用研究中，尚待今後探討的問題可簡述如下：

(a) 分析更多的場合要素以深化理解語體、待人詞語等語言變種的社會功能。

(b) 詳細探討各場合要素中語言變種的呈現方式，以解析語言變種在語言生活中運用的全貌。

(c) 不僅固定的場合，還需探討同一談話內容裡不斷變化的場合性質以掌握語言變種的特徵（請參閱第2章2-2項目）。

(d) 新出現的場合中的語言變種是如何形成？有必要追蹤觀察其變化過程。

關於(a)，尚待今後加強探討緊張度等心理因素以深化研究。另外，應多加利用場合理論研究成果之一的「各種言語事件要素」，探討說話者在發言前如何主觀地掌握這些要素。例如，學生欲向老師借筆時，左右其語言行動的不僅是能從外在客觀掌握的人際關係與行為的性質，還取決於說話者在主觀上如何認知該場合的人際關係及向老師借筆的行為。其認知模式，一方面受文化影響，另一方面則因對話進行方式而會產生局部變化。早期的研究，如永野（1957）已指出我們必須同時探討影響言語的客觀及主觀條件，此觀點值得我們重新認識。

　　只要針對語言變種的社會功能與場合概念進行探討，就必須進行上述(b)的工作。例如，3.2小節提及地區方言、口語已然將觸角延伸至書面語的世界。欲解析其變化過程，首先須將口語和書面語視爲連續體，其次加入領域、話題、媒介等各種場合要素以綜合性地深入探討。透過此項作業，便能更清楚地釐清語言變種的社會功能、場合對語言變種的影響。

　　(c)與(a)相互牽動。3.1小節曾提及僅用領域單一個場合要素無法完全掌握語言使用實況。真田（1999）以方言研究爲例，預測今後的研究走向如下：

　　　筆者預測即使年代更新，研究潮流依然指向社會語言學相關研究。屆時，心理方面的研究應該會更深化。具體而言，研究說話者和聽話者在對話或文章中使用方言時的各種面向，尤其是聚焦於心理層面探討其功能之研究（真田1999:11）。

　　會話中「一部分使用標準語語碼，另一部分使用方言語碼的現象是理所當然會發生的」（真田1999:11）。若僅根據場合的人爲要素欲分析此類型會話中語言變種所扮演的社會功能終究有極限。因爲語碼轉換的要因在於說話者的心態。以說話者的語言使用心態爲變數的研究尚不多見。不過，阿部（2005）等研究將語言注意度（attention to speech）、調整與對話者的心理距離、裝出開玩笑的樣子等心理因素運用於語碼轉換分析上。另外，待人詞語相關研究也開始注重心理層面的因素分析。中井（2002）指出關西地區「近畿型待人詞語」（「ハル」、「ヨル」等）的使用基準爲說話者對言及對象所抱持的好惡；西尾（2005）則透過量化研究指出大阪方言的粗俗用語「ヨル」常對晚輩／部下使用並具負面情感。這種不受說話者與聽話者間的社會地位左右，而深受說話者的主觀因素影響的待人詞語系統之存在，可謂此種語言變種的特徵之一。

　　關於(d)，不斷推出新媒介的現代社會也提供許多探討場合與語言的絕佳研究題材。例如，手機簡訊等新媒介甫問世時，使用者曾深感困惑而不知該如何使用何種用語。但歷經參雜方言、表情貼圖及表情符號的使用；有效

率地結束簡訊等各種嘗試，使用者間終於有一套共享的手機特有用語。這種某場合特有的用語經由何種過程形成？若詳細追蹤其過程應能更深入地瞭解某一場合所使用的用語。

練習與討論

1. 假設你對朋友、老師、左鄰右舍以及打工場所的從業人員等人，分別以直接碰面、透過電話、電子郵件等各種媒介提問「你明天幾點會來？」。請想想對象、媒介等構成場合的要素中，哪種要素會影響你的用詞？
2. 請觀察電視節目裡方言或俚言的使用情況，並紀錄何種類型的節目裡、什麼樣的人、使用什麼樣的詞語。其次，請思考電視節目裡的何種場合允許使用方言或俚言？這些方言和俚言帶來了什麼樣的效果？
3. 若你保存著手機簡訊或電子郵件，請觀察你自己的書寫方式是否隨時間變化而有所改變。

參考文獻（*爲基本文獻）

阿部貴人 2005「名古屋方言話者のスタイル切換え」『阪大社会言語学研究ノート』7　大阪大学大学院文学研究科社会言語学研究室

阿部貴人・坂口直樹 2002「津軽方言話者のスタイル切換え」『阪大社会言語学研究ノート』4　大阪大学大学院文学研究科社会言語学研究室

遠藤織江 1988「話しことばと書きことば－その使い分けの基準を考える－」『日本語学』7-3

簡月真 2002「台湾における言語接触」『社会言語科学』4-2

*菊地康人 1994『敬語』角川書店（之後由講談社「学術文庫」出版）

国立国語研究所 1982『企業の中の敬語』三省堂

*国立国語研究所 1990『場面と場面意識』三省堂

佐竹秀雄 1991「新言文一致体の計量的分析」『言語文化研究所年報』3　武庫川女子大学

*真田信治 1983「最近十年間の敬語行動の変容－五箇山・真木集落での全数調査から－」『国語学』133

真田信治 1999「現代方言の様相」『展望　現代の方言』白帝社

杉戸清樹 1992「言語行動」真田信治・渋谷勝己・陣内正敬・杉戸清樹『社会言語学』おうふう

*塚原鉄雄 1963「場面とことば」『講座現代語1　現代語の概説』明治書院

中井精一 2002「西日本言語域における畿内型待遇表現の特質」『社会言語科学』5-1

*永野賢 1952「『相手』という概念について－宇野義方氏『国語の場面』への反批判－」『国語学』9

永野賢 1957「場面とことば」『講座現代国語学I ことばの働き』筑摩書房

中村功 2000「携帯電話を利用した若者の言語行動と仲間意識」『日本語学』19-12

西尾純二 2005「大阪府を中心とした関西若年層における卑語形式『ヨル』の表現性－関係性待遇と感情性待遇の観点からの分析－」『社会言語科学』7-2

ネウストプニー, J. V. 1979「言語行動のモデル」『講座言語3　言語と行動』大修館書店

*畠弘巳 1983「場面とことば」『国語学』133

*南不二男 1974『現代日本語の構造』大修館書店

由井紀久子 2005「日本語教育における「場面」の多様性」『無差』12 京都外国語大学日本語学科

*Eckert, P. and J. Rickford 2001 *Style and Sociolinguistic Variation*. Cambridge University Press.

Hymes, D. 1974 *Foundations in Sociolinguistics: An ethnographic approach*. University of Pennsylvania Press.（唐須教光訳1979『ことばの民族誌』紀伊国屋書店）

第2章　語言行動

章節提要

　　由第1章我們可理解到日語社會等某一語言共同體（speech community）中的語言變種（language variety）通常看似亂無章法，但以說話者的屬性、使用場合等社會觀點加以探討後，即可發現其規則性及存在之理由。

　　相較於第1章著重於探究語言共同體中的語言變種，亦即以宏觀的角度探討語言與社會間的問題，本章則主要針對說話者與聽話者雙方所構成的微觀社會，探討語言實際使用狀況及其特色。本章將分「2-1語言策略」與「2-2語碼轉換」兩個項目進行論述。

　　「2-1語言策略」主要介紹說話者（addresser）與聽話者（addressee）雙方對話時，有意或無意間所採取的各種語言行動（language behavior）。例如，說話者以何種語言表達何種言語意圖？一時語塞時採取何種手段解決？說話者是否無意識地表現出其世界觀？諸如此類的問題皆為我們討論的主題。另一方面，聽話者亦以推測說話者的意圖、應聲附和、補充說話者未完整表達的話語等方式，積極地加入對話。至於由誰發言、如何結束對話等部份則是由說話者與聽話者共同完成。

　　「2-2語碼轉換」是以所有的說話者皆能說兩種以上的語碼（code）或語體（style）為前提，探討說話者與聽話者間的尊卑關係、親疏關係、說話場合、緊張度、聽話者的語言能力、對聽話者其他屬性的評價、話題、以及事前規劃談話內容所需時間等因素如何左右語碼轉換。提到語碼轉換，大多人會想到是兩種語言間的語碼轉換，然而在日語社會中普遍可見的是日語各語體的轉換。

　　與人對話時，我們常煩惱：可以碰觸這個話題嗎？這樣說會不會失禮？尤其當對方乃以日語為第二語言者抑或必須使用日語以外的語言交談時，這個「煩惱」將頓時大增。本章將釐清這些語言行動的相關問題。

2-1 語言策略

1. 研究對象

　　本節將聚焦於語言的溝通功能，同時探討日常會話中的語言策略。換言之，我們將介紹人們對話時有意或無意採取的語言行動之相關研究。

　　談到「策略」一詞，也許有些人會認為是指計劃性的戰術。事實上，日常生活中我們並非總是目的明確地邊想策略邊與人對話，所以稱其為策略或許並不恰當。但是，所謂的對話行為乃以自然習得的社會文化規範為基礎，判斷當下面臨的脈絡含意，刻意或無意地猜測對方的反應，並向對方表達自己的想法或情緒。例如，平時不經意進行的「打電話」行為，試想若使用非慣用的外語講電話，即可理解我們實際上是採用什麼樣的策略與人講電話。具體而言，例如，說「喂（もしもし）」或「Hello」的是接電話的人還是打電話的人？在哪個時間點、如何說出自己的姓名？雖然知道講電話時特有的用語，但是否對任何人都可採相同用法？如何切入正題？又如何結束對話？

　　每個社會皆有因應各種不同對話者、場合的規則。與人對話時，我們往往邊思考如何使用該知識，且同時無意識地運用已自然習得的知識。

　　本項目將介紹語言在社會脈絡中使用時所運用的各種策略之相關研究。首先，於第2節說明目前為止的研究趨勢、彙整問題所在及研究發展過程。緊接著於第3節介紹具體研究實例。第4節為研究展望，將探討今後研究的課題與可行性。

2. 問題意識

2.1 以日常會話為研究對象

　　在歐美，語言行動（言語行動（language behavior））研究乃萌芽於哲學、人類學、社會學等語言學以外的領域，其不但促使社會語言學與語用學誕生，更進一步發展為言談分析（Discourse Analysis）研究。日本則與歐美不同，長期以「語言生活」（請參閱第3章3-1項目）的觀點探討語言行動，

但最終亦與歐美研究潮流相結合。

在此試以常聽到的會話爲例，介紹語言行動相關研究之發展過程。

(a) 從語用學角度出發。例如，當我們說「我下週會還你，請先借我1000元」時，同時產生了「約定」與「請求」行爲。如此般，Austin（1962）與Searle（1969）認爲言語乃說話者爲達目的而做出的行爲，並致力於解析「言語行爲（speech act）」的形成過程。Grice（1975）亦著力於探討字面意思和說話者實際欲傳達的語意間之差異。例如，例(1)與例(2)爲美香看到好友綾乃在午休時間吃冰淇淋的場景。

(1) 美香：哇！看起來好好吃！   (2) 美香：哇！看起來好好吃！
     綾乃：要不要吃一口？   綾乃：幾點上課？
     美香：謝謝！   美香：小氣！

例(1)中美香只說出「看起來好好吃」，綾乃就知道美香想吃冰淇淋，而讓她吃一口。Grice指出，像這樣「說話具有關聯性」，是一種爲了達到有效相互溝通而遵循的「合作原則（cooperative principle）」。此外，(2)的對話若以字面意思解讀，語意是完全不通的，但若前提是兩人在描述相關的事，語意即可連貫。換言之，綾乃故意講完全不相關的事以傳達「不分你吃冰淇淋」之意。合作原則可有效解釋會話中的言外之意。

(b) 從人類學的角度出發。文化人類學者Hymes認爲若不觀察人們實際使用的語言，就無法研究現實社會中的語言問題，遂提倡融合語言使用與社會文化要素的溝通理論——「溝通民族誌（ethnography of communication）」。其致力於觀察分析各語言共同體中的成員爲因應各種狀況所採取的「適當」行爲，亦即「溝通能力（communicative competence）」（Hymes 1974）。Hymes總括探討語言的方式，不僅是語言行動研究，也是整體社會語言學之基本態度。

此外，與Hymes同樣重視語言與文化關係者，還有語言人類學家Gumperz。以下是Gumperz（1982）論文中常被引用的師生在教室裡的會話（T = 老師，J、F = 學生）：

(3) 1　T：James, what does this word say?

　　2　J：I don't know.

　　3　T：Well, if you don't want to try someone else will. Freddy?

　　4　F：Is that a *p* or a *b*?

　　5　T：(encouragingly) It's a *p*.

　　6　F：Pen.　　　　　　　　　　　　Gumperz（1982:147）

　　細看這段會話，我們發現對於老師的提問，學生J於2的地方以上揚的語調回答，藉此尋求老師的幫助。根據這樣的反應，老師判斷他沒有回答問題的意願，轉而請學生F回答問題。F在4的地方用老師期待的問法向老師尋求協助，所以老師對F展現善意。J是非裔美國人（African American），F是白人學生。這段會話顯示該名老師並不了解非裔美國人的語言行動規則。這是對話參與者因不了解彼此語言文化差異背景而產生偏見的例子。Gumperz認為在互動（interaction）中，說話者會拋出語言與非語言的「脈絡化暗示」，給予聽話者一個可供理解的架構；但若文化背景不同時則無法順利傳達，誤解因而產生。Gumperz的見解對跨文化理解研究之發展有相當大的貢獻。

　　由此可見，僅觀察語言內部往往無法掌握語言的實況，因此愈來愈多的研究除了留意社會要素之外，亦積極地探討人們在現實社會中最基本的行為—語言行動。

2.2 研究觀點

　　目前為止的語言行動研究所採用的觀點可分三大類：(a)注重表達形式的研究觀點。(b)注重互動關係的研究觀點。(c)注重跨文化的研究觀點。分述如下：

　　(a) 注重表達形式的研究觀點。以學生請指導教授寫獎學金推薦函為例，若無任何前言，只說「老師，請幫我寫獎學金推薦函」就希望獲得老師的協助是不可能的。一般多會先說「在您百忙之中不好意思」等，以對自己占用老師的時間一事表示歉意。採用注重表達形式的研究觀點之目的在於探討各種顧及對方或場合以促使會話順利進行的表達形式，同時解析其規律性。

(b)注重互動關係的研究觀點。前述(a)研究首重語言形式，其所探討的對話脈絡極為抽象。但是，一般交談時不僅說話者會主動發言，聽話者也會積極地參與對話。如前述的請求行為，並非僅學生單方面說話，指導老師也會應聲或者說「星期一以前給你，可以嗎？」以確認時間等。所謂的會話，是由說話者與聽話者共同建構而成。研究會話參與者的互動關係能更具體地掌握日常會話的動態。

(c)注重跨文化的研究觀點。若將日語社會中的交談和其他語言共同體的會話模式進行對照比較，應可觀察跨文化間語言行動的差異。此外，若前述例子中請求老師寫推薦函者為留學生，情況又會如何呢？留學生因應各種社會狀況適當地使用目標語言的能力（社會語言能力、社會文化能力等，請參閱第7章7-1項目2.2小節）高低將左右互動模式。觀察第二語言使用者與母語使用者間的互動，並分析不同社會文化背景者間的互動，可解決現今多語言社會所面臨的各種語言問題。

以下將介紹與這三種觀點相關的研究。

3. 研究現況

3.1 注重表達形式的研究觀點

3.1.1 後設語言行動詞語

我們皆具備誰、對誰、何時、何地、何種內容、如何、說（或不說）等日常會話規則的相關知識。這可從我們一旦違反會話規則時，就會採取下列的謙卑、道歉等語言行動一事獲得驗證（請參閱杉戶1983: 33-34）。

(4) 恕我多嘴，失禮了……。
(5) 這麼晚還打擾您，真是抱歉……。

杉戶（1983）稱這種說話者或書寫者對自己的語言行動所做的評價性說明為「後設語言行動詞語（メタ言語行動表現）」。後設語言行動詞語可定位為語言形式或語言行動的「前言」「事先聲明」或「注釋」，並可解釋為對人態度的表現。表1乃以「語言行動的構成要素」整理日常語言生活中

的後設語言行動詞語之結果（筆者依據杉戶1983修改而成）。

表1　與語言行動構成要素相對應的後設語言行動詞語

	語言行動的構成要素	後設語言行動詞語實例
1.	語言行動的主體	・恕我多嘴，失禮了……。
2.	語言行動的對象	・是你我才講…
3.	語言行動功能種類（請求、詢問、告白、說明、宣言…）	・這是請教，絕不是命令。
4.	語言行動的種類（演講、打招呼、商談、閒談、便條、文章…）	・用這樣簡略的便條真是不好意思，我會再用正式文章請您過目。
5.	語言形式、語言詞語	・直接叫「你」讓我很惶恐，請讓我稱呼您老師。
6.	語言行動的素材、話題	・這種事不知該不該說…。
7.	說話語氣（清楚地、嚴厲地、柔和地、直率地、正式地…）	・請恕我直言…。
8.	物理性場合（時間、空間條件）	・這麼晚還打擾，真是抱歉…。
9.	心理性場合（忙碌、輕鬆、緊張…）	・這種時候，真是抱歉…
10.	接觸的狀況或媒介（直接面談、傳話、電話、書信、電報、電視…）	・理應拜會您之後當面談，改以電話聯繫，失禮了。
11.	語言行動的目的、動機（說服、讓對方賣、讓對方買…）	・為了讓您瞭解細節，所以說了一大堆…。
12.	語言行動的結果、效果（達到目的、打動對方…）	・（說出那種話）造成您莫大的困擾，真是抱歉。

3.1.2 言語行為詞語

　　不同於從後設語言行動詞語探討語言行動結構的方法，另外有一種研究是聚焦於感謝、謝罪、請求、勸誘等行為，調查各行為的表達形式與策略。以下將舉例介紹請求言語行為中，因對象不同而使用不同用語的研究實例（荻野等1990）。

　　圖1是以日本大學生191人與韓國大學生291人為調查對象，訪問他們向不同人說「請告訴我怎麼走」時的請求方式之調查結果。問卷列舉了先前預

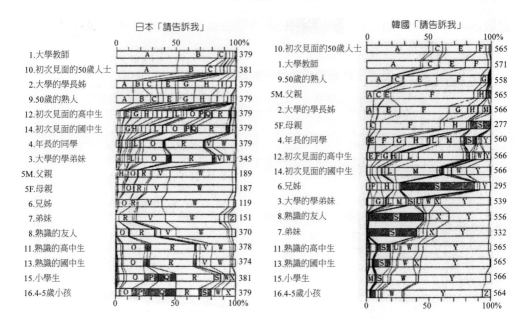

A = 教えていただけませんか   A = 가르쳐 주시겠습니까?
B = 教えていただけますか   B = 가르쳐 주실 수 없을까요?
C = 教えてくださいませんか   C = 가르쳐 주십시요.
D = 教えてくださいますか   D = 가르쳐 주시지 않겠어요?
E = 教えてもらえませんか？   E = 가르쳐 주시겠어요?
F = 教えてくださいます？   F = 가르쳐 주세요.
G = 教えてもらえますか   G = 가르쳐 주실래요?
H = 教えてください   H = 가르쳐 줘요.
I = 教えてくれませんか   I = 가르쳐 주시지 않을래요?
J = 教えてくれますか   J = 가르쳐 주지 않겠어요?
K = 教えてくださらない？   K = 가르쳐 줄 수 없을까요?   T = 가르쳐 주지 않겠니?
L = 教えてもらえる？   L = 가르쳐 주겠어요?
M = 教えてくださる？   T = 教えてちょ   M = 가르쳐 줄래요?   U = 가르쳐 주겠어?
N = 教えてもらえない？   U = 教えてくれよ   N = 가르쳐 주지 않을래요?   V = 가르쳐 다오.
O = 教えてくれない？   V = 教えてよ   O = 가르쳐 주지 않겠어?   W = 가르쳐 주겠니?
P = 教えてくれないかな？   W = 教えて   P = 가르쳐 주겠나?   X = 가르쳐 주라.
Q = 教えてくれるかな？   X = 教えてちょうだい   Q = 가르쳐 줄 수 없겠니?   Y = 가르쳐 줄래?
R = 教えてくれる？   Y = 教えてくれ   R = 가르쳐 주지.   Z = 가르쳐 주지 않을래?
S = 教えてもられるかな？   Z = 教えろよ   S = 가르쳐 줘.

圖1　日本與韓國有關「請告訴我」之回答分布圖（荻野等1990:11-12）[1]

---

[1]　譯者註：圖1中的A爲表最高敬意的語言形式，B之後則敬意遞減，Z敬意最低。日韓皆同。

備調查所得到的用語，製作成選擇題型式後請受訪者勾選。由圖1可得知以下結果（荻野1990）：

- 說話者會因對象不同而使用不同請求詞語。

- 日韓間呈現差異。日語的用法以是否對聽話者表達敬意而可分為兩類，且其與禮貌形式（polite form）「で^{de}す^{su}、ま^{ma}す^{su}」的有無相對應。而韓語則分得更細，在表達形式上左右禮貌程度的是尊敬詞綴「시^{si}」，其次是對聽話者表達敬意與否的「極尊待、一般尊待、下待、迂迴之疑問用法、極下待」。

- 無論日本或韓國，對聽話者的區別都是「家族、親屬」或「其他人」的二分法。不過，日本將家族視為「內部的人」，家族以外者則依其與聽話者的社會性角色而定；但韓國的親屬是以輩份關係為主要區分標準，親屬以外者則視年齡差距而定。

由此可見，看似稀鬆平常的「請求」行為，透過不同文化間的對比，能更加鮮明地解析出其特徵。

不過，言語行為的使用，除了語言形式還包含各種策略及伴隨產生的語言行動。因此，觀察實際交談過程的同時也要觀察言語行為。這就是注重互動的研究觀點。

3.2 注重互動關係的研究觀點

3.2.1 話輪轉換

平常看似隨性進行的會話，事實上是有其秩序的。例如，一般會話中參與者會依序交替扮演說話者角色，此系統稱為「話輪轉換（turn taking）系統」。以下自今石（1992:71）引用電話結束前的簡短對話，並觀察說話者交替究竟如何進行。

K：拜託您了　　　　　　好－　　　　　　　　　　　　沒關係　真的非常
S：　　　好我知道了－　啊　那　　講到這麼晚真是抱歉
K：謝謝您－　　　　　好－　那麼，晚安　　再見
S：　好－　那　　　　　好　　晚安

此對話中除了應聲附和，兩人很少同時說話（overlap），並會在適當的輪替處（transition relevance place）進行交替。說話者的話語與緊接著的說話者的話語稱為「鄰接應對（adjacency pair）」。上述例子中「拜託您了」與「好我知道了－」（請求－承諾）、「這麼晚真是抱歉」與「沒關係」（道歉－接受道歉）即形成鄰接應對以進行對話（Schegloff & Sacks 1972；Sacks, Schegloff & Jefferson 1974）。

所謂的會話規則，是人們自然產生的下意識期待。因此，一旦違反規則，下意識期待被背叛，就會衍生各種猜測與意義。以下是兩個熟人早上巧遇的場面（好井1999:61）：

O: F先生，早 =
F: 　　　　　= 啊！要不要買便當？O先生，便當。你吃過了嗎？ O先生。
（0.5秒）
O: 啊……嗯，還沒。
O: 打招呼 ┐
F: 〔沒打招呼〕 ├ ＋ 詢問　　（打招呼－打招呼）的鄰接應對…×
O: 　　　　　 回答 ┘　　（詢　問－回　答）的鄰接應對…○

上述對話中O以「打招呼－打招呼」鄰接應對的第一應對打了招呼，但F並沒有以第二應對打招呼，而是以「詢問－回答」鄰接應對開始對話，所以O沉默了0.5秒後才進行第二應對的回答。這種違反會話規則的情形，已超脫對方的常識，而給人「怪人」「有趣的人」等印象。

這種解析對話的手法，稱為「會話分析（Conversation Analysis）」。會話分析可有效探討人們視為常識的會話規則、解析某特定社會的通用常識並指出其問題點，更可以與各種語言文化圈的「一般規則」對照比較，其適用範圍相當廣泛。不過，也有人批評會話分析的獨特手法只以顯現於會話的部分為分析資料，而未考慮會話背後的知識或置身的社會狀況。

3.2.2 應聲附和

應聲附和（あいづち），可謂日本人會話的一大特色。觀察日常會話可

發現日本人會頻頻地應聲附和，同時也會要求對方應聲附和以利對話順利進行。透過與其他語言的對比研究可得知日本人的應聲附和有何特徵。

應聲附和頻率的對比研究數量相當多。例如，メイナード（1993）認為「うん」「ふうん」等語詞、明確的頭部擺動、微笑等皆可視爲應聲附和，並以日本、美國各20組受訪者總計120分鐘的日常對話爲資料，解析了應聲附和的頻率。該研究結果顯示日語對話中的應聲附和使用頻率是美語的兩倍。

除了針對使用頻率進行應聲附和現象的量化研究外，尚有涵蓋說話者意識的綜合研究。例如，任榮哲、李先敏（1995）的日韓對比研究以電視、廣播、電話的錄影錄音資料爲語料，探討應聲附和的使用頻率，結果顯示日本人應聲附和的頻率比韓國人高。該研究亦以問卷方式調查408名韓國人、184名日本人於說話對象與場合不同時，所產生的應聲附和頻率變化，結果如表2所示。由表2可得知：和長輩／上司談話或在正式場合，日本人應聲附和的頻率會變高，但韓國人則變低；韓國人應聲附和的頻率隨場合不同會明顯改變。該研究亦以問卷方式調查受訪者對應聲附和的印象，結果顯示應聲

表2　社會語言學因素對應聲附和頻率的影響（%）
（部分修正任榮哲、李先敏1995：246的表格）

		變多		沒變化		變少	
		韓國	日本	韓國	日本	韓國	日本
尊卑關係	長輩／上司	18.2	•61.7	10.6	18.0	•71.2	20.2
	晚輩／部下	34.0	27.3	•42.2	•53.6	23.7	19.1
親疏關係	親近	•75.9	•55.5	17.4	24.5	6.6	20.0
	不親近	15.2	27.8	12.3	21.9	•72.5	•50.3
公私關係	正式場合	13.1	•42.4	17.9	24.5	•69.0	33.1
	非正式場合	•65.2	•42.0	29.2	34.4	5.6	23.5
性別關係	對異性	23.4	26.1	•39.2	•61.4	37.4	12.5
	對同性	33.2	26.8	•61.4	•68.3	5.4	4.9
意見贊成與否	同意時	•76.5	•87.0	20.3	12.5	3.2	0.5
	反對時	21.6	14.7	10.8	7.6	•67.6	•77.7

•表最高值。

附和頻率高的人在韓國社會受到負面評價，在日本則獲得正面評價。日韓溝通方式的差異顯示個別文化中的禮貌程度、親切感、甚至於價值觀的不同。

3.3 跨文化溝通

本節主要介紹語言與文化相異者間的互動場合（稱為「接觸情境」，有別於母語使用者間進行對話的「母語情境」）。接觸情境之相關研究主要針對母語使用者（native speaker）與非母語使用者間的對話、以及非母語使用者間的對話，探討對話中的問題或所使用的策略，舉例如下：

(a) 母語使用者與非母語使用者間的對話。ナカミズ（1995）分析在日本的巴西籍勞工與日本人的接觸情境所使用的會話調整策略，語料如下所示。例(6)與(7)是日語能力不高的旅日巴西人勞工（B1）與日語母語使用者（J1）的對話。(6)是邊看著B1的相簿時的對話（T指話題topic）。(7)是調查者E（日語與葡萄牙語的雙語使用者）也在場的對話。

(6)J1：すごい。皆、写真撮る時、面白い。いつもこういう感じ。
(su go i minna sha shin to ru toki omoshiro i i tsu mo kō i u kan ji)

（好厲害喔。大家拍照時的動作表情真有趣。你們都這樣拍照嗎？）

B1〔T1〕：そう（ポーズ）それは、友達ね、学校の時。
(sō so re wa tomodachi ne gak kō no toki)

（是呀（停頓）。那是，我朋友哦，在學時的。）

J1：アア。
(ā)

（哦哦。）

B1〔T2, T3〕：これは、カンポグランデね、私の住んでた町。
(ko re wa ka n po gu ra n de ne watashi no su n de ta machi)

T2←／→T3　これは、ちょっと派手けどもね、女
(ko re wa cho t to ha de ke do mo ne onna)

の子ばかり、女の人ばかりね。
(no ko ba ka ri onna no hito ba ka ri ne)

（這裡是，格蘭德營，我住的城市。T2←／→T3這張有點花俏，都是女孩，都是女人。）

J1：ちょっと派手な写真で
(cho t to ha de na sha shin de)

（有點花俏的照片）

B1：でも、ブラジル人そう。やっぱりね、皆
　　（de mo　bu ra ji ru jin sõ　　ya p pa ri ne　minna）

　　（不過，巴西人都這樣。的確耶，大家）（ナカミズ 1995：231）

(7) B1：そうですね。これは何でも（聴取不能）、この辞書。
　　　　（sõ　de su ne　ko re wa nan de mo　　　　　　ko no ji sho）

　　（是啊。這個什麼都（語音不清晰），這本字典。）

J1：知らない。
　　（shi ra na i）

　　（我不知道。）

B1：（J1に向かって）これはね、初め、（Eに向かって）é bom
　　　　　　　　　　　　（ko re wa ne　haji me）
　　pra estudar, é ótimo, e tem gramática no fim, né, tem verbo. Tem
　　tan, que nem pra ele que tava（聴取不能）acho que é bom.（勉
　　強するためにはいいと思う、とてもいい。後ろに文法解説,
　　動詞活用もあるし……彼にはいいと思う。）

　　（面向J1）這個啊，剛開始，（轉向E）　é bom pra estudar, é
　　ótimo, e tem gramática no fim, né, tem verbo. Tem tan, que nem
　　pra ele que tava（語音不清晰）acho que é bom.（我認爲拿來學
　　習用很好，非常好。後面還有文法解說、動詞詞尾變化等……
　　我想對他很有幫助。）

E：勧めてるって（J1:アア）この本がいいって。
　　（susu me te ru t te　　　　　ko no hon ga　ī　t te）

　　他在跟你推薦（J1：哦哦）說這本書很好。

　　　　　　　　　　　　　　　　　　　　　　　（ナカミズ 1995:234）

　　一般而言，母語使用者與非母語使用者的對話中，非母語使用者較不會
提供話題，但上述(6)的對話中，非母語使用者（B1）在談及與自己相關的
話題時，卻很積極地參與對話。對話(7)則顯示非母語使用者（B1）會透過
日語能力比自己強的調查者（E）向日本人搭話。ナカミズ（1995）指出：
即使是日語能力不佳的非母語使用者，也會因話題而增加其對話參與度；
非母語使用者所採取的會話調整策略可視爲使對話順利進行的一種溝通策略
（communication strategy）。然而，ナカミズ（1995）僅聚焦於非母語使用
者所使用的策略，而未充分探討母語使用者的策略。

　　藤井（2000）認爲，應將以往分開處理的母語使用者所採取的會話調整策略（對外國人用語（foreigner talk））以及非母語使用者爲補足其能力不足所使用的溝通策略兩者置於同一架構上進行綜合分析。換言之，對外國人用語與溝通策略並非各自單獨出現，而是在同一對話中不斷相互調整下出現的。

　　(b)非母語使用者間的對話。隨著旅日外國人增加，不僅母語使用者與非母語使用者間的接觸情境，甚至非母語使用者間的接觸情境（第三者語言接觸情境）亦相對增加。在此社會背景下，ファン（1999）以管理程序的觀點分析初次見面的非母語使用者間的日語對話後發現：在不使用兩者的母語，而是以第三語言的日語進行對談時，原本存在日語母語使用者間的日語會話規則幾乎失效。非母語使用者間以日語爲溝通媒介時所出現的語言問題也爲探討日語表達如何在國際社會中自我定位之際，提供了一個重要的觀點。母語使用者與非母語使用者的接觸情境所發生的語言問題，乃起因於將母語情境中的日語規範帶進了接觸情境。爲了避免類似的語言問題再度發生，我們需要研究母語規範無法發揮效用的場合中之對話方式。

4. 未來展望

　　本節將探討上述語言策略研究今後的發展方向。

　　日本的社會語言學長久以來偏重語言面向的分析。但近年來，從言談分析出發，進而探討社會問題的趨勢漸增。若積極思考我們爲何要了解語言使用的實況，應該就能明白社會語言學是門探討社會問題的實務性學問。前述的跨文化對比研究或跨文化接觸研究也是探討多語言社會問題的重要基礎研究。

　　批判性言談分析（Critical Discourse Analysis）以批判性觀點分析現代社會中含社會不平等力量關係的會話，其研究觀點對於探討多元社會之理想型態有重要貢獻（野呂、山下編 2001）。多語言環境正逐漸擴大，因無法溝通、誤解而產生的摩擦已成爲日常生活普遍可見的現象。因此，調查語言行動意義重大。預期不久的將來，「日本人－外國人」、「單語使用者－雙（多）語使用者」的對立在日本會愈來愈不明顯。該趨勢將構成與其對抗勢力的緊張關係，而引發各種會話問題。例如，Ohri（2005）指出：非母語使

用者的接觸情境裡，日語母語使用者所使用的「日本人……」即為一種排除非母語使用者的言語。

　　以下設定的問題從個別言談分析的世界探討多語言社會應有的態度，這應該有助於語言行動研究的發展。

- 在日語教學現場，教學者與學習者採用何種形式修正自己與對方的言語或文章呢？支撐此修正作業的規範或目的為何？
- 所謂「優雅的日語（美しい日本語）」守護行動在哪裡可見？其以何種型態呈現？
- 在日本，「是外國人」的刻板印象（stereotype）如何形成？在政治關係、媒體關係或個別的談話中有無共通點？

練習與討論

1. 請分別錄下你和使你緊張的對象講電話以及你和最熟悉的朋友講電話時的對話，並進行分析。觀察本項目所介紹的結構是否會出現。
2. 請觀察（台灣任何一個語言的）母語使用者間的會話以及母語使用者和非母語使用者間的會話，找出兩者間會話規則的差異。若發現差異存在，請試著探討這些差異是絕對性的差異抑或只是程度上的問題。
3. 請調查行政機關採取什麼樣的政策關懷協助定居於轄區內不太懂華語且有小孩的外籍人士。也可試著與外國小朋友及其父母聊聊，或者詢問行政單位，以找出行政策略上有關語言的問題。

參考文獻（*為基本文獻）

*井出祥子・荻野綱男・川崎晶子・生田少子 1986『日本人とアメリカ人の敬語行動』南雲堂

今石幸子 1992「電話の会話のストラテジー」『日本語学』11-10

任栄哲・李先敏 1995「あいづち行動における価値観の韓日比較」『世界の日本語教育』5

荻野綱男・金東俊・梅田博之・羅聖淑・盧顕松 1990「日本語と韓国語の

聞き手に対する敬語用法の比較対照」『朝鮮学報』136

*真田信治・渋谷勝己・陣内正敬・杉戸清樹 1992『社会言語学』おうふう

杉戸清樹 1983「待遇表現としての言語行動－『注釈』という視点－」『日本語学』2-7

ナカミズ，エレン 1995「在日ブラジル人と日本人との接触場面－会話におけるコミュニケーション問題－」『世界の日本語教育』5

野呂香代子・山下仁編著 2001『「正しさ」への問い－批判的社会言語学の試み－』三元社

ファン，サウクエン 1999「非母語話者同士の日本語会話における言語問題」『社会言語科学』2-1

藤井聖子 2000「在日日系ブラジル人と日本人との接触場面の一分析－コミュニケーション・ストラテジー再考－」国立国語研究所編『日本語と外国語との対照研究Ⅶ　日本語とポルトガル語(2)：ブラジル人と日本人との接触場面』くろしお出版

*宮崎里司・マリオット，ヘレン編 2003『接触場面と日本語教育－ネウストプニーのインパクト－』明治書院

*メイナード，泉子，K. 1993『会話分析』くろしお出版

*茂呂雄二編 1997『対話と知－談話の認知科学入門－』新曜社

好井裕明 1999『批判的エスノメソドロジーの語り』新曜社

Austin, J. 1962 *How to Do Things with Words*. Oxford University Press.（坂本百大訳 1987『言語と行為』大修館書店）

Grice, P. 1975 Logic and conversation. In Cole, P. and J. L. Morgan (eds.) *Syntax and Semantics 3. Speech Acts*. Academic Press.

*Gumperz, J. 1982 *Discourse Strategies*. Cambridge University Press.（井上逸兵・出原健一・花崎美紀・荒木瑞夫・多々良直弘訳 2004『認知と相互行為の社会言語学－ディスコース・ストラテジー－』松柏社）

*Hymes, D. 1974 *Foundations in Sociolinguistics:An ethnographic approach*. University of Pennsylvania Press.（唐須教光訳 1979 『ことばの民族誌』紀伊国屋書店）

Ohri, R. 2005「『共生』を目指す地域の相互学習型活動の批判的再検討－

母語話者の『日本人は』のディスコースから－」『日本語教育』126

Sacks, H., E. A. Schegloff and G. Jefferson 1974 A simplest systematics for the organization of turn-taking for conversation. *Language* 50-4.

Schegloff, E. A. and H. Sacks 1972 Opening up closings. *Semiotica* 7.（「会話はどのように終了されるのか」北澤裕・西阪仰訳1989『日常性の解剖学』マルジュ社）

Searle, J. 1969 *Speech Acts*. Cambridge University Press.（坂本百大・土屋俊訳 1986『言語行為』勁草書房）

2-2 語碼轉換

1. 研究對象

　　人們在進行各種語言行動時所採取的策略之一為因應不同場合而使用不同語言。本書第1章1-2項目中已提及左右語言使用的要因，本項目將以語言行動的動態觀點探討個人語言使用實況。

　　本書將語碼轉換（code-switching）定義為：「在實際場合中，說話者有意或無意的語言變種選擇行為」。日本社會的語碼轉換現象有旅日外國人第二代等雙語使用者因應各種場合的語碼轉換、方言與標準語或不同方言間的轉換、敬語或禮貌詞語的語體轉換（style-shifting）等。

　　語碼轉換的原因可分語言內部（語言結構上的）與語言外部（社會的、心理的）因素。本節將聚焦於受語言外部因素所影響的語碼轉換。語碼轉換的語言外部因素可大略分為：(a)言語狀況、(b)溝通效果、(c)人際關係。

　　以下，第2節將概觀語碼轉換的三項主因，提示語碼轉換研究的問題所在，並論述語碼轉換研究的意義與目的。第3節將概述研究現狀，第4節則探討語碼轉換研究今後的發展方向。

2. 問題意識

2.1 語碼轉換的主因

　　語碼轉換究竟如何進行？為何需要轉換語碼？本小節首先將針對前述第1節的三大語言外部因素進行探討。

2.1.1 言語狀況

　　語言使用者會隨所處情境的變化而使用不同的語言變種（語言、方言、語體）。例如，墨西哥裔美國人在職場說英語，回家後則說西班牙語；台灣政治家在會議中說華語，在街頭選舉演說時則轉換為閩南語；日本公司的職員和廠商談完公事後一同用餐飲酒，由於場合從正式轉變為非正式，其

言語也由禮貌體（polite style，「で^{de go za i ma su}ございます」、「で^{de su}す」）轉換爲普通體（plain style，「だ^{da}」）。

語言使用者隨所處情境的變化而轉換語言變種的行爲稱爲「情境式語碼轉換（situational code-switching）」。日常生活中，我們的確會因TPO[2]不同而轉換不同的語言變種以進行對話。

2.1.2 溝通效果

我們在與人溝通時，會爲了達成某種溝通效果而轉換語言。例如，爲了向聽話者明確地傳達話語內容而配合對方的說話方式或理解能力轉換語言；也有爲了不讓第三者聽懂話語內容而轉換語言變種的情形。前者如母親對幼兒使用的育兒用語（baby talk）、以及母語使用者和外國人說話時所使用的對外國人用語（foreigner talk）等，都是爲了使聽話者易於理解，而在發音、文法、詞彙上進行轉換以接近其用法；後者如百貨公司員工間的對話，有時爲了只讓特定人員聽懂，談話途中會轉換爲職場或業界術語等行話。

爲了達成溝通效果，有時會爲了表現威信或距離感而使用標準語等上位變種，有時則會爲了凸顯連帶感或伙伴意識而轉換爲專業用語、暗語、俚語等特殊變種。例如，審判官等公職人員會避免使用地區方言等下位變種。

由此可見，溝通效果不但可藉由傳達內容達成，也可透過語言的種類而提升。

2.1.3 人際關係

因人際關係多樣性而產生的語碼轉換，在多語言社會中會以視情況選擇不同語言表達的方式呈現。但如日本般的單一語言社會，則以選擇方言與標準語、方言與另一方言、或同一語言變種中的不同語體之方式呈現。

基於人際關係而進行語碼轉換的例子如：A、B兩語言的雙語使用者混用A、B兩語言進行對話時，若A語言的單語使用者中途加入會話或雙語使用者察覺A語言單語使用者在場，爲了不對他失禮會轉換爲僅使用A語言。

---

[2]　譯者註：TPO指時間（time）、地點（place）、場合（occasion）。

此外，基於人際關係而轉換語體的行為可分為以下兩種類型。首先，如日語、韓語、爪哇語等語法中含敬語系統的語言，會有轉換敬語形式的現象發生。例如，將表「在」之意的「いる」轉換為「いらっしゃる」；將表「說」之意的「言う」轉換為「申し上げる」。另一種則是基於語言所具有的對聽話者的顧慮功能，亦即禮貌（ポライトネス，politeness）而採取的語體轉換。例如，「這間房間有點冷耶」、「希望你能關上窗戶」、「請關上窗戶」、「窗戶！」等話語皆表相同目的，但需視說話者與聽話者間的親疏關係、尊卑關係、聽話者所承受的負荷量等因素選用。

所謂的溝通，並非只是傳達想說的內容，其同時還能藉由語碼轉換維繫說話者與聽話者間的人際關係。

2.2 語碼轉換研究的意義與目的

研究「語言行動（含語碼轉換）的機制」比研究「語言的結構」困難。原因是語言行動研究需細微地補捉會話的動態過程，但語言結構研究，無論音韻結構或語法結構皆相對處於穩定狀態。不過，如2.1小節所述，語言行動研究必須針對說話者的社會屬性、所處情境、對聽話者的顧慮以及會話進行中的心理變化等各種因素複雜交錯的現場進行探討。如同觀察雲的動向變化時，並非分析照片所拍攝到的形狀（如高積雲、層積雲、卷積雲等）即可，還需全盤考量風速、氣壓、氣溫等各種因素，方能進行正確判斷。

儘管如此，我們仍持續進行語碼轉換研究是因為社會生活中語碼轉換不可或缺，而且究竟該如何轉換語碼有時令人不知所措。詳細觀察語碼轉換，可釐清該社會如何規範人際往來與場合分際、語言如何因應社會規範而分化、人們如何使用它、該規範方式又帶來什麼樣的社會問題。

以下將針對語碼轉換發生的語言項目（3.1小節）、語碼轉換的原因（3.2小節）、語碼轉換與人際關係的調節（3.3小節）等議題進行論述。

3. 研究現況

3.1 語碼轉換發生的語言項目

　　如前述，本項目將語碼轉換定義為：「在實際場合中，說話者有意或無意的語言變種選擇行為」。一般認為左右語碼轉換的語言外部因素主要為社會脈絡，也就是場合及人際關係。本小節將介紹幾篇探討社會脈絡與語碼轉換的論文。

　　(a) 日常談話中的轉換。真田（2003）解析了日本關西[3]地區年輕人間的日常對話語料。談到關西，很多人會馬上浮現該地區日常會話只使用關西方言的印象，但事實上並非如此。即使在日常輕鬆會話中亦可觀察到各種型態的方言與標準語的轉換。言談中所使用的標準語可舉例如下（括弧內為傳統方言形式）：

(1) 現在進行式否定的シテナイ（←シテヘン）、表「若說」之意的ハナセバ（←話シタラ）、斷定詞的〜ジャナイ（←〜ヤアレヘン）等

此外，亦可見傳統方言與東京語形式並用的現象（底線處表東京語）。

(2) イワンカッタッケ、ヨンジュッタンイヤカラー

　　（我沒說嗎？）　　　（因為是40個學分）

(3) ジッシュー　イッテサー、マニキュア　シトッテサー

　　（去實習啊）　　　　（擦著指甲油啊）

　　真田（2003）指出：由於東京語具有威信（prestige），因此會透過大眾傳播媒體流入方言使用地區。

　　(b) 不同語言間的轉換。在此介紹Nishimura（1995）關於日裔加拿大人第二代in-group speech中的語碼轉換研究。從日裔同伴的對話中可觀察到下列語言項目的語碼轉換：

3　譯者註：「關西（関西）」主要指京都、大阪、神戶一帶。

(4) 以日語爲基礎的話語中夾雜的英語單詞

    ①習慣性使用的單詞：taxi, hotel, news, game, sports, mother, papa, mama, wife, husband, boy, family, me

    ②塡補其不會的日語詞彙：boss, minority race, logging

    ③英日語自由變換的單詞：town, company, school, film, movie, music

(5) 以英語爲基礎的話語中夾雜的日語片語或句子

    ①連結策略：使用前後兩句表相同事態的「混合句（portmanteau sentence）」，以兩種不同語言對聽話者傳達相同語意。下列例句斜體處爲日語。

    例）We bought about two pounds *gurai kattekita no.*

    （我們買了約兩磅，買了約兩磅）

    ②強調相互關係：在英語句子中添加日語語助詞「ね」、「よ」、「よね」，以強調與聽話者的互動。

    例）She's the one that borrowed it *ne*？

    ③（再度）導入話題：以日語助詞「は」標示話題開始。

    例）Powell Street *wa*, we used to call it little Tokyo！

Nishimura（1995）認爲(5)中的日語具象徵功能，可表示並確認彼此的民族與世代認同。由此可見，語碼轉換研究必須解析語碼轉換的目的、語碼轉換的功能。此部分將於3.2小節詳述。

    探討日語和其他語言的語碼轉換研究尙有調查小笠原諸島歐美裔島民多語言使用的ロング（2003）、關於旅日日裔巴西年輕人的雙語並用及語碼轉換的ナカミズ（2000）、探討自日本返韓的歸國子女（帰国子女）語碼轉換實況的郭銀心（2005）等。

3.2 語碼轉換的原因

    如本項目第2節所述，引發語碼轉換之因素非常多，因而亦促使學界累積了不少研究成果並積極地探究每個因素的結構與機制，試舉例說明如下：

    (a) 語言注意度（attention to speech）。此爲Labov（1966）等所提倡的理論。Labov指出說話者對自己話語的注意度是語體轉換的主因。該假設認

爲愈注意自己的用詞就愈容易使用標準形式；若將注意力集中於說話內容就較會使用日常口語變種（vernacular）。爲了觀察注意度與語體轉換的關聯，Labov設定了幾個注意度不同的場合進行調查。如「請受訪者回想瀕臨死亡的經驗等使其專注於說話內容」、「與調查者對話」、「請受訪者朗讀文章」、「請受訪者朗讀單詞」等（請參閱第5章5-1項目3.1小節）。

　　(b) 調適（accommodation）。不同於Labov（1966）採用注意度解釋語體轉換，Giles（1973）認爲語體轉換是一種人際關係調節的過程，因而提倡言談調適理論（speech accommodation theory）。此理論將說話者－聽話者間的心理距離與語碼轉換的關係模式化，並指出當與年齡、性別、身分、母語、母方言等相異者對話時，說話者①會有意或無意地試圖縮短心理距離，以接近對方的語體或說話方式上的各種特徵（說話頻率、停頓、話語長短、發音等廣泛的語言特性），此稱爲趨同（convergence）。②爲強調與聽話者的差異並保持心理距離，而使用不同於對方的語體或說話方式，此稱爲趨異（divergence）。

　　在日本，言談調適理論也被應用於說明各種語碼轉換的動機。如陣內（1988）舉例(6)～(8)說明福岡市中年人或年輕人，與同地區之老年人或政經文化中心地區的年輕人不同，會使用方言與標準語的中間形式（底線部分），這可解釋爲年輕世代的歸屬意識趨同於政經文化中心地區而產生的調適現象。

(6) コレセンデ　イイト（這不做行嗎？傳統方言爲「ヨカト」，標準語爲「イイノ」）

(7) モウ　タベンドコ（我不要再吃了。傳統方言爲「タベンメ」，標準語爲「タベナイデオコウ」）

(8) ミンナデ　タベローヤ（大家一起吃嘛！傳統方言爲「タビョーヤ」，標準語爲「タベヨウヨ」）

　　(c) 溝通效果。有時語碼轉換的發生是爲了促使對方理解以達成溝通效果。如對外國人用語就是一個典型的例子。スクータリデス（1981、1988）指出：日語母語使用者在與日語學習者交談時，有時會進行語碼轉

換，改用對外國人用語，而其特徵如下：

(9)改用更簡單的日語同義詞

例）ヨーロッパの諸国　→　ヨーロッパの国

（歐洲諸國　　　　　→　　歐洲的國家）

冷房がついていません　→　クーラーがありません

（冷氣沒開　　　　　　→　　沒有冷氣）

(10)改用英語單詞

例）図面　　→　drawing粘土　→　clay

（設計圖　→　drawing黏土　→　clay）

(11)改用更簡單的用詞

例）高速道路　→　速い、高い、スピード道路

（高速公路　→　快的、高的、快速道路）

　　以上現象可採用言談調適理論的趨同概念加以說明。換言之，母語使用者為顧及非母語使用者的理解能力，而轉換為接近其用語的方式以進行溝通。

　　本小節所討論的見解並無是非之分，其皆為影響語碼轉換的因素。

3.3 語碼轉換與人際關係的調節

　　語言行動參與者的人際關係與語碼轉換間的關聯性並非一成不變。說話者會隨著與聽話者的社會、心理關係變化而轉換語碼，微妙地調節人際關係。本小節將針對2.1.3小節所論述的敬語與禮貌的語體轉換進行探討。

　　(a)「分寸拿捏（わきまえ）」與「主動（働きかけ）」。井出等（1986）指出廣義的敬語行為可分為「分寸拿捏方式」與「主動方式」兩種，其定義分別如下：

「分寸拿捏方式」：依循社會文化習慣進行，且隨社會距離、親
　　疏關係而採取的被動性敬語行為。
「主動方式」：說話者以讚揚對方、顯示連帶感等人際關係策略
　　選擇行為以展現積極的敬語行為。

井出等（1986）將日語的敬語歸類於「分寸拿捏方式」。

（b）「分寸拿捏方式」的敬語行爲。岡本（1997）以小學三年級國文課課堂中一小時的錄音、錄影資料爲語料，分析教室談話特色。研究結果指出：老師對兒童的話語中，可觀察到下列禮貌體與普通體轉換的現象（例句中單底線爲禮貌體，雙底線爲普通體）：

(12)〔CM＝兒童，T＝老師〕

CM056：はい。（手を挙げる）

我。（舉手）

T035：ちょ、ちょ、ちょ、ちょ、ちょ、ここの、それからね、ちょっと、こっち、「ふんだ。あんたたちなんかとだれが遊んでやるもんか」ね。ここの主にこの二つを中心に話し合ってみたいと思います。はい、手を挙げている子、次何言うか分かってるのぉ。

等、等、等、等、等、這裡的，接下來，等下，這邊，「踩到了。你們啊，誰要跟你們玩啊！」我想主要以這兩個爲主來討論。好，舉手的小朋友，知道接下來要說什麼嗎？

（岡本1997:44-45）

岡本（1997）指出：老師對全體同學使用禮貌體，但對特定學生個人則轉換爲普通體，語體擔負著不同功能。岡本更將禮貌體與普通體具有的功能與意涵整理如表1：

該研究指出教室中存在「看不見的規則」。例如，①老師與學生使用禮貌體等符合禮儀的後設溝通話語，以促使課堂有效率地進行。②老師一方面利用禮貌體管束學生，另一方面則又利用普通體引導學生發言。

表1　教室談話中語體轉換的功能與意涵（岡本1997:49）

語言使用狀況 特定化的後設意涵	禮貌體	普通體
狀況設定	公開場合	非正式場合
對象設定	說話對象爲全班同學	說話對象爲個人或特定人物
自我設定	以「老師」或「學生」身分發言	以個人身分發言
人際關係設定	認定對方爲外人	認定對方爲自己人

　　(c)「主動方式」的敬語行爲。Brown & Levinson（1987）指出任何人皆具有「想被理解、被認同」的正面面子（positive face）與「不想被打擾、被干涉」的負面面子（negative face）。進行語言行動時，說話者會顧慮聽話者的面子並努力維持圓滑的溝通模式。例如：

　　(13)馬上結束，請再給我約10分鐘的時間，好嗎？

例句(13)中的底線部份表示說話者顧及聽話者的負面面子。

　　(14)我們不是好朋友嗎？陪我啦！

例句(14)中的底線部份表示說話者顧及聽話者的正面面子。其分別稱爲正面禮貌（positive politeness）與負面禮貌（negative politeness）。

　　採用此想法進行研究的有宇佐美（1997）。宇佐美從語用學的禮貌（politeness）觀點將日語語助詞「ね」的功能分類如下：

①促進會話功能：預設說話者與聽話者想法相同，以表示與聽話者間的連帶感。這是典型的正面禮貌。

②喚起注意功能：說話者爲了將聽話者拉進自己的話題，而喚起聽話者注意的功能。這是以說話者爲中心的用法。

③緩和話語功能：爲了顧及聽話者的感受而緩和自己話語的功能。這是典型的負面禮貌。

④確認話語內容功能：說話者對自己的話語內容感到不確定而向聽話者確認的功能。此屬中立禮貌。

⑤填補話語功能：說話者因不確定該用什麼適當的言詞而停頓時所使用的，如「えーっとですね」等用法。此屬負面禮貌。

　　該研究根據此分類調查受訪者（共三名）在「會議」與「閒聊」兩種場合所使用的「ね」之功能，結果如表2所示。由表2可得知：「會議」場合較常使用緩和話語功能及填補話語功能的負面禮貌形式；「閒聊」場合中前述功能的使用比率較低，相反地較常使用促進會話功能的正面禮貌形式。因此，探討的對象即使僅限定於單一個語言形式，如語助詞「ね」的使用，仍可解析正負禮貌的轉換樣貌。

表2　「ね」的溝通功能與語用學的禮貌（宇佐美1997：259）

場合 溝通功能	會議		閒聊	
	頻率	比率	頻率	比率
①促進會話（PP）	8	9.3	37	86.0
③緩和話語（NP）	34	39.5	0	0
④確認話語內容（N）	14	16.3	5	11.6
⑤填補話語（NP）	30	34.9	1	2.3
總　　計	86	100	43	100

PP：positive politeness（正面禮貌）　　NP：negative politeness（負面禮貌）
N：neutral（中立）

　　此外，Brown & Levinson的禮貌理論（politeness theory）被視為可適用於任何語言社會的普遍理論，且如今已成為思考語言行動時不容忽視的理論。不過，此理論仍受批評。例如，前述的井出等（1986）的「分寸拿捏方式」論點、宇佐美後續的研究（1998、2001）皆對禮貌理論提出修正意見。

4. 未來展望

　　本節將思考語碼轉換相關研究的未來發展方向，我們可預設下列課題：

　　(a) 同一會話中的語碼轉換。雙語使用者及雙方言使用者不見得都能視場合與聽話者不同而明確地轉換兩種語碼或語體。如3.1小節(b)所述，在日本各地可觀察到：即使在同一場合或面對同一聽話者，也經常有混用兩種語

碼或語體的情形發生。這種情況會隨國內外人口移動頻繁而日益增多。深入探討對話中的語碼轉換現象將成為今後重要研究課題。尤其日本學界使用語料進行方言間、以及方言和標準語間轉換行動的研究仍嫌落後。

(b) 開發對話動態描述的研究方法。長久以來，語碼轉換研究多採靜態方法描述何種場合使用何種語言。然而，如(a)所述，實際的語碼轉換很多都是在同一會話中頻繁地轉換語碼。因此，有關實際會話裏的語碼轉換或待人詞語轉換現象，相關研究應針對其動態發展樣貌，摸索動態描述的方法。為此，必須以比單詞及句子更大的單位或性質不同的單位，例如，語意公式（semantic formula）、故事單元（story units）、言語事件（speech event）等進行資料分析與描述。同時，也需開發追蹤面談（follow-up interview）或質性調查等方法以解析語碼轉換的動機。

(c) 累積多樣的資料與研究成果。語碼轉換的複雜樣態之所以能漸被解析主要是因為：①目前為止的研究不再侷限於藉由意識調查探討各種場合是否轉換語碼，而是利用語料進行分析。②增加分析語碼轉換的語言項目。不過，這些方針都才剛起步，今後尚需蒐集更充分的語料，盡可能全面性地描述語碼轉換的語言項目以及影響語碼轉換的因素等，以累積研究成果。

(d) 語碼轉換的類型化。最後，必須依據上述(c)的研究成果，將語碼轉換類型化、找出各類語碼轉換行為的普遍性與特殊性。Brown & Levinson（1987）已指出這個研究方向。不過，僅就日語的敬語而言便可看出標準語的敬語系統及運用規則和關西方言不同（宮治1987；中井1992；辻2001等）。因此，類型化應該能使各語言的語碼轉換特色更加鮮明。

練習與討論

1. 請以錄音或錄影方式錄下你與朋友的對話，並從中找出方言與標準語的使用情形。另外，請試著探討使用方言與標準語的理由並回想對話當時的心情。

2. 觀察百貨公司或市場中店員與客人的對話，並分析語碼轉換的特徵（請參閱金美貞2005）。

3. 請錄下電視的談話性節目，觀察主持人與來賓在何種場合對誰使用何種敬語，並分析其受3.2小節所列的何種因素影響。請思考是否有本書未提及

的因素存在。

參考文獻（*爲基本文獻）

*井出祥子・荻野綱男・川崎晶子・生田少子 1986『日本人とアメリカ人の敬語行動』南雲堂

宇佐美まゆみ 1997「『ね』のコミュニケーション機能とディスコース・ポライトネス」現代日本語研究会編『女性のことば・職場編』ひつじ書房

宇佐美まゆみ 1998「ポライトネス理論の展開―ディスコース・ポライトネスという捉え方―」東京外国語大学日本課程編『日本研究教育年報』（1997年度版）

*宇佐美まゆみ 2001「談話のポライトネス―ポライトネスの談話理論構想―」国立国語研究所編『第7回国立国語研究所国際シンポジウム第4専門部会報告書―談話のポライトネス―』凡人社

岡本能里子 1997「教室談話における文体シフトの指標的機能―丁寧体と普通体の使い分け―」『日本語学』16-3

*岡本真一郎 2000『言語表現の状況的使い分けに関する社会心理学的研究』風間書房

郭銀心 2005「帰国子女のコード・スイッチングの特徴―在日1世と韓国人留学生との比較を中心に―」真田信治・生越直樹・任榮哲編『在日コリアンの言語相』和泉書院

金美貞 2005「韓国における接客言語行動に関する事例研究―文末形式選択のダイナミックス―」『社会言語科学』7-2

*国立国語研究所編 1986『社会変化と敬語行動の標準』秀英出版

*国立国語研究所編 1990『場面と場面意識』三省堂

*真田信治 1990『地域言語の社会言語学的研究』和泉書院

真田信治 2003「方言と共通語の使い分け」荻野綱男編『朝倉日本語講座9 言語行動』朝倉書店

スクータリデス, A. 1981「日本語におけるフォリナー・トーク」『日本語教育』45

スクータリデス, A. 1988「日本人が外国人と話す時」『国文学　解釈と鑑賞』53-1

陣内正敬 1988「言語変種とスピーチ・スタイル」『日本語学』7-3

辻加代子 2001「京都市方言・女性話者の『ハル敬語』―自然談話資料を用いた事例研究―」『日本語科学』10

中井精一 1992「関西共通語化の現状―大阪型待遇表現形式の伝播をめぐって―」『阪大日本語研究』4

ナカミズ, エレン 2000「在日ブラジル日系人若年層における二言語併用―文内コードスウィッチングを中心として―」変異理論研究会編『20世紀フィールド言語学の軌跡』変異理論研究会

宮治弘明 1987「近畿方言における待遇表現運用上の一特質」『国語学』151

ロング, ダニエル 2003「日本語と外国語の使い分け」『朝倉日本語講座9 言語行動』朝倉書店

*Beebe, L. and H. Giles 1984 Speech-accommodation theories: a discussion in terms of second-language acquisition. *International Journal of the Sociology of Language* 46.

*Brown, P. and S. C. Levinson 1987 *Politeness: Some universals in language usage.* Cambridge University Press.

Giles, H. 1973 Accent mobility: a model and some data. *Anthropological Linguistics* 15.

*Gumperz, J. 1982 *Discourse Strategies.* Cambridge University Press.（井上逸兵・出原健一・花崎美紀・荒木瑞夫・多々良直弘訳 2004『認知と相互行為の社会言語学―ディスコース・ストラテジー』松柏社）

Labov, W. 1966 *The Social Stratification of English in New York City.* Center for Applied Linguistics.

*Leech, G. N. 1983 *Principles of Pragmatics.* Longman（池上嘉彦・河上誓作訳 1987『語用論』紀伊国屋書店）

*Nishimura, M. 1995 A functional analysis of Japanese/English code-switching. *Journal of Pragmatics* 23.

第3章　語言生活

章節提要

所謂的「語言生活」，一般常見如下解釋：「探討語言與人類生活之關聯的學問稱爲語言生活」（時枝誠記《國語學大辭典》）。「語言生活」一詞是日本（國語學）特有的概念。若將前述定義中的「與人類生活之關聯」改爲「與社會之關聯」，則可用以說明社會語言學此一學問之內容。換言之，日本的社會語言學是從語言生活研究出發。爲調查研究日本國民的語言生活而於1948年設置的國立國語研究所，戰後便著手研究標準語化（共通語化）、敬語行爲與敬語使用意識、語言行動、言談實況等現今歸類至社會語言學中的研究議題。

誠如本書所示，社會語言學涵蓋的範圍相當廣泛。然而，語言生活研究所涵蓋的範圍更甚於此。例如，雜誌《言語生活》400冊所刊載的主題可分類如下（野村1985〈言語生活與《言語生活》〉《言語生活》第401號）：「語音」「文字、書寫系統」「詞彙（命名、人名、地名、辭典、語詞檢索）」「敬語」「標準語、方言」「語言規範、語感」「文章、文體、文章書寫」「讀、讀書」「說、聽」「語言活動的場合、領域」「語言的功能、溝通」「傳播媒體用語」「語言與藝術、藝能」「各種領域的用語」「語言與實務、資訊處理」「語言與生活（語言遊戲、幽默）」「語言變化、古老用語（傳承）」「世代差異、男女差異（兒童用語）」「語言教育、語言能力、語言習得（語言治療、日語教學）」「外語、外國的語言生活、外語與日語（翻譯、口譯）」「國語問題、語言政策」「語言分析的方法與理論」「國語研究所、《言語生活》」。

本章從上述主題中選取其他章節未論及之議題，分爲「3-1生活與語言」「3-2 民俗社會與語言」兩大項目進行論述。前者的論述主要以「聽」「說」（語音語言）、「讀」「寫」（文字語言）等四項技能與生活的關聯爲主，解析使用語言的生活與行爲；後者則概觀各地區與社會中所使用的語言及使用的方式。

希望讀者能透過本章內容，感受語言是如何深入生活中的每一個角落，以及沒有語言的生活是何其令人難以想像。

3-1 生活與語言

1. 研究對象

　　語言，是日常生活中不可或缺的重要元素，諸如打招呼、閒聊、購物、會議、透過電話或信件或電子郵件聯絡、聽課、寫報告、閱讀書籍或報紙、聽收音機、看電視、使用網路等活動，若無語言皆無法成立。另外，出版業、傳播界、教育領域、宗教圈、企業的宣傳或CM或命名等經濟活動、雙關語及笑話、繞口令、對對子等語言遊戲與語言文化中，語言亦扮演著舉足輕重的核心角色。

　　上述使用語言的行為，依照媒介類別的「語音」「文字」及行為、活動類別的「產出」「理解」，可分類為「聽」「說」「讀」「寫」等四種型態。語言，基本上藉由此四種具體的行為產出，為人所理解，而達成溝通的目的。關於傳達的手段，其他尚有點字或手語等。

　　「聽」「說」等口語行動常運用聲音的大小、說話的速度、停頓位置等語音類非語言行動（稱為paralanguage，副語言），或表情、視線、肢體語言等非語音類非語言行動。舉例而言，隨說話內容不同而改變語調、邊說話邊比手勢、不發言而僅用臉部表情傳達感情等皆是。有時也會藉由臉部表情表現出與談話內容迥然不同的真正情緒。這些訊息若要用書面語表現出來則端看書寫時選擇了何種方法，是信函還是明信片、手寫還是打字、用鋼筆還是原子筆、字體如何等。

　　事實上，有時使用或不使用語言也是個問題。例如，故意不應聲附和對方或收到來信卻故意不回覆。

　　由此可見，日常生活中的語言和語言使用方式種類眾多。其多元的樣貌皆為「語言生活」的研究對象。

　　以下，本項目將從涵蓋範圍甚廣的語言生活研究中，聚焦於以生活觀點探討語言的研究，並介紹其發展史（第2節）同時列舉幾個具體的調查研究實例（第3節）。最後，也將論述今後的研究課題及其可行性（第4節）。

2. 問題意識

2.1 語言生活研究史

　　生活與語言的關聯牽涉範圍極廣且混沌不明，因此「語言生活」一詞的概念在科學研究上並不明確。有學者認為「語言生活」並非透過嚴謹定義所產生的用詞，而是為限定觀察、研究、改善等對象才出現的用語（樺島1976），也有學者認為語言生活其本身並非研究對象，而是語言研究的切入點（林1974）。語言生活研究的方法與系統尚未確立，而研究對象與方法也亟需進一步深究闡明。由此可見，語言生活研究與以語言本身為研究對象的情況不同，很難進行客觀或有系統的研究。不過，學者們仍不斷地多方嘗試。

　　在日語研究領域裡，語言生活一詞固定下來且正式展開研究是戰後1940年代後期的事。長久以來，語言研究的對象多為語言本身的系統或結構。不過，語言在日常生活的運用層面漸受重視，「聽」「說」「讀」「寫」等語言行動（language behavior）也因而成為觀察研究的對象。自此時期至1950年代，國立國語研究所積極地進行了各種語言生活調查，諸如傳統社會的語言實況或個人的語言行動調查，就此奠定了語言生活研究的基礎。

　　然而，1960年代以後，語言生活研究曾一度陷入低迷。1960年代是美國社會語言學開始發展的時期。然而，日本的語言生活研究卻停滯不前。有些學者（ネウストプニー 1979；南1982）指出：日本獨特的語言生活研究，因欠缺一般性理論，以至於無法發展出具普遍性的論點。

　　1970年代，受到歐美社會語言學的刺激，日本語言生活研究恢復往日盛況。惟名稱上已不復見「語言生活」一詞，取而代之的是「社會語言學」。同時，其研究對象的範圍、探討的觀點也更形寬廣，研究觸角包含語言與社會文化背景之相關性、比較與其他語言或語言社會的異同。

2.2 國立國語研究所的語言生活研究

　　國立國語研究所於1948年設立後，主要以生活中實際使用的日語為研究對象，針對區域社會裡的語言生活實施大規模的實況調查。當時的日語研

究領域幾乎不探討現代日語（日常生活用語）。但戰後日本社會的語言使用實況劇烈變化，實在有必要收集語言生活實況及語言生活變化狀況的基礎資料，以確實描述並分析其變化過程。研究方法上，國立國語研究所採用社會調查的方法，隨機抽樣選取調查對象且藉由因子分析將資料以電腦統計方式處理，並於日本各地進行調查，研究區域社會的語言生活、方言與標準語的接觸、標準語化（共通語化）的要因與過程、敬語運用與敬語使用意識、以及大都市中的語言生活等議題。同時也調查書面語中的語言生活，如文字使用、讀寫能力、字形、對漢字假名混合書寫時的假名書寫（送り仮名[oku ri ga na]）之看法、書寫系統的多樣性等（國立國語研究所 1966等）。

　　國立國語研究所也實施了幾個大規模的持續調查。例如，1950年、1971-1972年及20年後的1991-1992年於山形縣鶴岡市（國立國語研究所1953、1974；Yoneda 1997）、1952-1953年及20年後的1972-1973年於愛知縣岡崎市（國立國語研究所 1957、1983）分別進行與前次調查內容相同的調查研究。這些調查是探討語言生活變遷的重要研究，其明確地解析隨時間變化而產生的語言或語言行動的變化。

　　相對於上述藉由統計手法處理大量資料以解析語言生活的方法，另外有針對特定個人觀察紀錄其一天的語言行動以探討其語言生活實況的調查手法，即所謂的「語言生活24小時調查」（Grootaers 1952；柴田 1978b）。

　　以上本節所列舉的各種調查、研究，其目的皆於探討人們在實際生活中如何使用語言、（時而用，時而不用的）語言在生活場合與社會中具備何種功能、以及社會結構及生活模式對語言的影響。以下第3節將介紹24小時調查（3.1小節）、打招呼（3.2小節）以及非語言行動（3.3小節）。

3. 研究現況

3.1 語言生活24小時調查

　　一天的生活中，我們究竟說了多少話？聽了多少？讀了多少？寫了多少？使用什麼樣的詞彙？如何區分使用這些詞彙？國立國語研究所1949年於福島縣白河市（國立國語研究所1951）、1950年於山形縣鶴岡市（國立國語研究所 1951）、1951年於長野縣飯田市、1952年於三重縣上野市（國

立國語研究所1957）、1963年於島根縣松江市（國立國語研究所1971）分別實施了「語言生活24小時調查」。該調查方法針對特定的個人觀察、紀錄其一整天的語言行動。例如，島根縣松江市的「語言生活24小時調查」，從早上六點到晚上十點共16小時完整地記錄了當地土生土長的某一家庭（共五人）的語言行動及其所使用的語言形式。記錄中也包含了來訪者（共24人）的發言。

「24小時調查」最初的研究設計是爲了探討在福島縣白河市的調查中，使用面談法調查的標準語化（共通語化）結果是否與實際的語言行動相符。換言之，24小時調查的目的在於檢視訪談結果是否正確，同時也藉由探索語言生活的實況，達成量化研究與質性研究合而爲一的目標。

爾後，「24小時調查」的調查方法被視爲掌握語言生活實況的最有效方法而備受矚目。「24小時調查」的優點在於：①可掌握某特定個人一天的發話量及使用的詞彙。②可闡明各種不同程度的待人詞語的選擇、方言與標準語的轉換。③可蒐集多位說話者與聽話者的對話語料。例如，福島縣白河市及山形縣鶴岡市的調查進行分析的項目如下：①一天的發話量，包含話題、句子、片語的總計數量（token）、各時段的發話量分布（見圖1）、以及詞形（type）。②一天的生活中較常使用的詞彙，包含單詞及片語的使用次數、常用詞彙的個人差異。③一天的生活中讀了多少？寫了多少？聽了多久收音機？④句子的長度、片語的長度以及單詞的長度。另外，島根縣松江市的調查則加入了：①方言及標準語的轉換。②各種不同程度的待人詞語的轉換。③打招呼。④名稱。⑤家庭內的語言生活（尤其是家族間的會話、誰與誰最常講話或最不常講話等）。

即使同爲24小時調查，福島縣白河市的調查與山形縣鶴岡市的調查主要在於探討一天的發話量、單詞以及片語的使用次數、句子及片語的長度等語言的量化層面。相對地，島根縣松江市的調查除了量化層面，主要著重質性層面的探討，如語言的轉換，尤其是待人詞語的轉換議題。另外，島根縣松江市爲了補充24小時調查，連續幾天針對不同年齡、性別、職業的三名受訪者，每天各選一～二小時，於不同時段進行紀錄。國立國語研究所亦採用相同的調查手法，收錄東京及其近郊的日語教育研究者本身和與其談話對象的語料（國立國語研究所 1980a、1980b、1980c、1980d）。

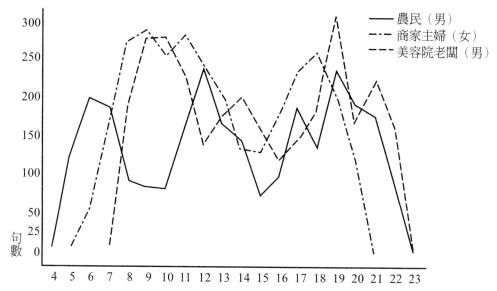

圖1　各時段的發話量分布—依句子的數量繪製—（國立國語研究所 1951:286）

　　其他歷時較久的調查，尚有選擇特定場合，然後將該場合中的語言行動全部記錄下來的截面觀察法。例如，市公所的窗口職員與市民互動的場合、或者非24小時而是為期一週調查受訪者語言生活的研究（井出等編 1984a、1984b）。

　　然而，目前24小時調查或一般性的社會語言學調查所面臨的共通問題為：①無法確保記錄方法的正確度及調查費用充足無虞。②離麥克風較遠處的對話收音效果不理想。③受訪者（informant，資訊提供者）外出時段的語言行動無法觀察紀錄。④僅錄音，導致當場情境因素被忽略。⑤因調查員一整天寸步不離貼身觀察紀錄，導致說話者的發話量減少，而客套拘謹的語言行動比率有增加的傾向。這幾個問題點隨著錄音器材設備日新月異且價格便宜，在某些程度上已不構成問題。例如，藉由無線領夾式麥克風、可攜式錄音及錄影器材、大容量記憶體、攝影機等的使用，不僅可顧全場合因素，同時也可完成正確且較無遺漏的紀錄。雖然錄音或錄影對受訪者所造成的心理負擔問題依然存在，但是隨著攝影機的普及，受訪者似乎已漸對攝影卸下心防。

　　調查者需注意的是該如何保護受訪者的個人資料及隱私權。收錄會話時，調查者需事先向受訪者及協助者充分說明調查的目的、方法、資料及分

析結果的公開方式與媒介等。在受訪者及協助者充分理解調查目的後，取得
其同意並交換同意書等。

3.2 打招呼行爲

　　日常生活中常可見人們使用慣用句或重複相同的語言行爲（Coulmas
1981）。這種定型化最顯著的當屬打招呼（挨拶^{ai satsu}）。所謂的打招呼，雖不
是一種將訊息積極傳達給對方的語言行動，卻是一種使人際關係圓滑，進
而維持或強化圓滑狀態的一種社交禮儀行動模式。語言生活研究將打招呼
視爲維持日常生活的重要行爲之一，相關探討從未間斷（國立國語研究所
1971、1981a、1981b、1984等）。

　　例如，國立國語研究所（1984）針對日常生活中常見的打招呼場合，
藉由問卷調查，分別探討日本人與德國人在該場合是否打招呼，若打招呼又
是使用何種用詞？使用何種肢體語言？該調查的部分結果如圖2所示（杉戶
1981）：

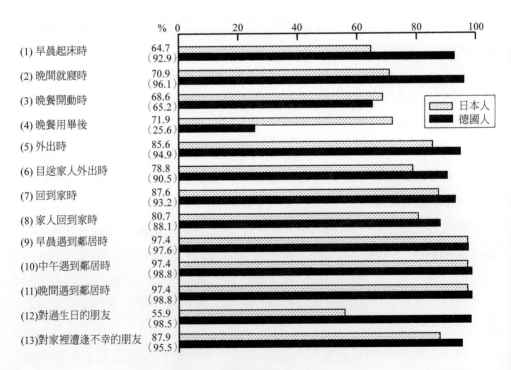

圖2　日德打招呼者的比率（杉戶1981:49）

　　藉由圖2比較日本人與德國人於八種以家庭爲場景及五種與鄰居互動，總計13種場合中會打招呼的人數比率後可發現：不論早中晚遇到左鄰右舍時，日德兩國大多數人都會打招呼；用餐前後以外的所有場合，德國人打招呼的比率較高；尤其早晚會跟家人打招呼者，日本人比德國人少；而會對過生日的朋友祝賀者，人數差異更大，日本人只達德國的半數。相對地，餐後會打招呼者，日本人則占壓倒性的多數，德國人只有日本人的三分之一。雖然因受訪者屬性會有不同的行爲模式，但整體而言，圖2的調查結果明確地顯示日德兩國語言生活呈現差異。

　　上述各種打招呼場合除了致哀場合以外，日本人所使用的語言形式種類較德國人少。例如，早晨起床打招呼時，日本人會使用「オハヨウ（早）」「オハヨウゴザイマス（早）」「呼喚對方＋オハヨウ（早）」「オッス（早（男性專用））」「オス（早（男性專用））」「オッハヨウ（早）」「グッモーニン（Good morning）」「オキタノ（起來了啊）」等八種語言形式，但在德國則使用多達五十五種的語言形式。而且日語的「オハヨウ（早）」「オハヨウゴザイマス（早）」二種形式的使用比率合計超過95%。由此可見，日本的打招呼用語形式高度定型化。

　　該調查除了前述的打招呼行爲外，還針對在學校的打招呼行爲、購物行爲、問路行爲等項目進行調查，解析日本與德國的差異。在某社會中的某場合，是否該採用某語言行爲？若進行的話又該選擇何種語言形式？該行爲的背景裡又存在什麼樣的文化及社會因素？諸如此類的資訊，在跨文化交流的生活場合中極爲重要。馬瀬等（1988）以日本、台灣、馬來西亞的大學生爲對象進行打招呼行爲的國際性比較。該研究指出，今後研究應致力於解析打招呼行爲的實際狀況與該國、該民族或該地域的文化及社會的關聯性，同時探究其規律性。

3.3 會話中的非語言行動

　　日常生活中的溝通行爲，除了語言形式，還包含語氣、視線、臉部表情、肢體動作、與對方的距離等語言以外的手段。因此，爲了掌握整體的溝

通過程，除了語言方面的觀點外，也必須加入非語言的觀點綜合探討。例如，3.2小節的日德語言行動的跨國研究，調查打招呼時的肢體動作、站著交談時身體朝向的位置與距離、在餐廳的座位相對位置等語言行動所伴隨而來的非語言行動模式。結果顯示：若與對方熟識，德國人與對方的身體距離明顯比日本人近；日本女性及德國人會因與對方的親疏關係或性別的異同而選擇不同的距離，日本男性則較重視與對方的親疏關係。

該日德對比研究乃以問卷形式進行資料蒐集，因此，調查中所探討的是人們的意識層面。另一方面，也有研究如國立國語研究所（1987），嘗試建立方法論以針對收錄之會話語料中的語言行動及非語言行動進行綜合性分析。該調查設定了座談會場合，一方面掌控與會人士的組合搭配，另一方面則觀察紀錄座談過程中所發生的所有語言行動與非語言行動。資料收錄更使用了當時研究中尚不常見的攝影機。該研究利用收集的資料解析應聲附和、對話中首次出現的名詞要素或話題的語詞承接、停頓以及語調等語言面的議題，同時亦分析肢體動作的種類、肢體動作量和發話量之間的關聯、肢體動作和發話位置的關聯等非語言行動的議題。

該研究結果顯示肢體動作的種類可分為：①改變姿勢的「偶發性生理動作」。②「視線移動」。③點頭等「頸部或頭部向前傾斜的動作」。④「頸部或頭部向後傾斜的動作」。⑤微笑或拍桌面等用以傳達感情或態度的「外顯動作」。⑥具體提示方向或數量之「指示（示例）性動作」。⑦模仿物體的整體或部分以表示該物的「模仿性動作／象徵性動作」等七種。利用這七種模式，將長達八分鐘之資料中座談會與會者（出生地為東京老街）的肢體動作進行分類，結果如表1（M＝男性，F＝女性）所示：

表1　肢體動作出現次數（國立國語研究所 1987:162）

		肢體動作							總計	%
		偶發	視線	前傾	後傾	外顯	指示	模仿		
與會成員	M1	15	12	81	16	35	15	7	181	24.8
	M2	1	3	71	6	5	-	-	86	11.8
	F1	7	40	84	8	24	4	4	171	23.5
	F2	28	48	113	19	53	20	10	291	39.9
總計		51	103	349	49	117	39	21	729	
%		7.0	14.1	47.9	6.7	16.0	5.3	2.9		

從表1可得知，③的向前傾動作最多。另外，該研究亦指出：肢體動作越多的人發話量越大。

4. 未來展望

現今日本的語言生活，隨著社會狀況、生活模式、語言意識（請參考第6章）的變化，較以往更多采多姿。因此，爲了掌握語言生活的實況，尤其在日常生活中是如何使用語言，實有必要廣泛探討其多元化的樣貌。語言生活研究今後究竟該朝什麼方向發展？本節將進行探討。

(a) 語言、媒體與溝通。以往每逢電視、電話、電話答錄機、傳眞機、文書處理機、電腦通訊設備等新型態技術或機種推陳出新時，溝通上的變化就會引發注目。最近，手機、簡訊、電子郵件、網際網路、BBS（電子佈告欄系統）、聊天室、部落格等的使用，更加速了現代社會中的資訊流通，使溝通無遠弗屆、日益複雜。

各種媒體的使用及資訊傳遞接收方式的實際狀況爲何、溝通的網絡具有何種特徵、語言行動模式產生何種變化等議題備受關注。另外，這些情況對語言會產生什麼影響？書寫系統或語詞又是如何地變化？也須加以探討。另外，從語言生活史的研究觀點（松村 1958；池上 1964；佐藤編 1972；江川 1975；宇野1986等）亦可探討隨著通信技術以及器材的發達、普及；語言生活從過去到現在究竟如何變遷發展。

(b) 讀寫能力。電腦開始普及後導致漢字書寫能力下降的情形時有所聞。戰後，日本曾進行大規模的讀寫能力調查（読み書き能力調査委員会編1951；野元1977）。我們可以參考這類調查結果，進一步探討電腦打字世代（使用者）與手寫世代、電腦使用前後，其讀寫能力有何不同（有何改變）。

(c) 公共服務等場合的語言。行政窗口或公文大量使用艱澀的漢語、文言文、以及制式且客套的冗詞之情況常爲人所詬病。醫療、長期照護、社會福利領域也受到相同的批評。有鑑於此，近年來，從「醫療爲服務業」的觀點，爲了讓醫生與患者間溝通無礙，醫界開始嘗試許多改善方案。例如，確實打招呼、使用簡單易懂的用語說明病情等。然而，其多爲紙上談兵。就社

會語言學的立場而言，實有必要進一步調查一般民眾在公所或醫療機關面臨什麼樣的語言問題。對此，追蹤高齡長者一天的語言生活，實施24小時調查應是有效的。

(d) 對日語的意識。近年來，專為一般大眾所編輯的探討日語之書籍，亦即所謂的「日語書」相繼出版，並掀起一陣日語學習熱潮。有不少以日語為題的電視教育節目、日語猜謎節目、與節目搭配之線上日語測驗、報章雜誌中的日語謎題專欄等，可看出日語商品化的現象。或許這反映了社會對日語的關注日益高漲。但若欲進一步探討人們如何看待日語，則可透過書籍的出版動向、雜誌特輯、新聞報導的主題、傳播領域的走向、NHK「日本人的生活時間調查」等各種統計資料解讀其背景，並釐清日語所處現況及人們對日語關注度的變化。

(e) 名字的書寫法。2004年日本因戶籍法施行規則的修正，可使用於人名的漢字規定放寬，較先前多了488字，共計有2,928字可供使用（有關日本人名漢字的戰後史請參閱円滿字2005）。此規定修改後對今後日本人名的書寫法會造成什麼影響？我們可以參考保險公司等的調查結果，比較歷年來的趨勢，追蹤其變化。

練習與討論

1. 請試著紀錄自己一天的語言行動，並分析「聽」「說」「讀」「寫」行為各占多少時間及數量。另外，也請錄下你一整天的發話，觀察你一天中跟什麼樣的人講了多久的話？常使用哪些詞彙？如何互打招呼？怎麼稱呼對方、對方又是如何稱呼你？句子的數量及長度有什麼特徵？
2. 請試著比較信件、傳真、電子郵件以及手機簡訊，觀察其分別在文體及書寫法上有何特徵？與口語有何不同？電子郵件中所使用的表情符號或圖形扮演何種功用？（請參閱第1章1-2項目3.2小節）
3. 請蒐集人名、地名、手邊的商品、以及建築物的名稱。例如，「藝名」、因合併而誕生的新鄉鎮行政單位名稱、以及「啤酒」、「藥」、「電器產品」、「學校」、「企業」、「咖啡館」等各種物品或機關等的名稱。並從書寫法、字數、詞彙的種類、構詞、起源等觀點進行分析。另外，請留

意是否能觀察到地區差異或時代差異。

參考文獻（*爲基本文獻）

*井口虎一郎編 1977『日本語講座5 話しことば書きことば』 大修館書店

*池上禎造 1954「言語生活研究の一意義」『国語国文』23-4

*池上禎造 1957「言語生活の構造」『講座現代国語学I　ことばの働き』
　　　筑摩書房

池上禎造 1964「言語生活の変遷」時枝誠記・遠藤嘉基監修・森岡健二他
　　　編『講座現代語2　現代語の成立』明治書院

*石黒修他編 1956『ことばの講座5 現代社会とことば』 東京創元社

井出祥子・生田少子他編 1984a『主婦の1週間の談話資料　解説・本文
　　　篇』特定研究「言語の標準化に関する総合的研究」（総括班）刊行物

井出祥子・生田少子他編 1984b『主婦の1週間の談話資料　索引篇』特定
　　　研究「言語の標準化に関する総合的研究」（総括班）刊行物

宇野義方 1986『国語学叢書12　言語生活史』東京堂出版

*江川清 1973「最近二十年間の言語生活の変容―鶴岡市における共通語化
　　　について―」『言語生活』257

江川清 1975「地域社会の言語生活小史」『新・日本語講座5　日本人の言
　　　語生活』汐文社

円満字二郎 2005『人名用漢字の戦後史』岩波新書

*大石初太郎 1971『話しことば論』秀英出版

*大野晋・柴田武編 1977『岩波講座日本語2　言語生活』岩波書店

*荻野綱男 1995「言語生活」北原保雄編著『概説日本語』朝倉書店

*荻野綱男編 2003『朝倉日本語講座9　言語行動』朝倉書店

*樺島忠夫 1976「言語生活とは何か」『言語生活』300

*言語生活編集部編 1964「特集　言語生活学」『言語生活』150

国立国語研究所編 1951『言語生活の実態―白河市および附近の農村にお
　　　ける―』秀英出版

国立国語研究所 1953『地域社会の言語生活―鶴岡における実態調査―』

秀英出版

国立国語研究所 1957『敬語と敬語意識』秀英出版

国立国語研究所 1966『戦後の国民各層の文字生活』秀英出版

国立国語研究所 1971『待遇表現の実態―松江24時間調査資料から―』秀英出版

国立国語研究所 1974『地域社会の言語生活―鶴岡における20年前との比較―』秀英出版

国立国語研究所 1980a『日本人の知識階層における話しことばの実態　調査の概要と分析』国立国語研究所日本語教育センター

国立国語研究所 1980b『日本人の知識階層における話しことばの実態 表現意図および文の長さ・音韻・構文』国立国語研究所日本語教育センター

国立国語研究所 1980c『日本人の知識階層における話しことばの実態　語彙表』国立国語研究所日本語教育センター

国立国語研究所 1980d『日本人の知識階層における話しことばの実態「場面について」（分析資料）』国立国語研究所日本語教育センター

*国立国語研究所 1981a『大都市の言語生活　分析編』三省堂

国立国語研究所 1981b『大都市の言語生活　資料編』三省堂

国立国語研究所 1983『敬語と敬語意識―岡崎における20年前との比較―』三省堂

*国立国語研究所 1984『言語行動における日独比較』三省堂

*国立国語研究所 1986『社会変化と敬語行動の標準』秀英出版

国立国語研究所 1987『談話行動の諸相―座談資料の分析―』三省堂

佐藤喜代治編 1972『講座国語史6　文体史・言語生活史』大修館書店

*柴田武 1978a「言語生活とその研究」『社会言語学の課題』三省堂

柴田武 1978b「言語生活の二十四時間調査」『社会言語学の課題』三省堂

*上甲幹一編 1955『講座日本語4　日本人の言語生活』大月書店

*杉戸清樹 1981「あいさつの言葉と身振り」文化庁編『ことばシリーズ14　あいさつと言葉』大蔵省印刷局

*高橋太郎 1964「言語生活学は成立するか―言語科学の体系を立てるために―」『言語生活』150

*時枝誠記 1976『言語生活論』岩波書店

*西尾実 1961『言語生活の探究―ことばの研究における対象と方法―』岩波書店

ネウストプニー, J. V. 1979「言語行動のモデル」『講座言語3　言語と行動』大修館書店

*野林正路 1984「言語生活の構造と意味論1~3」『言語生活』393・394・395

野元菊雄 1977「日本人の読み書き能力」『岩波講座日本語3　国語国字問題』岩波書店

林四郎 1974「言語行動のタイプ」『言語表現の構造』明治書院

*飛田多喜雄 1958「聞く生活とその教育」『国語教育のための国語講座7　言語生活の理論と教育』朝倉書店

*堀川直義他 1957『NHK国語講座　私たちの言語生活』宝文館

*馬瀬良雄・岡野ひさの・杁山あつ子・伊藤祥子 1988「言語行動における日本・台湾・マレーシア（マレー系）の比較―大学生の挨拶行動を中心に―」『国語学』155

松村明 1958「言語生活の歴史」『国語教育のための国語講座7　言語生活の理論と教育』朝倉書店

南不二男 1982「日本の社会言語学」『月刊言語』11-10

読み書き能力調査委員会編 1951『日本人の読み書き能力』東京大学出版部

Coulmas, F. (ed.) 1981 *Conversational Routine: Explorations in standardized communication situations and patterned speech.* Mouton.

Grootaers, W. A. 1952 Language behavior of an individual during one day. *Orbis* 1-1.

Yoneda, M. 1997 Survey of standardisation in Tsuruoka, Japan: Comparison of results from three surveys conducted at 20-year intervals.『日本語科学』2.

3-2 民俗社會與語言

1. 研究對象

本項目將關注各語言使用地區的文化、風土以及傳統民俗等與語言之間的關係。此領域包羅萬象，研究主題豐富多元，同時與文化人類學、民俗學、社會學等其他領域的銜接點也頗多。

對一般人而言，最基本的社會性單位為「家」。以關係緊密的「家」與「家」為基礎，並擁有共同規範意識及生活模式的地緣群體稱為民俗社會。在日本，從柳田国男（1875-1962）開始，觀察民俗社會的生活文化研究從未間斷。日本的社會語言學，尤其是從地區方言研究發展形成的社會語言學也針對仍保有日本人傳統生活的民俗社會中所使用的語言進行調查分析。民俗社會包含出產越光米的稻農所聚集的農村、生產吉野杉的深山聚落、不佩戴潛水配備而入海採集鮑魚及海螺的海女們生活的漁村等，多種以第一級產業維生者所聚集的傳統社會。

民俗社會裡，有職業差異、性別差異、貧富差異、階層差異，甚至也有因信仰不同而產生的差異，這些差異促使社會群體的形成，也因而產生了不同的語言變種。例如漁村裡，魚或風向相關的詞彙豐富；而階層分化愈顯著的社會，待人詞語也愈發達。除此之外，日本民俗社會也受到日本列島多樣化的自然環境影響。例如，日本列島位處中緯度的溫帶季風氣候，為環抱日本海且面向太平洋的海島地理環境。從關東到東北及北海道地區乃以南北為軸，中部到九州則呈現以東西為軸的弓狀曲折地形。為適應不同的自然環境，逐形成多樣化的區域社會，同時也產生了多種民俗文化及方言。例如，在多雪地區，不僅和雪相關的詞彙豐富，除雪用具及名稱也很多。在這樣的自然環境下，日本各縣居民的性格發展各有特色，各地特有的性格詞彙體系亦隨之而生。

由此可見，所謂的語言現象可說是由人類與其所在地的民俗社會及自然環境交互影響而形成的。該社會所使用的語言，反映了該社會特有的人際關係、生活模式、規範意識以及對事物的看法。換言之，藉由觀察語言可解讀某一社會或對比不同社會群體的特徵。

以下，將於第2節簡述民俗社會的語言研究史，並於第3節概觀研究現況。第4節爲未來展望，將探討以社會語言學觀點進行民俗社會與語言研究的可行性。

2. 問題意識

截至目前爲止的日語研究，很明顯地多將日本視爲一個團結的社會。例如，解析日語歷史變遷過程的研究所針對的是文獻豐富的政經文化中心地區的日語，即使探討的是日語地區方言，也多持「哪裡的語言較舊、哪裡的語言較新」的觀點展開論述。像這樣將語言的地區差異視爲「與政經文化中心地區的距離所產生的傳播之時間差異」，導致只能侷限在「日語」此單一的語言格局裡探討其新舊差異。在這樣的觀點下，「日語的地區性多樣化，乃起因於有多個異質性社會存在」之類的想法就很難被接受。

然而，回顧日本古代史即可得知，最早成立的國家，並非是個支配整個日本列島的國家。古代國家，一開始是以來往朝鮮半島必經之地的九州北部或瀨戶內地區等本州西部爲據點，爾後開始東進南下，但其勢力並未拓展到東北北部以北及南九州以南地區。東北北部及南九州成爲日本（大和）的一部分是在中世以後。而北海道與沖繩一直到19世紀半都還不屬於日本領土，而且沖繩在15世紀後是個有別於日本的獨立國家。若將這些歷史也納入考量，那麼「日本是單一民族、單一國家」的說法即純屬虛構。事實上，日本列島長久以來一直有別於日本政經文化中心地區，呈現出各式各樣的風貌。不同社會、文化的人在此營生，形成多樣的民俗社會。

各地的民俗社會，乃呈現多元日本社會的舞台。自從探討傳統社會結構與語言行動間關聯的先驅性研究於1970年代出現後，地區方言研究便開始從語言層面探索民俗社會的多元樣貌。另外，藉由比較各傳統社會的語言，將民俗社會類型化的研究亦就此展開。因此，目前的研究議題即包含探究各民俗社會的語言系統及語言的運用方式，並進一步進行對比研究以及類型化。

3. 研究現況

欲探討民俗社會具特徵的生活習慣、社會結構及社會規範，關注該社會

所使用的生活詞彙系統或日常語言行動應是有效的方法。本節將介紹由此觀點所進行的研究實例，內容分別為生活詞彙中的民俗詞彙（3.1小節）、性格詞彙（3.2小節）、親屬詞彙（3.3小節）以及語言行動中的待人詞語（3.4小節、3.5小節）。

3.1 民俗詞彙

某社會所使用的民俗詞彙反映了該社會對何種事物感興趣以及成員的生活樣貌。蒐集歸納民俗詞彙之相關方法如表1所示：

表1　民俗詞彙的統整模式

觀察的詞彙＼觀察的區域	特定領域	複數領域、全部領域
特定地區	(a)個別系統描述	(c)方言集
複數個地區、所有地區	(b)民俗詞彙集	(d)方言辭典

首先，關於(b)歸納各領域民俗詞彙集的代表性研究有柳田国男等編的《產育習俗語彙》（1935）、《婚姻習俗語彙》（1937）、《分類農村語彙》（1937）、《葬送習俗語彙》（1937）、《禁忌習俗語彙》（1938）、《服裝習俗語彙》（1938）、《分類漁村語彙》（1938）、《歲時習俗語彙》（1939）、《居住習俗語彙》（1939）、《分類山村語彙》（1941）、《族制語彙》（1943）、《分類兒童語彙》（1949）以及《分類祭祀習俗語彙》（1963）等詞彙集。而近年來，則有室山、野林編（2004-）的詞彙集系列叢書。(c)類的方言集與(d)類的方言辭典收錄了民俗詞彙並廣收各領域的方言詞彙，其中(c)包含了各地的方言集（日本方言研究會編（1990）含收錄地區清單）。(d)類研究則有東條（1951）《全國方言辭典》、尚學圖書編（1989）《日本方言大辭典》（別卷索引裡除了一般語篇、動物篇、植物篇以外，還有民俗語彙篇）、平山等編（1992-1994）《現代日本語方言大辭典》等。

關於(a)類研究，例如，小林（1937）探討越後地區[1]與雪有關的詞彙並依下列項目進行分類（以下僅舉部分詞彙）。

(A)關於下雪天候的詞彙：ヨキ（雪）、アナレ（霰、雪珠）、ヒョー（冰雹）、ボリボリヨキ（大片雪花）、サマヨキ（飽含濕氣的雪）

(B)下雪期間的人類活動相關詞彙

(イ)消極做法＝防止雪害：ヨキカコイ（「雪囲い」，將居家周圍圍起以防止雪害）、ヂロ（「地爐」，設置於地面上的火爐）、ボエ（「柴」，薪柴）、カンジキ（在雪中步行時的鞋底防滑道具）、ミチフミ（「道踏み」，利用腳上穿的踏雪套鞋將鏟下來的雪踩平踏硬）、ヨキオロシ（鏟雪）

(ロ)積極作法＝利用雪營生：マタギ（遵循古老狩獵法的狩獵者）、ザエボリ（捕魚法）、カニカワ（捕魚法）、タコダコボイ（捕魚法）

(C)下雪期間的節慶活動及信仰相關詞彙：ジウニコー（「十二講」，在雪地中供奉祭品向山神祈求平安的祭典）、カンショージ（「寒精進」，男性以河水潔淨身心祈求新的一年無病消災）、ショージャワカイショ（「精者若衆」，修行青年）

(D)孩童雪中遊戲相關詞彙：ダイコロ（「雪達磨」，雪人）、ドラフ（「落とし穴」，陷阱）、ガッチャイ（玩丟雪球時的小雪球）、スベリンドー（雪做成的溜滑梯）

(E)雪中道具相關詞彙：ズンブク（「深い雪沓」，以稻草等編織而

---

[1]　譯者註：「越後」乃舊國名，屬北陸道七國之一。相當於現今的新潟縣（不含佐渡島）。

成，雪中步行用的高筒鞋）、ハッパキ（「旅行用脛巾」，以蘭草
或稻草編織而成，綁在小腿肚，兼具防寒及減輕腳部疲勞功用）、
ワラボーン（「藁帽子」，以稻草等編織而成的帽子）、マミノ
（「蓑」，簑衣）、ムネアテ（「胸当て」，套在胸前的布）

　　隨著現今社會生活模式逐漸西化，職業種類也大幅改變，這些傳統民俗
詞彙很多已消失。不過，也有些詞彙仍根深蒂固保留下來，或許今後會有新
詞出現。只要各地區的自然環境、風俗、習慣有所不同，民俗詞彙的地區差
異就不可能消失。

3.2 性格詞彙——岡山縣淺口郡鴨方町方言中專指「手腳慢的人」之詞彙

　　民俗社會的行為規範有時會出現於當地所使用的性格詞彙。所謂的性
格詞彙乃指「評價他人與生俱來的個性或平日的態度、行為之用語」（室山
2001:6）。例如，「あの人はカタブツだ／トロイ／キレル（那個人很一板
一眼／慢吞吞／動不動就生氣）」。室山（2001:6-7）指出，存在於社會中
的性格詞彙具備下列功能：

- 　用於評價他人的詞彙，同時也是規範自身行為倫理的具體指標。
- 　存在於以群體為基礎、以〈勞動秩序〉及〈人際往來秩序〉為主軸
  的村落社會。將安定與維持視為「善」的想法，乃一適用於所有成
  員的群體性規範之符號系統及機制。

　　舉例而言，室山（2001:「付章」第2節）針對岡山縣淺口郡鴨方町方
言，調查高齡者所使用的18個專指「手腳慢的人」的詞彙。結果指出，這些
性格詞彙可分為下列八大類型（底線部分為該分類具特色之語意）：

(1) 類　トロスケ、トロスコ、トロサク：工作速度慢、效率不佳的
　　　人。

(2) 類　ノロ、ノロマ、ノロスケ：工作速度慢、起步亦晚。天生駑鈍
　　　的人。

(3) 類　チョレ^{cho re}：<u>不夠聰慧、工作速度慢。</u>常被人迎頭趕上。

(4) 類　ドンツク^{do n tsu ku}：<u>因天生手腳慢，導致工作速度緩慢。</u>事倍功半。

(5) 類　グズ^{gu zu}、グズッタレ^{gu zu t ta re}、グズマ^{gu zu ma}、グズマー^{gu zu mā}、グズグズ^{gu zu gu zu}：<u>總是拖拖</u>
<u>拉拉導致工作進度延宕、起步亦晚者。</u>天生手腳慢。

(6) 類　ノラクラ^{no ra ku ra}、ノラクラモン^{no ra ku ra mo n}：<u>無法全力以赴投入工作，導致工作</u>
<u>進度緩慢。</u>工作能力與他人不相上下，但缺少幹勁。

(7) 類　ボヤスケ^{bo ya su ke}：<u>不夠聰慧，導致工作進度嚴重落後。</u>事倍功半。

(8) 類　トドロカン^{to do ro ka n}、トトロカン^{to to ro ka n}：<u>拖拖拉拉，遲遲不付諸行動的人。</u>
缺乏衝勁。

這些詞彙可再進一步分類。例如，可從著重工作整體過程中的哪個部份（開始部份、從開始到結束、結束部份）以及缺乏什麼（智慧、毅力、意志力、天生手腳敏捷度），亦即可從〈工作進度〉和〈工作進度延宕因素〉兩個語意特徵進行分類（表2中的「＋、－」表該語意特徵的有無）。

表2　岡山縣淺口郡鴨方町方言中專指「手腳慢的人」之詞彙的語意特徵
（部分修正室山2001: 277的表格）

特徵 類別	工作進度			工作進度延宕因素			
	開始	開始～結束	結束	智慧	毅力	意志力	天生手腳敏捷度
(1)トロスケ^{to ro su ke}	－	－	＋	－	－	－	－
(2)ノロ^{no ro}	－	＋	－	－	－	－	＋
(3)チョレ^{cho re}	－	－	＋	＋	－	－	－
(4)ドンツク^{do n tsu ku}	－	－	＋	－	－	－	＋
(5)グズ^{gu zu}	－	＋	－	－	－	－	＋
(6)ノラクラ^{no ra ku ra}	－	－	＋	－	＋	－	－
(7)ボヤスケ^{bo ya su ke}	－	－	＋	＋	－	－	－
(8)トドロカン^{to do ro ka n}	＋	－	－	－	－	＋	－

分析結果顯示，該傳統社會具下列特徵（室山（2001:276-277））：

- 是個對「手腳慢的人」高度敏感的社會。
- 擁有豐富詞彙形容「手腳慢的人」之特質。
- 其特質的分類，可依照：(a)特別重視〈工作完了的時間點〉、(b) 身心狀態〈與一般人不相上下〉者及能力在於〈一般人〉之下者兩類，而後者可依其能力不足之處再加以細分。

而該社會的結構及規範如下（室山 2001:8）：

- 該傳統社會所具有的並不是中根（1967）所主張的「縱向」社會原理，而是「橫向」社會原理，是個協調的關係主義。
- 該社會加諸於每一個成員身上的價值指向並非優異者方能達成的標準，而是基本上任何人都能達成的一般標準。

3.3 親屬詞彙——以富山縣五箇山方言為例

欲了解民俗社會中最基本的人際關係，可觀察該民俗社會中所使用的親屬詞彙。親屬詞彙裡有稱呼對方時所使用的面稱（address term，如「お父さん!（爸爸）」等），以及在話語中論及時所使用的指稱（reference term，如「父（家父）」等）。本小節將以指稱為例，介紹富山縣五箇山方言的親屬詞彙。

表3為土生土長的受訪者（1924年生）於1930年代對部分家族成員的指稱（真田1990:206）。相當於句子「～是甲（乙）家的X）」中X的部份。結果顯示該社會具有下述之親屬稱謂系統。

- 指稱各人物的語言形式乃依照被指稱者家族在該社會中的社會地位高低而定（表3中的「家族地位」欄）。
- 對家中成員的指稱方式則依其「在家中的輩分」而定。輩分區分以戶長為基準。
- 親屬稱謂的構詞規則如表4所示（以「戶長之母」為例）。
- 對同一人物所使用的指稱用親屬稱謂，不論使用者為家人或外人，皆不會改變。換言之，該社會的所有成員皆使用相同的親屬稱謂。

表3　富山縣五箇山方言的親屬稱謂（真田1990:206）

輩分／家族地位	戶長的祖父	戶長的祖母	戶長之父	戶長之母	戶長	戶長之妻	戶長的長男	戶長的長媳	戶長的次男及次男之後的兒子	形式特徵
上					オヤッサマ (o ya s sa ma)	カカサマ (ka ka sa ma)				ーサマ (sama)
	オーオジジ (ō o ji ji)	オーオババ (ō o ba ba)	オジジ (o ji ji)	オババ (o ba ba)	オトト (o to to)	オカカ (o ka ka)				オー (ō)
↑	オージーサ (ō ji sa)	オーババサ (ō ba ba sa)	ジーサ (ji sa)	ババサ (ba ba sa)	ドッツァ (do t tsa)	ジャーサ (jā sa)	アンサ (an sa)	アネサ (a ne sa)	オッサ (o s sa)	ーサ (sa)
中	オージージ (ō ji ji)	オーバーバ (ō ba ba)	ジージ (ji ji)	バーバ (bā ba)	トート (tō to)	カーカ (kā ka)				插入長音
↓						ジャーマ (jā ma)	アンマ (an ma)	アネマ (a ne ma)	オジマ (o ji ma)	ーマ (ma)
							アニキ (a ni ki)			ーキ (ki)
下	オージジ (ō ji ji)	オーババ (ō o ba ba)	ジー (ji)	ババ (ba ba)	オヤジ (o ya ji) ／ トト (to to)	ジャー (jā) ／ カカ (ka ka)		アネ (a ne)	オジ (o ji)	―

表4　指稱用親屬稱謂之構詞規則

基本形式	附加形式	指稱用親屬稱謂	家族地位
ババ (ba ba)	前綴「オ」(o)	オババ (o ba ba)	上上
	後綴「サ」(sa)	ババサ (ba ba sa)	上
	中綴「ー」(ā)	バーバ (bā ba)	中
	無	ババ (ba ba)	下

　　順帶一提，五箇山方言中的親屬稱謂系統自1970年代後大幅改變。例如，以往戶長的指稱オトト (o to to) 或トート (tō to) 等形式乃依照家族地位高低而定，但大部份的形式已消失，一律統一使用トーチャン (tō cha n)。這是該社會的身分體系崩潰所帶來的結果。

3.4 待人詞語——以富山縣五箇山方言爲例

　　本小節將探討相同區域（富山縣五箇山方言）的待人行爲（待遇行動 tai gū kō dō）研究（真田 1990，並請參閱第1章1-1項目3.1小節）。真田（1990）針對全

村的村民進行訪談（循環賽式全數調查），要求受訪者回答在路上遇到其他村民及數名外來人士時如何尋問對方「你要去哪裡？」，以調查動詞「去（行く iku）」的使用狀況。結果如圖1所示：

イカッサル（ikassaru）、イキャル（ikyaru）、イク（iku）是傳統的方言形式。イカッサル（ikassaru）的敬意比イキャル（ikyaru）高，イク則不含敬意。イカレル（ikareru）是由城鎮（砺波平野部）傳進來的新的敬語形式。該聚落存在明確的家族地位區分，且以n家的地位爲最高（長房），其後依序爲中間地位的a家、t家、u家（以上爲非嫡系），以及最低地位的j家、k家（與前述各家無血緣關係）。

此調查與3.3小節親屬稱謂之調查結果一樣，驗證了家族地位與待人詞語的使用有著密切關係。具體說明如下：

(a) 待人詞語的運用很少因受訪者個人而異，聚落內部有一套統一的使用模式。

(b) 對聽話者：

(b-1)動詞「去」的部份，對年輕人主要使用イク（iku），對中年以上者（含家人）則使用イカッサル（ikassaru）、イキャル（ikyaru）。

(b-2)最高敬意的イカッサル（ikassaru）的使用與否，主要以聽話者所屬家族之地位高低爲基準（對n家成員的使用頻率最高）。

(b-3)イカッサル（ikassaru）的使用對象即使是同一家族的成員，使用頻率會隨家中輩分而異。對戶長使用最多，高低依序爲戶長 > 戶長之妻 > 戶長之子 > 戶長的媳婦。

(b-4)對外來人士中有教養且爲聚落村民所敬仰的教師或僧侶則使用最高敬意的イカッサル（ikassaru）。

(c) 說話者：

(c-1)使用イカッサル（ikassaru）者以女性占大多數。

(c-2)年輕人使用イカレル（ikareru）此單一敬語形式，呈簡化（simplification）傾向。

表示聽話者行為（「行<ruby>く<rt>i ku</rt></ruby>（去）」）的部分

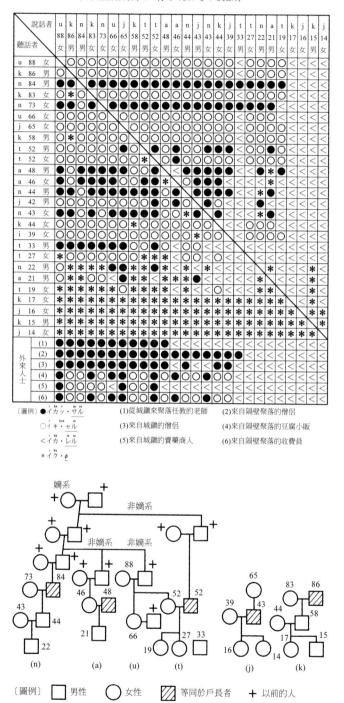

〔圖例〕●イカッ・サル
　　　　○イキ・ヤル
　　　　＜イカ・レル
　　　　＊イク・φ

(1)從城鎮來聚落任教的老師　　　(2)來自隔壁聚落的僧侶
(3)來自城鎮的僧侶　　　　　　　(4)來自隔壁聚落的豆腐小販
(5)來自城鎮的賣藥商人　　　　　(6)來自隔壁聚落的收費員

〔圖例〕□男性　　○女性　　▨ 等同於戶長者　　＋ 以前的人

圖1　依家族地位而區分使用的待人詞語（1971年調查）（真田1990: 32、49）

　　該地區乃傳統農村，爲了在寒冷多雪地帶務農，從前必須燒田燒到山頂上，然後播種稗，其工作之嚴苛不是小家庭所能負荷。且該地區無多餘耕地可供分家者使用，所以無論男女皆禁止離家。以「越中五箇山合掌屋」聞名的該地區建築，便是爲了因應大家族居住而建造。該傳統社會的日常生活不重個人權利，多以「公家」的共同規範爲優先考量。若違反規範，會被貼上不合群、異端者的標籤，遭受全村村民絕交的制裁。換言之，此地區曾有自成一套的嚴格社會規範。探討前述的親屬稱謂及待人行爲時，若能將村落社會形成的背景、歷史也一併納入考量，應能更精確地理解前述現象形成的緣由。

3.5 從敬語行爲觀察傳統社會的類型

　　3.4小節介紹了一個地區的待人行爲，本小節則將介紹以對家人使用尊敬語與否爲基準將方言間的差異予以類型化的研究。

　　日語的方言中，有對父母親等家人使用敬語的方言（加藤1973稱其爲「自己人尊敬用法（身內尊敬用法）」，如關西方言「うちのお父さん[2]は、さっきからずっと先生をそこで待ったはりました（我父親從剛剛就一直在那裡等老師）、「お母ちゃんは、昨日の晩えらい遅う帰って来られました（我母親昨晚很晚回來）」。另一方面，則有不使用敬語的方言（見圖2）。「自己人尊敬用法」以近畿、日本西部爲中心，東起新瀉縣、西經鹿兒島至沖繩，分布範圍廣泛。3.4小節所介紹的五箇山方言裡也有自己人尊敬用法。

　　地區差異之所以產生，起因於在標準語的形成過程中扮演重要角色的東京，和以近畿爲中心的日本西部各地區的歷史不同，以致左右語言行動模式的社會規範自然也大相逕庭。

---

[2]　譯者註：底線處爲尊敬語。

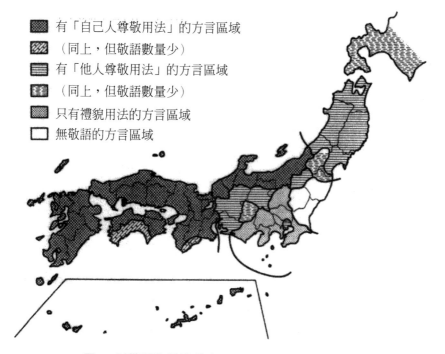

有「自己人尊敬用法」的方言區域

（同上，但敬語數量少）

有「他人尊敬用法」的方言區域

（同上，但敬語數量少）

只有禮貌用法的方言區域

無敬語的方言區域

圖2　以敬語為基準的方言分類（加藤1977:76）

　　使用「自己人尊敬用法」的近畿中央地區，無論對家人、內部人士或外人都採用敬意程度相同的用語。這個地區的人際關係是〔自己〕對〔自己人或外人〕，是個明確區別自己與自己以外人士的社會。換言之，家人雖是共同構成「家」的成員，但基本上個人是獨立的個體，講求個人責任與自由。使用「自己人尊敬用法」的區域，無論對自己人、同輩或長輩等任何人都很有禮貌。

　　相反地，對家人或自己人不使用尊敬詞語，而只對他人使用尊敬詞語的「他人尊敬用法（他者尊敬用法^{ta sha son kē yō hō}）」的使用區域（包含東京）是個明確區分自己人與外人的社會。換言之，標準語的人際關係之基礎為〔自己或自己人〕對〔外人〕，自己人和自己站在同一陣線上，無論地位、身分、名譽皆與自己同等，因此也要共同負擔罪過與責任。這是一個以連坐思想為背景，並區別內與外的社會。

　　由此可見，「民俗社會與語言」之相關研究可藉由詳加觀察各民俗社會中的語言系統或語言運用模式後加以類型化，如此便能闡明日本社會的多樣

性。

4. 未來展望

　　民俗社會與語言的探討在昭和初期以柳田国男爲中心展開了一連串的相關研究，但由於現今社會的西化與單一化，再加上傳統民俗的沒落，以致研究略呈停滯狀態。

　　不過，只要各傳統社會的自然環境、風俗、習慣有所不同，語言上的地區差異就不會消失。今後的研究課題可舉例如下：

　　(a) 持續進行個別描述。關於日本各地的民俗詞彙、親屬詞彙以及性格詞彙的描述研究還不多，應與第2章所探討的語言行動一併持續進行探討。

　　(b) 類型化。依據(a)的結果，從宏觀的角度將類似的語言系統或運用模式予以分門別類。

　　(c) 語言與傳統社會的探討。可從民俗社會的結構或規範說明(a)與(b)所描述的語言系統及語言運用模式爲何以該型態存在。目前爲止，方言研究者在各地重複進行田野調查時皆直覺認爲語言的地區差異與地區特性息息相關。今後應將此直覺透過語言具體化，以論證其適當性。

　　(d) 深入追究民俗社會與當地語言的變遷。現今，傳統民俗社會已然崩潰，逐漸形成新的民俗社會。往昔傳統民俗社會使用過的語言中何種詞彙還被保留著？何種詞彙已消失不見？誕生了何種新詞？語言行動面發生何種變化？等議題皆亟需進行探討。此外，此類研究與第4章的語言接觸息息相關，敬請相互參照閱讀。

　　(e) 與其他領域交流。本項目開頭處曾提及此領域與其他研究領域的銜接點頗多。所謂的其他研究領域有：「人，即使看的是相同對象，但會因觀看的角度、立場、或看的人（生物）不同，而有不同的看法，或產生不同的解讀空間」等與「世界認知」「世界觀」有關的研究（Hall 1966）；針對人類如何運用語言描述世界萬物進行探討的語言人類學（Carroll ed. 1956；宮岡編 1966等）；探討「人如何理解、如何表達近在眼前的風景與環境」等議題的景觀研究等。今後應加強與這些研究的跨領域研究。

　　「民俗社會與語言」研究必須鉅細靡遺地調查個別社會，因此無法在短

時間內有效率地大幅提升研究成果。然而，對社會語言學而言，這是最基本的研究課題，尤其對日本的社會語言學而言，更是傳統上一脈相承的研究議題。今後若能持續發展探討此研究議題，應可向學界展現日本社會語言學的獨特性。

練習與討論

1. 請向同輩及祖父母輩詢問下列詞彙：「新年」「中元節」等年節祭典、「服裝」「家具」等日常生活用品、「動物」「植物」「風」「雪」「星星」等自然界物體、「孩童的遊戲」等。請觀察兩個世代間發生了何種變化。
2. 請從日常生活中所使用的性格詞彙找出有關「勤奮工作者」「個性差的人」等相關詞彙。並請利用3.2小節室山（2001）採用的方法進行分析。
3. 請列出你所使用的親屬詞彙的面稱及指稱，並解析其系統及使用規則。

參考文獻（*為基本文獻）

*網野善彦 2000『日本の歴史〈00〉　日本とは何か』講談社
*上野和男 1992『日本民俗社会の基礎構造』ぎょうせい
加藤正信 1973「全国方言の敬語概観」『敬語講座6　現代の敬語』明治書院
加藤正信 1977「方言区画論」『岩波講座日本語11　方言』岩波書店
*国立国語研究所 1968『社会構造と言語の関係についての基礎的研究(1)―親族語彙と社会構造―』秀英出版
*国立国語研究所 1970『社会構造と言語の関係についての基礎的研究(2)―マキ・マケと親族呼称―』秀英出版
*国立国語研究所 1973『社会構造と言語の関係についての基礎的研究(3)―性向語彙と価値観―』秀英出版
*国立国語研究所 1979『各地方言親族語彙の言語社会学的研究(1)』秀英出版
小林存 1937「語彙的に越後の雪を語る」『方言』7-8

*真田信治 1990『地域言語の社会言語学的研究』和泉書院

*真田信治監修・中井精一他編 2004『日本海沿岸の地域特性とことば』桂
　　書房

*谷川健一編 1995『日本民俗文化大系1　風土と文化』小学館

*谷川健一編 1995『日本民俗文化大系12　現代と民俗』小学館

*千葉徳爾 1972「地域性」大塚民俗学会編『日本民俗事典』弘文堂

*中井精一 2005「日本語敬語の地域性」『日本語学』24-11

中根千枝 1967『タテ社会の人間関係―単一社会の理論―』講談社現代新
　　書

日本方言研究会編 1990『日本方言研究の歩み　文献目録』角川書店

*日本方言研究会・柴田武編 1978『日本方言の語彙』三省堂

宮岡伯人編 1996『言語人類学を学ぶ人のために』世界思想社

*室山敏昭 1987『生活語彙の基礎的研究』和泉書院

*室山敏昭 1998『生活語彙の構造と地域文化―文化言語学序説―』和泉書
　　院

*室山敏昭 2001『「ヨコ」社会の構造と意味―方言性向語彙に見る―』和
　　泉書院

*室山敏昭 2004『文化言語学序説―世界観と環境―』和泉書院

*室山敏昭・野林正路シリーズ編 2004-『生活語彙の開く世界（全16
　　巻）』和泉書院（地名・身体・育児・親族・食物・衣服・風位・養
　　蚕・屋号・性向などの語彙の巻を含む）

Hall, E. 1966 *The Hidden Dimension*. Doubleday.（日高敏隆他訳 1970『かく
　　れた次元』みすず書房）

Carroll, J. B. (ed.) 1956 *Language, Thought and Reality: Selected writings of
　　Benjamin Lee Whorf*. MIT Press.（池上嘉彦抄訳 1993『言語・思考・現
　　実』講談社学術文庫）

第4章　語言接觸

章節提要

在傳播媒體尚未發達的時代，新語言大多在都市形成後，再透過口耳相傳的方式慢慢地傳播至周邊地區。但現今的日本社會由於傳播媒體發達，各地方言社會的成員大多是方言與標準語的雙語使用者，再加上現代社會因流動性高，人們升學、就業、調派等異動頻繁，接觸其他地區方言的機會亦隨之增加。

現今社會的一大特徵為人們往往因政治、經濟理由而越境移動。以日本為例，日語母語使用者因移居海外而成為日語與當地語言之雙語使用者，甚至有因當地語言能力提高而忘卻日語的情況發生。另一方面，非日語母語使用者赴日後，努力學習第二語言——日語的情況亦屢見不鮮。

本章將以日語為主要探討對象，聚焦於同一語言的變種或兩種語言在個人或社會中接觸、併存之實際情況，並將語言接觸的各種現象分成「4-1 方言接觸」與「4-2 語言接觸」兩大項目進行論述。

無論是學習標準語或第二語言，母語以外的語言學習並非都能堅持到最後，有中途放棄的可能。此外，雙語使用者（bilingual）也不見得可以經常清楚地區分使用兩種語言系統。若兩種語言系統併存於個人內部，一般常可見其相互影響的情況，更甚者還有可能兩者融合產生新的混合變種。

最後，本章將聚焦於語言接觸（language contact）後所產生的語言變化（language change）。然而，即使不與其他語言或方言接觸，語言或方言本身也會產生自主性變化。此相關現象將於第5章「語言變化」中探討，而母語或第二語言系統如何在個人內部形成的問題則將於第7章「語言習得」中討論，請參閱。

4-1 方言接觸

1. 研究對象

20世紀初，因都市化的影響，人口大量流入東京或大阪等大都市，因而導致都市中同時混雜許多方言。不同方言的使用者相互交流，引發了方言接觸的現象產生。

日本於明治時期開始正式實施初等教育，加上大正時期[1]以後收音機、電視等媒體的迅速發展，對標準語普及有相當大的貢獻。一方面使得地區方言產生變化，另一方面則促使人們成為方言與標準語的雙變種使用者。

本項目將探討在社會或個人中，同一語言的複數個方言或方言與標準語並存時，各語言將產生何種變化。與其他方言接觸，能促使使用者察覺與自己相異的語言之存在，此問題自古以來一直吸引人們的興趣。此外，方言在與其他方言接觸的場合有可能引起溝通障礙，而東北方言等社會評價較低的方言也衍生出歧視等社會問題。因此，方言接觸早在社會語言學之草創期（或更早之前），就被認定為研究的一大重點（請參閱序章）。

以下，第2節將介紹方言接觸研究誕生的背景，並提示方言接觸研究之架構。緊接著，第3節將以此架構為基礎，概觀方言接觸研究的動向。最後，第4節將探討該領域今後的研究課題及方向。

基於權便，本項目將方言間的接觸、方言與標準語的接觸統稱為「方言接觸」。

2. 問題意識

雖統稱為方言接觸，但其實際情況並不盡相同。方言接觸研究之焦點在於從多樣性中發現規律性與普遍性。本節將提示解析多樣化的架構，並探討方言接觸在何種社會情況下發生（2.1小節）、以及接觸的結果致使語言產生了何種型態變化（2.2小節）。本節所提供的架構不僅止於方言接觸，亦可適用於語言接觸。

---

[1] 譯者註：明治時期為1868年9月8日至1912年7月30日，大正時期為1912年7月30日至1926年12月25日。

2.1 發生接觸的社會情況

首先，方言與方言、方言與標準語接觸時的社會情況可整理如下：

(a) 當事者無自日常生活空間移動之情況

　　(a-1)透過與鄰近地區人士對話而接觸方言

　　(a-2)透過媒體、書籍等接觸標準語

(b) 當事者有自日常生活空間移動之情況

　　(b-1)因旅行等短期性移動而經歷方言接觸

　　(b-2)因移民、遷居等長期性移動而經歷方言接觸

　　　　(b-2-1)單獨移動

　　　　(b-2-2)集體移動

(a-1) 是會話參與者雙方接觸到彼此的方言。(a-2)是視聽者或讀者單方面的接觸。兩者皆爲於日常生活空間中所產生的接觸，因此，母方言大致上可以維持不變。不過，(a-1)的情況有可能產生個別單詞或文法項目的交流；(a-2)的情況則常因習得母方言以外的標準語，而變成雙方言使用者。當然也有標準語的語言項目融入母方言，而發生母方言標準語化之現象。另外，尚有於教室中接觸老師所使用的標準語或於職場中接觸其他地區出生的同事所使用的方言等情況。

(b-1) 屬短期性移動，母方言幾乎不會產生變化。(b-2)則屬長期性移動，必須在使用其他方言的地區生活（第二方言環境），而且視移居時的年齡，有時會產生母方言轉移至其他方言的情形（引發語言轉移（language shift））。

2.2 說話者對方言接觸的應對——語言地理學

日本的方言研究中，對方言接觸最感興趣的當屬語言地理學（linguistic geography）或地理語言學（geolinguistics）之研究領域。其以2.1小節的(a-1)透過與鄰近地區人士對話（口耳相傳）而經歷的方言接觸爲主要研究對象。該研究之基本理念爲「新的語言形式在都市產生，爾後宛如爬行般地傳播至周邊地區（稱爲地理性傳播）」，以及「方言間的差異在於其接納多少在都市產生的語言形式」。語言地理學即基於此種想法而提出「鄰接分布原則」（相鄰地區的語言有歷史前後關係）、「周邊分布原則」（古語留存於

邊陲地帶）等原則（柴田1969）。也就是一般所熟知的「方言周圈論」。

　　前述的「語言宛如爬行般地傳播至周邊地區」，換個角度亦可解釋爲「某地區的人透過接觸相鄰地區的語言而接受該語言形式」。

　　然而，接觸相鄰地區語言的結果，不僅止於接受該語言形式。德川（1978）指出，若某地區或某個說話者裡，表相同語意的A形式與新的B形式接觸後，可能產生以下幾種類型的重構：

　　(1) 分工：A和B兩種形式雖然語意有些微差異，但兩者並存使用。

　　(2) 轉移：捨去以往使用的A形式而改採新的B形式。

　　(3) 混合：A和B兩種形式全部或部份重組後產生新形式。

　　(4) 導入第三形式：採用A、B以外的第三形式C（C多爲標準語）。

這四種類型，若再加上

　　(5) 維持：不接受新的B形式，維持原本的A形式。

就幾乎可以完整地囊括方言或語言接觸時可能產生的變化類型。

　　再者，上述類型不僅適用於各個語言形式接觸的狀況，也可適用於兩個語言或方言接觸時所產生的整體系統變化的分類。例如，(1)「分工」相當於雙語使用者（第2章2-2項目探討的語碼轉換即在此情況下進行）。(2)「轉移」相當於改用他種語言爲母語的語言轉移。(3)「混合」則相當於洋涇濱（pidgin）或克里奧爾（creole）等兩種語言混合所形成的接觸語言。(4)「導入第三形式」相當於例如採用英語等作爲通用語（lingua franca）。(5)「維持」則指維持使用母語（language maintenance）。

　　2.1小節與2.2小節所分類的社會、語言架構，可作爲研究方言接觸時的參考依據，而其同時亦爲問題所在。現今的方言接觸研究與語言接觸研究主要著眼於2.2小節所述之重構類型會在何種社會（2.1小節）或語言條件（語言間的相似度等）下產生？在各個類型中進行了何種語言行爲？產生何種語言變化？人及語言皆活動旺盛的這個時代，方言接觸研究及語言接觸研究正是現今社會語言學研究最熱門的領域。

3. 研究現況

　　本節將介紹幾個研究方言接觸的具體實例。首先，3.1小節將提示目前

方言接觸研究的核心焦點，3.2～3.4小節則介紹幾個研究實例。

3.1 方言接觸研究焦點

如第2節所述，方言接觸具多樣性。在介紹具體研究實例之前，在此先統整方言接觸研究的主題（表1）。

表1　方言接觸研究的主題

重構類型	語言現象	研究實例	
分工	第二方言習得	東京（大阪出生）	荻野 1995
		大阪	ロング1990；岸江、ロング 1992
	語碼轉換	請參閱第2章2-2項目	
轉移	標準語化Ⅰ	八丈島	國立國語研究所 1950
		福島縣白河市	國立國語研究所 1951
		山形縣鶴岡市	國立國語研究所 1953、1974
混合	Neo方言	關西	真田 1987a；高木 2005
	共同語（koine）	東京	田中 1965、1983
		南大東島	中井等 2004
		西神新興城市	朝日 2004
導入第三形式	標準語化Ⅱ	北海道內陸區	小野 1978、2001；國立國語研究所 1965
維持	移居者維持母方言	千葉縣君津市	岡野 1984

表1的「語言現象」中，「標準語化Ⅰ」指某地區的傳統方言逐漸標準語化；「標準語化Ⅱ」則指使用不同方言的群體移居至同一地區後，各自捨棄母方言而改採標準語。這兩者在研究論文中大多被稱為「共通語化」，本書則統一稱為「標準語化」。此外，「Neo方言」為方言與標準語接觸後所產生的新系統，「共同語（koine）」則為複數個方言接觸後所形成的該群體或該社群的新共通語。

以下，將於3.2小節介紹第二方言習得，於3.3小節介紹Neo方言。最後，於3.4小節介紹共同語（及標準語化Ⅱ）。

3.2 第二方言習得

　　第二方言習得的典型狀況為某方言使用者獨自移居至其他方言地區，並在該地區活動、生活。無論是說話者的數量或是社會中的使用情況（有用性），移居地的方言較母方言具社會優勢。例如，從大阪轉學至秋田的小學生、從福岡赴大阪就學的大學生等。

　　在此介紹第二方言習得的研究實例。余健（2004）調查了併用三種方言重音的使用者之重音使用能力。此研究以出生於福井縣勝山市但居住於大阪市10年的T（女性）為研究對象，請受訪者分別以母方言勝山市重音、移居地京阪式重音以及標準語東京式重音念出事先設定好的詞彙及句子。表2為部份調查結果：

表2　勝山市方言使用者的重音習得

勝山式重音	京阪式重音	東京式重音
mi ru to i i ミルトイイ	mi ru to i i ミルトイイ	mi ru to i i ミルトイイ

　　由表2可得知，受訪者T具備三種變種的重音轉換能力。

　　T之所以學會京阪式重音，可能是因為長期與10～60歲左右的大阪出生者交談。T身處於使用京阪式重音的地區而且充分得到學習所需的輸入（input）。

　　而東京式重音的習得有可能是因為T平時看電視的時間很長。馬瀬（1981）曾指出電視對學習標準語重音影響甚鉅。順帶一提，本書第7章7-2項目指出第二語言習得的順序為詞彙→文法→語音→重音。目前為止，標準語化Ⅰ（轉移為標準語）與標準語化Ⅱ（導入第三形式的標準語）相關研究結果顯示，標準語化也是依此順序演變（請參閱表1文獻）。換個角度看，標準語化Ⅰ與標準語化Ⅱ是方言使用者的標準語習得。因此，研究標準語化現象時，應從方言習得觀點進行分析。

3.3 Neo方言

　　Neo方言是方言與標準語接觸後所產生的新混合系統（真田1987a、

2001）。Neo方言的形成背景乃因有方言使用者成爲方言與標準語的雙語使用者或居住於新興城市的孩童先學會標準語而後學會當地方言等狀況（真田2001:第3章）。雙語使用者不見得能在所有場合一樣流利地使用兩種語言或方言，其腦海裡也不見得能清楚區分兩種系統。如第7章7-2項目所述，因爲這兩種系統會相互影響（相互干擾）。所謂的Neo方言即爲雙語使用者融合兩種變種所創造出的系統或各別的詞形。

Neo方言的研究採用問卷調查或語料蒐集（高木2005）等方法。例如，關西中央地區所使用的Neo方言詞形「コーヘン（不來）」是標準語詞形「コナイ（不來）」與關西中央地區傳統用詞「ケーヘン（不來）」混合而成。下圖1爲各地區表「来ない（不來）」的各個形式之使用率。這是以826名年輕人爲對象，將幾個詞形以選擇題方式進行的問卷調查（集體調查）結果。

從圖1可看出，比起京都市、大阪市等方言使用根深蒂固的地區，「コーヘン（不來）」在八幡市（京都府）、高槻市（大阪府）、神戶市（兵庫縣）等周邊地區較常使用。這些地區大多爲關西的新開發住宅區或方言特徵較不鮮明的地區。因此可推測Neo方言較易發生在此類地區。

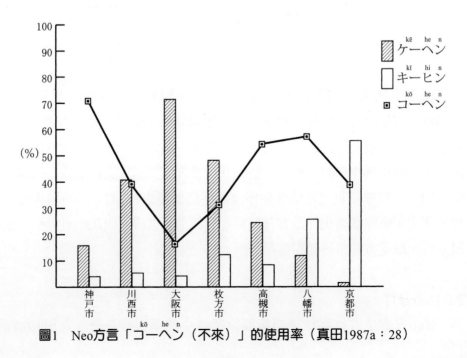

圖1　Neo方言「コーヘン（不來）」的使用率（真田1987a：28）

3.4 共同語（koine）

　　最後，本小節將聚焦於各種方言使用者共同生活的新興城市，觀察其語言使用的實際情況。在此介紹朝日（2004）於神戶市西區西神新興城市所進行的調查研究。

　　朝日（2004）將西神新興城市的居住者分為「兵庫縣出生」及「其他地區出生」，並從中各選出移居者世代的中年人三人以及西神新興城市土生土長者的年輕人三人，共計12人為調查對象，收錄他們與友人間的對話資料（由於年輕人都出生於西神新興城市，故以其父母的出生地進行分類）。此外，也以相同手法蒐集鄰接西神新興城市的舊有市鎮—櫨谷町居住者的語料，以作為對照組。西神新興城市從1982年開始有人遷入，至2002年時人口約53,000人。其中包含神戶市在內的關西地區出生者約佔四分之三，其餘則為來自中部地方或關東地方的移居者。

　　圖2顯示西神新興城市居住者與友人對話中出現的否定詞之使用率。

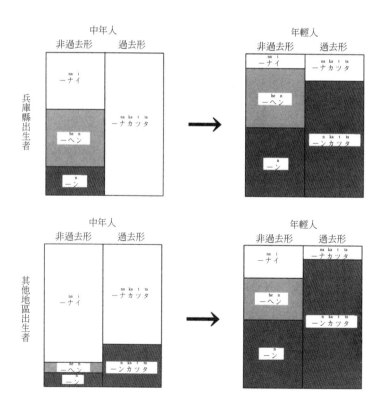

圖2　西神新興城市中否定詞的使用率（朝日2004：89）

從圖2可看出，中年人使用非關西方言的否定詞-ナイ[nai]、-ナカッタ[nakatta]的比例較高。此現象不僅見於其他地區出生者，也見於兵庫縣出生者。兵庫縣出生者的非過去詞形-ナイ[nai]的使用率爲40%（68例中27例）、其他地區出生者爲77%（138例中109例）。若將此數字與櫨谷町的中年人（105例中僅有1例，-ナイ[nai]使用率爲1%）相比，則可推測上述結果充分反映了西神新興城市具特色的語言使用現況。多種的方言使用者聚集時，易演變成使用方言色彩較淡的標準語詞形。此情況也是2.2小節所介紹之導入第三形式的絕佳實例。

在西神新興城市，此一傾向僅見於中年人移居者。西神新興城市土生土長的年輕人則較常使用-ン[n]或-ヘン[hen]等關西方言形式。以非過去詞形-ナイ[nai]的使用率爲例，兵庫縣出生者爲12%（115例中占14例）、其他地方出生者爲20%（92例中占18例）、櫨谷町出生者爲3%（112例中占4例），新興城市出生者與原有聚落出生者之間的比例雖有若干差異，但其差距比中年人小許多。這與北海道等移居規模龐大且沒有優勢方言存在，以致採用許多標準語詞形的情況大不相同。

共同語研究在國外也相當盛行，如阿拉伯語（Ferguson 1959）、希伯來語（Blanc 1968）、希臘語（Thomson 1960）、斐濟的印度語（Siegel 1987）、澳洲英語與加拿大英語（Trudgill 1986）、紐西蘭英語（Gordon et al. 2004）、米爾頓凱恩斯（英國的新興城市，Kerswill & William 2000等）等研究。

4. 未來展望

前述第3節中已觀察許多研究實例，本節則將討論方言接觸研究今後的方向。

(a) 實況調查之必要性。目前的方言接觸研究調查法多爲訪問有關語言變化的意識型態。例如，「來到關西後是否使用某種用詞」等。今後應記錄不同方言使用者間的對話語料，以解析方言接觸場合中的語言行爲實際狀況（有關語碼轉換請參閱第2章2-2項目）

(b) 以縱向調查研究方言變化之必要性。從(a)分析對話語料的研究可得知某特定方言接觸場合中說話者所使用的策略。不過，該研究方法並無法解析說話者的語言能力在方言持續接觸的情況下如何改變。因此，有必要長時間追蹤同一名受訪者以進行縱向研究（longitudinal study）。順帶一提，在進行縱向研究時，受訪者有可能遷居他地。因此，必須事先擬訂縝密的計劃，如選定數位受訪者等。

(c) 語言接觸所產生的語言變化之類型。目前為止的方言接觸研究及語言接觸研究大多針對特定的接觸情況進行個別分析。但近年則有將其整合，並尋求一般化的研究趨勢，如Thomason & Kaufman（1998）或Thomason（2001）等研究。這些研究皆試圖將何種接觸情況下會發生何種型態改變之議題加以類型化（外來語借用、文法和發音的借用、洋涇濱的形成等）。期待今後的方言接觸研究能考量前述的類型化，並針對接觸方言間的關係（社會地位、語言距離）、接觸程度、地區社會的流動性、以及人際網絡的性質等呈現相異狀態的方言接觸實例進行實證性研究。

(d) 闡明接觸性變化與自主性變化之異同。方言接觸研究原本就以探究某特定地點發生之語言變化如何傳播（以投石入池時所產生的波紋狀傳播——波動理論（wave theory）最為人所熟知）以及語言變化傳播之際，人們的語言會產生何種變化等議題為出發點。因此，應探討與第5章語言的自主性變化（以語言如同樹枝般分歧的系譜樹理論（family-tree theory）最具代表性）間的異同及其關係（Dixon 1997等）。例如，可釐清兩者分別在何種社會情況下發生、以及兩者間語言變化方式有何不同。

(e) 解析方言接觸與語言接觸之異同。今後應解析方言接觸所引發的方言變化和語言接觸所引發的語言變化之間有何異同；方言接觸與語言接觸是性質相異的現象或僅止於程度不同但本質不變等議題。因此，應針對英語與日語的接觸（或日語母語使用者的英語習得）、韓語與日語的接觸（日語母語使用者的韓語習得）、沖繩方言與青森方言的接觸（青森方言使用者的沖繩方言習得）、大阪方言與東京方言的接觸（東京方言使用者的大阪方言習得）、仙台方言與山形方言的接觸（山形方言使用者的仙台方言習得）等語言差距程度各不相同的例子進行分析。

(f) 都市語言研究的統整。都市方言接觸研究史的研究成果之一為國語

學領域所進行的江戶語及東京語研究（中村1948；湯澤1954；松村1957；田中1983；真田1987b等）。研究成果指出：「如江戶語及東京語等許多方言接觸後所形成的語言（甚至是標準語），其形式與語意爲一對一對應，呈現明顯的分析化傾向」（田中1965等）。今後應在方言接觸研究與語言接觸研究中定位這些研究。

練習與討論

1. 選定1名剛從其他地區進入大學就讀的新生爲受訪者，一個月一次錄下該生與大學所在位置的當地出生者間的對話，隨後追蹤該生隨著時間經過，如何學會大學所在地方言。另外，請調查該生的語料中，是否有與習得目標之方言不同的特徵。（例如，將大阪方言「きのう映画見テン（昨天看了電影）」說成「見タネン」等）。

2. 與1採用相同方法，選定赴關西的大學求學的香川方言母語使用者、東京方言母語使用者、仙台方言母語使用者等與關西方言差異程度不同之方言母語使用者，試著調查其以種過程或速度學會關西方言。

3. 全國各地皆有新興城市，收錄在新興城市土生土長者以及成長於新興城市附近舊有聚落者各二名之會話，試著找出其差異（即使使用相同形式，也要注意其使用頻率是否不同）。接著，請分析爲何會產生這些差異。同時亦請觀察新興城市出生者與新興城市附近聚落出生者間的會話，並解析其特徵。

參考文獻（*爲基本文獻）

朝日祥之 2004「ニュータウン・コイネの形成過程に見られる言語的特徴—動詞の否定辞を例として—」『日本語諸方言に見られる中間言語的変異の研究—言語変異理論の立場から—』科研費報告書

*井上史雄 1985『新しい日本語—〈新方言〉の分布と変化—』明治書院

岡野信子 1984「移住のもたらす言語状況—千葉県君津市の場合—」『方言研究年報』27

荻野綱男 1995「大阪方言話者の移住による言語変容」徳川宗賢・真田信治編『関西方言の社会言語学』世界思想社

小野米一 1978「移住と言語変容」大野晋・柴田武編『岩波講座日本語別巻　日本語研究の周辺』岩波書店

小野米一 2001『移住と言語変容—北海道方言の形成と変容—』渓水社

岸江信介・ロング, ダニエル 1992「沖縄から大阪への移住者の言語使用意識」『日本語研究センター報告』2　大阪樟蔭女子大学日本語研究センター

国立国語研究所 1950『八丈島の言語調査』秀英出版

国立国語研究所 1951『言語生活の実態—白河市および附近の農村における—』秀英出版

国立国語研究所 1953『地域社会の言語生活—鶴岡における実態調査—』秀英出版

*国立国語研究所 1965『共通語化の過程—北海道における親子三代のことば—』秀英出版

*国立国語研究所 1974『地域社会の言語生活—鶴岡における20年前との比較—』秀英出版

真田信治 1987a「ことばの変化のダイナミズム—関西圏におけるneo-dialectについて—」『言語生活』429

真田信治 1987b『標準語の成立事情』PHP文庫

*真田信治 2001『方言は絶滅するのか—自分のことばを失った日本人—』PHP新書

柴田武 1969『言語地理学の方法』筑摩書房

*陣内正敬 1996『北部九州における方言新語研究』九州大学出版会

髙木千恵 2005「若年層関西方言の否定辞にみる言語変化のタイプ」『日本語科学』16

田中章夫 1965「近代語成立過程にみられる、いわゆる分析的傾向について」『近代語研究』1　武蔵野書院

田中章夫 1983『東京語—その成立と展開—』明治書院

*徳川宗賢 1978「単語の死と生・方言接触の場合」『国語学』115

中井精一・ロング, ダニエル・朝日祥之・橋本直幸 2004「沖縄県に伝承されている八丈語―南大東島生まれの浅沼圓さんの中間報告―」『地域言語』15

中村通夫 1948『東京語の性格』川田書房

*堀口純子 1980「筑波研究学園都市における新旧住民の交流とアクセント」『文藝言語研究　言語篇』5 筑波大学文藝・言語学系

馬瀬良雄 1981「言語形成に及ぼすテレビおよび都市の言語の影響」『国語学』125

松村明 1957『江戸語東京語の研究』東京堂

湯澤幸吉郎 1954『増訂江戸言葉の研究』明治書院

余健 2004「三方言アクセント併用話者の特徴―垂井式アクセント地域出身大阪在住者のケース―」『日本方言研究会第78回研究発表会発表原稿集』

ロング, ダニエル 1990「大阪と京都で生活する他地方出身者の方言受容の違い」『国語学』162

Blanc, H. 1968 The Israeli koine as an emergent national standard. In Fishman, J., C. Ferguson and J. Das Gupta (eds.) *Language Problems in Developing Nations*. Wiley.

*Chambers, J. K. 1992 Dialect acquisition. *Language* 68-3.

Dixon, R. M. W. 1997 *The Rise and Fall of Languages*. Cambridge University Press.（大角翠訳 2001『言語の興亡』岩波新書）

Ferguson, C. 1959 The Arabic koine. *Language* 35-4.

Gordon, E., J. Hay, M. Maclagan, A. Sudbury and P. Trudgill 2004 *New Zealand English: Its origin and evolution*. Cambridge University Press.

Kerswill, P. and A. William 2000 Creating a new town koine: children and language change in Milton Keynes. *Language in Society* 29.

*Siegel, J. 1985 Koines and koineization. *Language in Society*. 14-3.

Siegel, J. 1987 *Language Contact in a Plantation Environment: A sociolinguistic history of Fiji*. Cambridge University Press.

*Siegel, J. (ed.) 1993 *International Journal of the Sociology of Language: Spe-*

cial Issue on Koine and Koineization, vol.99.

*Thomason, S. 2001 *Language Contact: An introduction*. Edinburgh University Press.

*Thomason, S. and T. Kaufman 1988 *Language Contact, Creolization, and Genetic Linguistics*. University of California Press.

Thomson, G. 1960 *The Greek Language*. Heffer.

*Trudgill, P. 1986 *Dialects in Contact*. Basil Blackwell.

*Trudgill, P. 1988 Interlanguage, interdialect and typological change. In Gass, S., D. Preston, C. Madden and L. Selinker (eds.) *Variation in Second Language Acquisition: Psycholinguistic issues*. Multilingual Matters.

*Winford, D. 2003 *An Introduction to Contact Linguistics*. Basil Blackwell.

4-2 語言接觸

1. 研究對象

目前為止，日語曾與許多語言接觸。

上古時代大批人口從大陸遠渡日本，同時也帶來了外來語音及外來語（漢語）。中世時又有基督教徒前來日本，促使日語與葡萄牙語接觸。直至近代，又與荷蘭語、英語接觸，現代更自歐美語言借入大量的借詞。再者，近年來旅日人士的國籍益發多元，人數也逐年增加。截至2004年底為止，日本的外國人登錄者[2]總數約197萬人，其中約65%為永久居住者或日本人配偶等定居日本者。這些定居者大多依其民族各自形成社群。例如，韓國籍及朝鮮籍人士（旅日韓國人（<ruby>在日コリアン<rt>zai nichi ko ri a n</rt></ruby>））在大阪生野區周邊形成一大社群（這些人的母語於日語社會中屬少數語言，因此以下稱為「少數語言社群」）。少數語言社群除了使用社群成員的母語或承襲自祖先的承繼語（heritage language）外，同時也使用日語。也就是說，雖然使用頻率上有所差異，但日常生活大都同時使用母語或承繼語，以及日語兩種語言。

另一方面，也有不少日本人遠赴海外而經歷語言接觸的例子。上古時代有遣隋使及遣唐使前往中國，接觸了中文；近世則有支倉常長遠渡歐洲、<ruby>山田長政<rt>yama da nagamasa</rt></ruby>與<ruby>納屋助左右衛門<rt>na ya suke za e mon</rt></ruby>積極地拓展與東南亞的交流，當時還於暹邏（泰國）建日本街。此外，近世尚有<ruby>伝兵衛<rt>den bē</rt></ruby>、<ruby>ゴンザ<rt>go n za</rt></ruby>、<ruby>大黑屋光太夫<rt>dai koku ya kō da yū</rt></ruby>，因遭逢暴風雨而漂流至俄羅斯的例子。近代則因日本政府的移民政策，造成人口大量移居夏威夷及巴西等地。現代，遠渡海外的日本人人數持續增加，其遠渡重洋的理由與目的地亦愈形多樣化。

本項目將介紹現代日語與其他語言長期接觸的例子。而可成為探討對象的社群包含：

2　譯者註：依據「<ruby>外国人登録法<rt>gai koku jin tō roku hō</rt></ruby>」規定，居留日本超過90天的外國人需至居住地之公所申請「外國人登錄證（<ruby>外国人登録証明書<rt>gai koku jin tō roku shō mē sho</rt></ruby>）」。不過，該法已於2012年7月9日廢除，並改由「<ruby>入国管理法<rt>nyū koku kan ri hō</rt></ruby>」進行規範。欲長期居留日本之外國人需申請「居留卡（<ruby>在留カード<rt>zai ryū kā do</rt></ruby>）」。

(a) 國內：旅日韓國人、旅日華人、旅日巴西人

(b) 國外

　　(b-1)日裔社會：日裔夏威夷人、日裔北美人、日裔南美人

　　(b-2)海外的日語習得者：台灣、韓國以及舊南洋群島的高齡者（日本殖民時代接受過日語教育者）

本項目主要探討日常生活中常見的(a)日本國內的接觸例子。至於(b)國外的接觸相關研究目前數量並不多，不過，(b-1)相關研究有林（1973）、Nishimura（1997）、工藤編（2004）等。而關於(b-2)日本殖民時代下受日語教育者的日語使用情況，最近已開始正式展開研究調查（Toki ed. 1998; Matsumoto 2001；簡月真 2005等）。

　　　第2節將概述日語與其他語言接觸之研究動機與研究觀點。第3節將介紹日本少數語言社群之相關研究，並於第4節中提示今後課題及新的研究方向。

2. 問題意識

2.1 研究動機

　　　在此首先概述少數語言社群相關研究的動向及其所採用的研究觀點。

　　　歐美因社會情況所需，早期便著手研究移民的語言問題（Haugen 1953；Weinreich 1968等）。相較之下，日本直到最近才開始研究少數語言社群的語言問題。例如，1980年代中期才開始進行旅日韓國人的語言相關研究，1990年以後零星可見關於其他社群的研究。爾後至今，研究數量持續增加，其背景因素如下：

　　　(a) 社會理由：媒體大幅報導所謂日本戰後遺孤與遺留婦女等自中國歸國者[3]及其家族移居日本，抑或大量日裔巴西人至日本「出外賺錢」等新聞，使得日本社會對這些社群的關注日益增高。尤其最近定居日本的外國人更加多樣化，迫使大家思考該如何與這些社群的人士溝通。

3　譯者註：中國歸國者（中国帰国者 chū goku ki koku sha）乃指二次大戰結束後，與親人分散而滯留中國的日本人。其中，孩童被稱爲「日本戰後遺孤（残留孤児 zan ryū ko ji）」，婦女被稱爲「日本遺留婦女（残留婦人 zan ryū fu jin）」。自1972年中日恢復邦交後，日本戰後遺孤等得以開始尋親並返日定居。

(b) 語言學理由：1970年代初期，日本開始對社會語言學此一領域有所認知，雙語使用現象（bilingualism）漸成為研究議題之一。此外，懂少數社群語言的韓國留學生、巴西留學生、中國留學生日益增加，這些留學生們亦積極地研究調查少數社群所面臨的語言問題。

2.2 研究觀點

目前為止，探討少數社群語言之研究所採用的觀點有(a)社會學觀點、(b)語言學觀點、(c)教育學觀點、(d)多元文化共生觀點等四種。

(a)以社會學觀點探討旅日外國人的定居及社群形成的過程。關於(b)，將後述。(c)從教育學觀點探討對年幼者施行母語教育及日語教育的方法、以及母語維持、削弱問題。(d)多元文化共生觀點則聚焦於跨文化接觸時，各個社群的自我認同、對區域社會的接納方式等問題。

(b) 以語言學觀點進行的研究主要含下列主題。

(b-1)接觸語言學（contact linguistics）研究：各社群成員如何習得日語？所習得的日語有何特色？（請參閱第7章）各成員在成為雙語使用者時，各個語言產生何種改變？如何融合為一？（旅日韓國人使用的「混合語（チャンポンマル）」、旅日華人的「混合語（チャンポン（語））」等）

(b-2)語言行動（language behavior）研究：各社群如何區分使用母語與日語（＝語碼轉換）等。

(b-3)與上述(c)相關，該如何維持母語？

3. 研究現況

上一節已歸納整理出研究動機與觀點，本節則將具體論述旅日韓國人（3.1小節）、旅日巴西人（3.2小節）、旅日華人（3.3小節）等少數語言社群的語言使用現況。每個少數語言社群都將依「社群」、「研究史」、「語言使用現況」等順序進行介紹。

3.1 旅日韓國人的語言
3.1.1 旅日韓國人社群

　　根據人口統計，2004年底旅日韓國人（韓國籍、朝鮮籍）有607,419人，占全體外國人登錄者的30.8%，形成日本最大的外籍團體。旅日韓國人大致可分爲日本殖民朝鮮半島時期赴日者及其後代子孫（舊移民），以及1980年代以後因工作或留學而赴日者（新移民）。

　　旅日韓國人（在日韓国人）以舊移民占多數，第一代多出生於朝鮮半島的南部地區，主要集中居住於大阪、東京、兵庫、愛知等地。其中，大阪市生野區人口的四分之一爲旅日韓國人，因而以韓國街（Korean town）聞名。隨著第一代到第二代以後的世代交替進行，日語逐漸取代韓語成爲母語，同時社群內部的使用語言亦由日語與韓語併用轉而使用日語單一語言。

　　另一方面，新移民來自首爾及韓國各地，他們大多以日本的都會區爲主形成社群。例如，東京的新宿等地即可見僅用韓語便能生活的社群。

3.1.2 研究史

　　初期的旅日韓國人的語言相關研究主要採用問卷形式調查語言意識。研究內容包含日語與韓語的併用情況、不同世代於不同場合所使用的語言之異同等，而具代表性的研究有生越（1983）和任榮哲（1993）。生越（1983）爲首篇探討旅日韓國人語言使用情況的研究，其指出使用領域、場合、對象不同所引發的語言使用變化及其因素。

　　其後也有研究開始針對實際使用的語言進行探討，以自然對話語料爲分析對象的有金靜子（1994）與黃鎮杰（1994），其皆著眼於旅日韓國人的語碼轉換。金靜子（1994）指出，移民第一代的語言中有混用日語的「する」和具類似功能的韓語「하다」之現象。另外，金美善（2001）及金智英（2005）亦蒐集語料解析第一代的日語（中介語，請參閱第7章7-2項目），前者分析語音，後者則針對否定句進行探討。

　　最近也有不少研究聚焦於新移民的語言上。郭銀心（2005）以學齡期短期居留日本後返韓的歸國子女爲研究對象，分析日語與韓語的運用方式，並將其語碼轉換情形與留學生或旅日韓國人第一代進行比較。

3.1.3 語言使用現況

居住於旅日韓國人集居地的第一代，大多生活於由同世代所構築的人際網絡中。其生活中可觀察到雙語混用的現象。其中，大阪市生野區周邊所使用的語言變種爲旅日韓國人使用的「混合語（チャンポンマル〔cha n po n ma ru〕）」。此變種可視爲家族及朋友間認同彼此同伴意識的社群語碼（community code）。以下例子即爲利用日語與韓語句法結構上的相似性所創造出的獨特用法。

(1)〔在公園下象棋的場景〕

A：장군이라서　뭘　할건가　거、意味がない。
〔jang gun i ra seo　mwol　hal geon ga　geo　i mi ga na i〕
（已經將軍了，怎麼辦？沒意義了啊！）

B：なんで意味が없나。
〔na n de i mi ga eom na〕
（爲什麼沒意義？）

C：나사도　아깐네。뭘　먹어도できないや。
〔na sa do　a ka n ne　mwol　meogeo do de ki na i ya〕
（不行了啦，下什麼都沒用了啦）

B：이거도どっちみち死ぬやつじゃない。
〔i geo do do t chi mi chi shi nu ya tsu ja na i〕
（走哪都死路一條吧）

A：장군　豁ちゃあかん。
〔jiang gun　haet cha a ka n〕
（下那一步的話就死定了）

金美善（2003：47）

旅日韓國人第一代的日語中可觀察到語音、文法、詞彙等廣泛的母語干擾（interference）及社群全體共同的語言特徵。例如，語音方面會將詞首的有聲音無聲化，如「ゴム〔go mu〕」發成「コム〔ko mu〕」；或將詞中無聲音有聲化，如「私〔watashi〕」發成「ワダシ〔wa da shi〕」；以及用於辨別「奶奶（オバーサン〔o bā sa n〕）」與「姑姑阿姨（オバサン〔o ba sa n〕）」等語意的長音消失等。這些特色乃母語（韓語）的音韻系統影響第二語言（日語）的結果。

除了母語的干擾之外，還可見第一代獨特的習得策略。例如，第一代的日語有「考^{kanga}える^eする^{su ru}（思考）」、「決^{ki}める^{me}する^{su ru}（決定）」、「踊^{odo}り^{ri}する^{su ru}（跳舞）」等「動詞連用形（由連用形轉變爲名詞）＋する^{su ru}」的構詞方式）。因其將動詞詞尾活用形簡化爲サ行變格活用動詞[4]所致（金美善 1998）。是否使用這種形式，除了學習日語的環境之外，集居程度或說話者個人的社會屬性等語言外在因素也有很大關聯。

第二代以後大多成爲只使用日語的單語使用者。不過，亦可見承襲第一代韓語的現象。例如，大阪市生野區周邊的旅日韓國人社群，在表達「將飯加入湯內食用」時會使用「チョマ（ン）する」、「マラする」、「モラする」等動詞。這些是第一代開始使用的詞彙。「チョマン」、「マラ」、「モラ」原爲表「混合」之意的韓語動詞「malda」的地區方言形式。當日語沒有適切且相對應的生活、文化相關詞彙時，便易發生日語中混合使用韓語的現象。

3.2 旅日巴西人的語言
3.2.1 旅日巴西人社群

過去15年間，旅日巴西人在日本社會形成一個超過28萬人的少數語言社群。巴西籍外國人登錄者1988年僅4,159人，但兩年後的1990年急速增加爲56,429人。此乃因1989年出入國管理及難民認定法（一般簡稱入管法）修改所致。此法修改後，入國與居留手續更形簡便，旅日巴西人因而可以長期滯留日本。隨後，1991年登錄者人數突破10萬人，1996年更超過20萬人，至2004年年底爲止共有286,557人，占全體外國人登錄者的14.5%。隨著滯留者的增加，各地逐形成旅日巴西人社群，並有定居化的趨勢。

4　譯者註：現代日語的動詞有五類：1.五段活用動詞 2.上一段活用動詞 3.下一段活用動詞 4.カ行變格活用動詞 5.サ行變格活用動詞。其中五段活用動詞又稱爲「子音詞幹動詞」，而一段活用動詞（含上一段活用動詞及下一段活用動詞）又稱「母音詞幹動詞」。

3.2.2 研究史

1990年代前半旅日巴西人驟增時期，研究議題主要爲探討旅日巴西人身處的社會情況及其語言生活（山中1993；西岡1995等）。爾後，則開始出現使用語料分析其日語習得方式、以及日語與葡萄牙語接觸的研究。例如，ナカミズ（1997、1998）、三井（2000）探討巴西勞工的日語能力及語體轉換能力的習得；ナカミズ（2003）則解析巴西年輕族群的對話中，日語與葡萄牙語的語碼轉換所擔負的社會功能。ナカミズ（1995）、藤井（2000）則分析旅日巴西人和日本人間的溝通問題及溝通策略。

此外，土岐等（1998）從語言、社會、文化、心理等面向，多方觀察赴日就業者中葡萄牙語母語使用者的日語自然習得現象。研究成果對日語教育研究及日語習得研究有極大貢獻。最近，研究重點漸擴大至在日本生長並接受小學及中學教育的巴西青少年，探討日語教育及母語維持等問題。另外也有探討旅日巴西兒童、家長及老師的語言意識、語言教育觀等研究（岡崎1998；野山2000等）。

如上述，雖然研究成果已逐漸累積，但語言面向的研究自ナカミズ一連串的研究以及三井（2000）之後便無新進展。原因之一在於精通日語與葡萄牙語兩種語言的研究者嚴重不足。另一原因爲日裔巴西人漸有攜家帶眷赴日定居的趨勢，因而產生的孩童教育問題、與周邊居民的互動關係等問題較易受矚目，研究者關注的面向也從語言本身轉向以日語教育爲主的實證研究以及多文化共生研究。

3.2.3 語言使用現況

本小節將介紹旅日巴西人的日語使用情形。下列語料爲巴西人同伴間或巴西人與日本人間的對話。

與家族一同移居至日本並接受學校教育的旅日巴西年輕人中有不少雙語使用者。這些年輕人的對話中日語和葡萄牙語頻繁地轉換，而這些語碼轉換在對話中擔負多種功能。

(2)（…）Da primeira vez, eu cheguei em casa, "鍵ない（沒鑰匙）"。
Depois eu tive que voltar pra ○○（打工地點）, ne. Da última vez,
quando eu tava indo pra escada, eu falei 「あれっ、鍵（咦，鑰匙呢）」。Eu fui lá em cima, tava lá.

（…）第一次是到家時說：「沒鑰匙」，所以不得不返回○○（打工地點）。第二次是在爬樓梯途中說：「咦！鑰匙呢？」。往上走才發現鑰匙放在那。

（部分修正ナカミズ 2003:57的例句）

例(2)中說話者先用葡萄牙語描述忘記鑰匙的小插曲，但爲了表達發現鑰匙不見時的驚訝，遂轉換爲日語。此處的語碼轉換可視爲標示引用句的談話策略。

接下來介紹的是習得母語葡萄牙語後才移居日本的巴西勞工的日語。受訪者在職場自然習得日語後，再前往志工日語教室正式學習日語。因此，即使與老師對話，其日語亦會出現於職場自然習得的日語之特徵。例如(3)的對話即爲其中一例。這裡沒有完整的句子，僅見名詞的羅列。

(3)〔志工日語教室：JY＝日本老師、BM＝巴西勞工〕

JY：ああ、弁当買うね。弁当買うっていゆって、あの、朝から、朝、昼、晩とある。さん、三食あるでしょ、食事は。（啊，買便當啊。說到買便當，嗯，從早開始，有早、中、晚。三，三餐對吧，吃飯。）

BM：あ、夜だけ。（啊，只有晚上。＝只有晚上才會買便當）

JY：ああ、夜だけ。ほんと、で、えっ、朝と昼は。（啊啊，只有晚上。是嗎？那，咦！早上與中午呢？）

BM：お昼、会社。（中午，公司。＝中午在公司吃）

JY：うん、ああ。（嗯，哦。）

BM：朝、パン。（早上，麵包。＝早上吃麵包）

（部分修正ナカミズ 1998: 95的例句）

對話中並未明示名詞所擔負的文法關係，因此只能透過前後文脈進行推測。雖然如此，因其確實提供了聽話者所期待的資訊，所以並不會造成溝通上的障礙。

3.3 旅日華人的語言

3.3.1 旅日華人社群

旅日華人依赴日時期及理由，大致可分為「老華僑（舊華僑）」、「新華僑」、「中國歸國者」三種類型。

老華僑中最早赴日者乃日本開港時期隨歐美人一同赴日的買辦、廚師、傭人等，其出生地有廣東、福建、浙江、江蘇、江西等。當時的中國尚無共通語存在。因老華僑中廣東出生者最多，直至太平洋戰爭前後幾乎所有的華僑學校皆以廣東話授課，因此廣東話便成為當時旅日華人間的共通語。

隨後，受中國國內共通語（北京話）普及運動影響，華僑學校便開始捨棄廣東話而改以北京話授課。然而，經過幾個世代，在日本生活的老華僑已將日語母語化。即使是華僑學校的畢業生，許多人的中文能力也僅止於「會某種程度的會話」（杜國輝 1991）。現在，沒有第一、二代成員的家庭大多僅使用日語。至於中文能力，除了工作上須使用中文者，其他人中文能力皆不高。

另一方面，因1972年中日恢復邦交、1978年底中國開始施行改革開放政策，中國歸國者及其家族、或新華僑大舉赴日。結果造成旅日華人人數年年增加，截至2004年底中國籍外國人登錄者人數[5]為487,570人，占外國人的24.7%。這個族群所面臨的問題為日語或中文的習得。中國歸國者第一代回到日本時已屆中高齡，加以部分人完全未受過教育，因此要學習日語相當困難。相對地，歸國者第一代之子孫大多是幼年時期即赴日或於日本出生，反

---

[5] 譯者註：中國人登錄者人數中包含台灣人。

而在中文的學習上面臨困難，即使能使用簡單的中文進行日常對話，但卻無法讀寫或正式演說。因此，第一代與第三代之間也容易產生溝通問題。

3.3.2 研究史與語言的真實情況

　　雖然旅日華人定居日本的時間長而且人數不少，但針對其語言生活或語言使用的調查研究並不多。目前為止的研究可分為：調查旅日華人語言使用情況或語言使用能力的研究（杜國輝 1991；沈國威 1992等），以及分析華僑學校在學學生或畢業生所使用的中文與日語的混合語（稱為チャンポン（語）、華僑語或同文語）（野村2003；陳於華2005等）兩種類型。而關於後者，野村（2003）與陳於華（2005）的分析結果可統整如下：

野村（2003：橫濱混合語的分析）
- 語音面：不使用日語的母音無聲化現象顯著。
- 詞彙面：使用中文人稱代名詞、漢字詞彙受母語干擾。
- 句法結構面：使用日語和中文述語併存的混合句（portmanteau sentence，請參閱第2章2-2項目3.1小節的例句(5)）或「中文動詞＋スル」。另外，連接詞或語助詞等言談標識大多使用日語。

陳於華（2005）
- 老華僑會使用日語句法結構，但加入中文人稱代名詞、親屬稱謂、專有名詞、動詞或動詞句（動詞＋受詞）。
- 中國歸國者或新華僑則明顯可見中文干擾現象，例如將平板型重音變成頭高型重音、不區分長短音及促音、多使用漢字詞、過度使用連接名詞的助詞「の」[6]等。
- 一般而言，旅日居住期間愈長日語能力愈高，即使是華人間的對話也會在中文裡夾雜日語。例如「那個バイト我やめ掉了」（底線部份為中文，意指「那個打工我辭掉了」）即在句中轉換兩種語言。

---

[6]　譯者註：過度使用連接名詞的助詞「の」之例子如「大きいの会社（大的的公司）」等。

　　旅日華人有老華僑、新華僑、中國歸國者，他們不僅赴日時期、赴日理由以及家庭語言環境等相異，其母語或母方言、日語能力也有相當大的落差。由於語言環境相當複雜，其語言能力及語言運用的實際情形尚有許多待解之處。

4. 未來展望

　　本項目從日語與其他語言接觸情況中選取了旅日外籍人士的語言進行介紹。此領域之研究歷史雖淺，但因常被視為社會問題，是現今社會語言學必須優先研究的主題之一。研究議題如下所示：

　　(a) 個別性描述。針對各少數語言社群，留意其多樣性並詳細地描述社群成員的語言能力或語言行為模式。

　　(b) 舊移民與新移民的比較。雖同為旅日韓國人，舊移民與新移民的語言使用情況或語言接觸型態不盡相同。旅日華人亦同。即使一樣是兩種語言接觸，但不見得會產生相同的語言現象。因此需釐清舊移民與新移民間的共通點與相異點並思考其原因。

　　(c) 少數語言社群間之異同。現今各個語言社群之研究皆為個別進行。但觀察目前研究成果，可發現社群間有相異點亦有相似點存在。今後必須同時觀察數個社群，以進行綜合性研究。同時也必須針對尚未研究的社群進行調查。

　　(d) 在國外的日語與其他語言之接觸。如本項目開頭所述，日語在國外也與其他語言接觸，但目前研究調查尚不足。而值得深入探討的議題例如有日裔巴西人社會（久山2002等）與旅日巴西人社群的比較等。綜合觀察日語與葡萄牙語在巴西和在日本的接觸結果，相信可獲得新的見解。

　　(e) 與日語以外的語言接觸比較並將之類型化（請參閱第4章4-1項目）。世界各地皆可見語言接觸的發生。例如，來自中國和韓國的人潮，不僅往日本，也往其他地區移動。華僑遍布世界各地，而美國也有相當大的韓國人社群存在。透過比較在當地的接觸與日本國內的接觸，可以更清楚地描繪出日語和其他語言接觸時所產生的變化。

　　(f) 語言政策研究（請參閱第8章）。應優先考慮社會問題，針對其他少

數語言社群，進行孩童的日語習得或母語的習得與維持之相關政策研究。津田編（2003）提出日裔巴西人與日本人共生共存的各種建言，相信今後此類研究會愈發盛行且值得期待。

練習與討論

1. 旅日韓國人第一代的日語有「ゴム」（go mu）發音爲「コム」（ko mu）、「私」（watashi）發音爲「ワダシ」（wa da shi）的傾向。請以語言干擾的觀點調查此現象的背景因素──韓語與日語間音韻構造的差異。

2. 最近在日本街頭的看板或廣告上可看見以韓文或片假名標示韓語的現象。請思考這些文字書寫方式具有何種功能？

3. 下列例句乃旅日巴西人併用了日語與葡萄牙語的對話。句中使用日語或葡萄牙語的原因爲何？請試著設定各種場合並思考其原因。

　面白いのはね（omoshiro i no wa ne）, chácaraにずっと住んでいたからね（ni zu t to su n de i ta ka ra ne）。Todo mundo fala que morar na cidade, né. Chácaraに住んでいたから（ni su n de i ta ka ra）。

　有趣的是，一直都住在 chácara（小農莊）。Todo mundo fala que morar na cidade, né（大家都說想住在都市）. 因爲一直住在chácara。

參考文獻（*爲基本文獻）

*任栄哲 1993『在日・在米韓国人及び韓国人の言語生活の実態』くろしお出版

岡崎敏雄 1998「年少者日本語教育に関する教師の言語教育観」『日本語科学』4

生越直樹 1983「在日朝鮮人の言語生活」『言語生活』376

郭銀心 2005「帰国子女のコード・スイッチングの特徴」真田・生越・任編所収

簡月真 2005「共通語として生きる台湾日本語の姿」『国文学解釈と鑑賞』70-1

金美善 1998「在日コリアン一世の日本語─大阪市生野区に居住する一世

の事例―」『大阪大学日本学報』17

金美善 2001「在日コリアン 1 世の接触変異音の生起と定着過程について―異なる社会的属性を有する 1 世を事例として―」『阪大日本語研究』13

金美善 2003「混じりあう言葉―在日コリアン一世の混用コードについて―」『月刊言語』32-6

金静子 1994「일본내의 한·일 2 언어 병용화자（한국인）의 Code-Switching에 대하여（日本内の韓日2言語併用話者（韓国人）のCode-Switchingについて）」『二重言語學會誌』11 二重言語學會（韓国）

金智英 2005「在日コリアン 1 世の否定表現の運用」真田・生越・任編所収

久山恵 2002「ブラジル日系一世の日本語におけるポルトガル語借用―その形態と運用―」『社会言語科学』3-1

工藤真由美編 2004「ブラジル日系社会言語調査報告」『大阪大学大学院文学研究科紀要』44-2

＊国立国語研究所編 1996『日本語と外国語との対照研究Ⅲ 日本語とポルトガル語(1)』くろしお出版

＊国立国語研究所編 2000『日本語と外国語との対照研究Ⅶ 日本語とポルトガル語(2)：ブラジル人と日本人との接触場面』くろしお出版

＊真田信治・生越直樹・任栄哲編 2005『在日コリアンの言語相』和泉書院

*真田信治・庄司博史編 2005『事典 日本の多言語社会』岩波書店

沈国威 1992「珊珊の場合―在日中国人子弟の二言語併用―」『月刊言語』20-8

陳於華 2005「在日中国人の言語使用」真田・庄司編所収

津田葵編 2003「日系ブラジル人をとりまく日本社会―通時的、共時的次元から―」『言語の接触と混交―日系ブラジル人の言語の諸相―』大阪大学21世紀COEプログラム〈インタフェイスの人文学〉報告書5（第2部）

杜國輝 1991『多文化社会への華僑・華人の対応』トヨタ財団助成研究報

告書

土岐哲他 1998『就労を目的として滞在する外国人の日本語習得過程と習
　　得に関わる要因の多角的研究』科研費報告書

ナカミズ，エレン 1995「在日ブラジル人と日本人との接触場面—会話に
　　おけるコミュニケーション問題—」『世界の日本語教育』5

ナカミズ，エレン 1997「日本語における切り替えの習得段階—ブラジル
　　人就労者の例—」『阪大日本語研究』9

ナカミズ，エレン 1998「ブラジル人就労者における日本語の動詞習得の
　　実態—自然習得から学習へ—」『阪大日本語研究』10

ナカミズ，エレン 2003「コード切り替えを引き起こすのは何か」『月刊
　　言語』32-6

西岡リリアナ 1995「日本社会の中の日系人—意識調査からの考察—」
　　『名古屋大学日本語・日本文化論集』3　名古屋大学留学生センター

野村和之 2003「横浜華人社会の言語接触」『第12回社会言語科学会研究
　　大会予稿集』

野山広 2000「日系ブラジル人児童・成人の言語生活と日本語教育」国立
　　国語研究所編2000所収

林知己夫編 1973『比較日本人論—日本とハワイの調査から—』中公新書

黄鎮杰 1994「在日韓国人の言語行動—コード切り替えに見られた言語体系
　　と言語運用—」『大阪大学日本学報』13

藤井聖子 2000「在日日系ブラジル人と日本人との接触場面の一分析—コ
　　ミュニケーション・ストラテジー再考—」国立国語研究所編2000所
　　収

三井豊子 2000「在日日系ブラジル人に見られる日本語運用から—常体と
　　敬体の使い分け—」国立国語研究所編『日系ブラジル人のバイリン
　　ガリズム』凡人社

山中正剛 1993「地域国際化と来住外国人のコミュニケーション実態　群
　　馬県大泉町来住日系ブラジル人の調査報告」『コミュニケーション
　　紀要』7　成城大学

Haugen, E. 1953 *Bilingualism in the Americas: A bibliography and research guide*. American Dialect Society.

Nishimura, M. 1997 *Japanese/English Code-switching: Syntax and pragmatics.* Peter Lang.

Matsumoto, K. 2001 Multilingualism in Palau: language contact with Japanese and English. In McAuley, T.E. (ed.) *Language Change in East Asia.* Curzon Press.

Toki, S. (ed.) 1998 Remnants of Japanese in Micronesia. 『大阪大学文学部紀要』 38.

Weinreich, U. 1968 *Languages in Contact: Findings and problems.* Mouton.（初版は1953）

第5章　語言變化

章節提要

　　為何語言或方言會隨時代變化？對此，一般有兩種解釋：(a)與其他語言或方言接觸而引發變化。(b)該語言或方言內部自然產生變化。歷史語言學針對語言或方言所產生的差異提出兩大學說：(a')如同石頭投入水池後產生的波浪狀向外擴散之波動理論（wave theory）。(b')祖語內部發生變化而逐漸分枝出去的系譜樹理論（family-tree theory）。方言學研究中，前者被視為方言周圈論的理論依據，後者則為方言孤立變遷論的理論依據。

　　因語言接觸而產生的語言變化，以方言為例，有時會因接受來自都會區的新詞或標準語，導致傳統方言流失；有時則新詞、標準語和傳統方言並存，但在不同場合區分使用。此類因接觸所引發的語言變化已於第4章探討，本章將針對語言或方言內部自主性的語言變化進行論述。

　　語言或方言自主性地產生變化時，該變化是屬於形式層面還是意義層面的變化？抑或形式與意義兩者相牽動而發生變化呢？針對此議題，本章首先將於「5-1 語音變化」探討語音或重音等形式層面的變化，並於「5-2 文法、詞彙變化」探討意義層面的變化。

　　無論是因接觸所產生的變化或自主性變化，社會語言學對語言變化研究的貢獻在於其指出：「進行中的語言變化能為人所觀察。我們所看到、聽到的語言變異（language variation）正是語言變化的表徵」，此點打破長久以來歷史語言學所主張的「語言變化只能在演變完了時才得以察覺」。期待藉由本章的介紹，促使讀者能更加積極地觀察現今日本社會使用的日語產生了何種變化，並思考為何會產生此種變化。

5-1 語音變化

1. 研究對象

　　世界上所有的語言皆曾歷經某些變化，而且今後定會再發生變化。這是不爭的事實。不過，關於語言變化究竟如何開始？如何進行？為何產生變化？實在無法一言以蔽之。傳統的歷史語言學主張語言變化唯有在變化完成後才能為人所察覺。然而，社會語言學則著眼於某時代裡的語言狀態（共時性（synchrony））並非一成不變，同時指出此意味著過去與未來的語言可以並存。值得注意的是，所謂的非一成不變並不等同於「散亂無序」，而是透過年齡、社會階層、語體等探討語言變異的使用，從中找出「有秩序的異質性（orderly heterogeneity）」。本節將探討的便是以社會語言學觀點所進行的語言變化研究中的語音變化。

　　在此，首先說明社會語言學研究語言變化的方法。一般而言，欲探討語言變化須檢視具時間差異的資料。以文獻為主要資料的語言史研究，通常會將出現於過往文獻中的語言變異按時間排序，藉此確認「實時（real time）」所發生的語言變化。社會語言學研究也會針對過去進行的調查，經一定期間後再度實施調查（在同一區域進行相同內容的調查稱為「持續調查」，而針對同一人定期進行相同內容的調查稱為「固定樣本調查（panel research）」），以探討實時所發生的語言變化。不過，社會語言學的語言變化研究最大特徵在於分析共時性的語言變異和各種語言內在變數、語言外在變數間之關聯。

　　為證明共時存在的語言變異是歷時演變的結果，常為人所採用的語言外在變數為說話者的年齡差異。社會語言學探討語言變化時，常利用年齡差異所產生的變異分布推定歷時性的變化。簡單而言，以某世代為界線，當觀察到年長世代使用形式a，而年輕世代使用形式b時，即可推測由a演變為b的變化正在進行。由某一時間點的年齡差異所推論出的語言變化，稱為「顯象時間（apparent time）」的語言變化。不過，若要做如斯解讀，有一點需留意。由井上（1994）所統整的「年輕人用語四分類」（請參見第1章1-1項目3.3.1小節表1）可得知，具年齡差異的語言變異未必全然為語言變化的表

徵。前述年輕世代所使用的形式b當然極有可能是「語言變化的表徵」，但也有可能僅爲「一時性的流行語」、「年輕世代用語」或「同世代語（cohort）」，不久將消失或不會傳承給下一代。「語言變化的表徵」之認定需具備以下條件：短時間內不會消逝，而且使用者會擴及其他世代。

本項目將藉由年齡差異解析語音變化，並探討其與各種因素間的關聯，以分析語言變化的過程。

以下，首先簡述語言研究如何定位「語音」（2.1小節），並介紹語音變化研究領域（2.2小節），探尋日語語音變化的語言項目（2.3小節）。之後，介紹幾個研究實例（第3節），並論述今後的研究發展方向（第4節）。

2. 問題意識

2.1. 何謂「語音」

「語音」可分爲「音段」與「超音段」。「音段」與狹義的「音韻」有關，指的是將一連串的語音分割後所得的單位。例如，以子音+母音形成「拍」的カ（ka）、サ（sa）、マ（ma）、ダ（da）的子音k、s、m、d，或カ（ka）、キ（ki）、ク（ku）、ケ（ke）、コ（ko）中的母音a、i、u、e、o皆爲「音段」。比「拍」長的連續語音也是「音段」。而「超音段」則是在「音段」之上，超越「音段」的語音要素，尤其指音的高低強弱中具辨義功能的部分。日語標準語若將「超音段」HL（H指高音、L指低音）加於「音段」ame之上，則成爲「雨」之意；若加LH則爲「糖果」之意。日語「超音段」的分析對象爲重音（accent）與語調（intonation）。

語音研究中極重要的概念是區別「語音」與「音韻」。例如，日語母音「a」的實際發音具多樣性，針對實際發音差異進行探討的是語音學的觀點，而無論實際發音差異如何，皆將其視爲「音素」/a/，則是音韻學的觀點。又如カ（ka）、キ（ki）、ク（ku）、ケ（ke）、コ（ko）中的子音[k]，會因後續的母音不同而發出不同的語音，關注此差異的是語音學。而無論實際發音差異如何，皆將其視爲/k/，則是音韻學的看法。某一「音韻」中的「語音」差異（稱爲同位音）不具辨義功能，但「音韻」間的差異則具辨義功能。舉例而言，日語中無聲子音的氣音有無是「語音」層面的差異，不影響語意，如日語的鐮刀「鐮」

發成[kʰama]或[kama]皆可。相對地,「音韻」差異則具辨義功能,如[kama]是鎌刀,而[kaba]則爲河馬之意。

「語音」「音韻」與語言變化的關聯可簡述如下。以發生於室町時代（1336–1573年）的變化爲例,出現於詞首的日語ハ行子音,乃由無聲雙唇擦音變成無聲喉擦音（例：ファ→ハ）,此爲語音的變化而非音韻的變化。因爲日語中所使用的音的種類在數目上並沒有改變。但至室町時代中期爲止,一直被區分使用的四個音ジ、ヂ、ズ、ヅ（稱爲四假名（四つ仮名）[1]）,因日漸喪失區分性,以致現今的東京方言裡ジ與ヂ、ズ與ヅ分別發同一音,此爲語音變化亦爲音韻變化。因此,如「富士（フジ）」與「藤（フヂ）」現在雖屬相同音段,但原本卻是藉由不同音素區分語意的詞彙（請參閱久野等1995）。

2.2 語音變化研究領域

日本語學（國語學）中探討語音變化的領域爲音韻史。音韻史研究詳細地調查了歷史文獻中的書寫系統以推測當時的發音,並藉以解析從該時代至現代的語音變化過程。研究對象包含母音及子音的變化、重音的變化等,研究成果豐碩。社會語言學的語音研究也常運用音韻史的研究成果（有關音韻史的研究史,請參閱高山2003、柳田2003、上野2003、松森2003、中井2003等）。以重音研究爲例,比較方言學透過同源系統間的比較找出對應關係,並擬測古語形式（proto-form）,以解析變化過程,可謂研究成果輝煌。其中同屬音韻史研究的「類別詞彙（classified words）」相關見解（金田一1974；金田一、和田1980；坂本等1998）更是貢獻良多。

2.3 語音變化中受囑目的語言項目

現今的日語中有哪些語言項目產生「語音變化」？佐藤（2002）認爲

1　譯者註：譯者於全書採接近現代日語發音之「ヘボン式」羅馬拼音（請參閱第8章譯者註2）標注日語發音。但本處「四假名」則改採「日本式」羅馬拼音標注,以呈現日語的音韻規則。

具區域特性的發音變異可列舉如下：母音的音值、連續母音的融合、ガ^{ga}行鼻音、カ^{ka}行及タ^{ta}行的有聲化、詞中的ザ^{za}行ダ^{da}行バ^{ba}行的滑鼻音（on-glide nasal）、セ^{se}及ゼ^{ze}的硬顎化、クァ^{kwa}與グァ^{gwa}音、ジヂズヅ^{zi di zu du}音的區分、ザ^{za}行與ダ^{da}行與ラ^{ra}行的混淆、ヒ^{hi}與シ^{shi}的混淆、サ^{sa}行子音的音值、ハ^{ha}行子音的音值、ラ^{ra}行子音的音值與脫落、外來語音的影響、音節構造、母音無聲化、重音、語調、強調、節奏、停頓等項目。這些具區域特性的發音在標準語化的過程中如何變化？這是社會語言學語音變化研究中的重要議題。

3. 研究現況

本節將聚焦於社會語言學研究中探討語音變化的研究，並介紹分析語音變化與社會因素關聯的研究實例（3.1小節）以及針對ガ^{ga}行鼻音（3.2小節）、サ^{sa}行子音（3.3小節）進行探討的相關研究。

3.1 語音變化之社會因素

語音變異在社會語言學研究領域裡被視為測量與年齡、語體、階級等語言外在因素關聯的一大重要指標。以下介紹Labov（1966）的研究，該研究分析了促使語言變化的社會因素。

Labov在紐約市所進行的研究可謂歐美社會語言學之嚆矢。該研究探討語音的變異與說話者的階級差異及語體間的關聯性，調查的語言變項（linguistic variable）為（r），亦即car或card等單詞於母音之後是否發[r]音。圖1為其調查結果（擷取自Labov 1994）。縱軸為母音後[r]的出現頻率，橫軸為發音時對單詞的注意度。注意度高低的測量方式充滿巧思。左二的Careful Speech是受訪人與調查人員說話時的用詞，左一的Casual Speech則是受訪者忘記自己正在接受調查而渾然忘我的發言。右側的Reading Style及Word Lists分別為朗誦文章及單字，而Minimal Pairs則是朗誦除了[r]的有無外，其餘發音皆相同之最小差異對偶詞。整體而言，橫軸愈往右，受訪者對自身用字遣詞的注意度愈高。圖1中的折線表示各社會階級的[r]使用頻率。

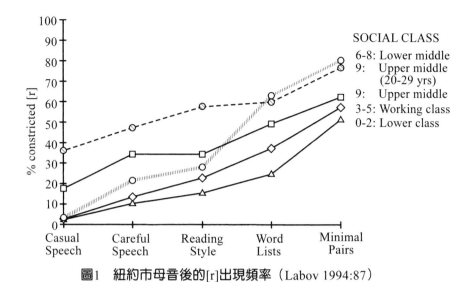

圖1　紐約市母音後的[r]出現頻率（Labov 1994:87）

從圖1可看出：

- 注意力愈高（橫軸愈往右）、社會階級愈高，[r]的出現頻率愈高。

- 一般而言，20～29歲的中上階級（Upper middle class）的[r]使用率較全體中上階級高。由此可推知[r]的使用爲現在進行中的變化。

- 中下階級（Lower middle class）在「詞彙表（Word Lists）」與「最小差異對偶詞（Minimal Pairs）」等語體中得分最高。此乃因其爲了發出理想中的發音而導致矯枉過正（hyper-correction）之結果。原因是一般認爲紐約市[r]的發音具威信（prestige），使用[r]在社會上的好感度較高。

其次，將介紹日本國立國語研究所實施的標準語化調查。這些調查雖不屬於自主性的語音變化，但語音變化的某一類型顯著。國立國語研究所1950年於山形縣鶴岡市實施標準語化調查，之後1971年及1991年亦舉行了同樣的調查（國立國語研究所1953、1974；Yoneda 1997）。圖2所顯示的是與語音相關的31個項目的得分以及各年齡層的標準語化程度。從圖2可看出愈新的調查，其標準語化的得分也愈高。值得注意的是，1950年的調查中，20～34歲族群的得分最高，整體呈現「ㄟ字形」曲線。此意謂著1950年與1971年後的標準語化關鍵因素大不相同。1950年影響標準語化最鉅的是說話者的居住經歷，其次爲學歷（此時期的20～34歲族群多數符合上述

關鍵因素）。相對地，到了1971年及1991年，愈年輕的世代標準語化愈普及，年齡一躍成為影響標準語化的最關鍵性因素。

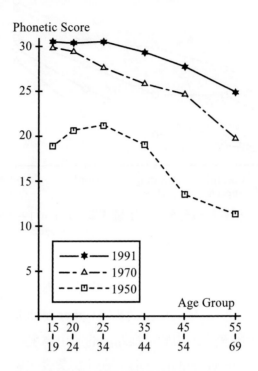

圖2　31個語音項目的標準語化得分（Yoneda 1997:33）

　　語音變異常被用來作為測量語言變化中社會變數所占比重的一大指標。原因在於語音具有較強的系統性，不像詞彙具偶然性（剛好某個單字發音不同），因此較容易成為一般性的指標。例如，假設有人將「背中（背）」音發成「シェナカ」，雖然有可能是「背中」中的セ恰巧被發成シェ所致，但其他詞彙中所含的セ也都同樣顎化成シェ的可能性較高。

　　欲將語音變異設定為社會語言學調查的語言變項，必須具備下述條件：(1)該語音變異確實在該區域為人所使用。(2)已某種程度掌握該語音變異的社會定位（例如，被視為「優美的發音」或「傳統的發音」等）。日語音段的相關調查，可參考上野等（1989）。超音段，尤其是二拍名詞的重音之調查正於全國各地進行中。

3.2 Ga行鼻音的非鼻音化

　　長久以來被視爲標準發音的部份語音現正產生變化。其中最受矚目的是詞中的ガ行鼻音[ŋ]音已日漸喪失其鼻音性，此現象於日本全國各地皆可見。

　　日語的ガ行、ザ行、ダ行、バ行（即所謂的濁音），據說古時帶有鼻音性。例如，「kazan（火山，火山）」「mado（窓，窗戶）」等。其中ザ行、ダ行、バ行的鼻音在京都地區最早消失，現在仍維持該發音的僅東北地方等部分區域。相對地，ガ行鼻音則在東京（Hibiya 1995）及京都等政經文化中心地區及其他地區被廣泛使用。

　　圖3.1是加藤（1983）在東京都文京區根津所進行的調查結果。加藤藉由提問「可以照映出人的模樣的物品叫做什麼？」等猜謎式調查，將所得到的答案「鏡子（鏡）」的語音加以分析，結果發現ガ行鼻音與非鼻音，以1935年前後出生者爲分水嶺，使用率出現了大轉變。類似的現象亦可見於札幌市（相澤1994）、長野市（馬瀬2003）、石巻市及仙台市（今石編2005）。圖3.2則爲2005年於金澤市的調查結果（野竹 2006）。該地區鼻音與非鼻音的使用率在20歲與30歲世代間發生逆轉，與東京相比較，金澤發生逆轉的時期約晚了40～50年[2]。從鼻音使用率100%演變爲非鼻音，東京、金澤兩地都僅花了30～40年的時間。然而，2000年於東北地區岩手縣石巻市舉行的調查結果顯示，該地區80%以上的年輕世代及50%以上的青少年仍維持使用鼻音，變化的發端與速度相對地較緩慢。

　　ガ行鼻音的變化至今仍在日本各地持續進行中。引發此變化的因素爲何？變化如何進行？今後的20年將是仔細觀察該變化樣貌的絕佳時機。

---

[2]　譯者註：從圖3.1可看出東京文京區以1934-1945年出生者爲分水嶺，ga行鼻音的使用率驟降，而從圖3.2則可推算石川縣金澤市以1980年代出生者（2005年調查當時20～29歲者）爲分水嶺，ga行鼻音的使用率驟降。因此，石川縣金澤市的變化比東京晚了約40～50年。

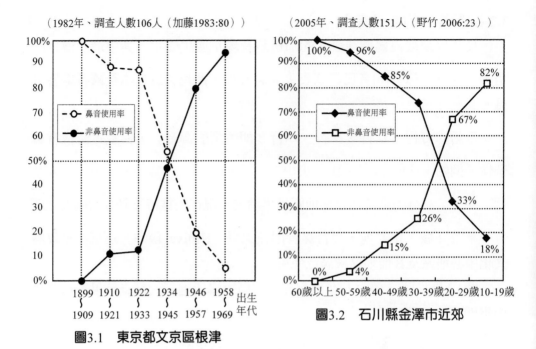

（1982年、調查人數106人（加藤1983:80））

（2005年、調查人數151人（野竹 2006:23））

圖3.1　東京都文京區根津

圖3.2　石川縣金澤市近郊

圖3　「鏡」/kagami/詞中Ga行子音的世代差異

（部分修正加藤 1983:80及野竹 2006:23的圖）

3.3 子音變化相關研究

　　本小節將介紹井上（2000）針對日本山形縣庄內方言サ行音變化所進行的研究。該研究探討的同爲與標準語接觸後所引發的變化，爲一饒富趣味的語音變化實例。

　　山形縣庄內地區一般都將標準語的セ發音爲シェ。例如，「アシェ（汗）」「ミシェ（店）」等。不過，年輕族群的發音產生了新的變化，其將有些單詞的シェ改發爲シ（「シェバ→シバ（それでは（那麼））」、「オモシェ→オモシ（面白い（有趣））」等）。將政經文化中心的シェ改爲セ之變化，在日本全國各地都曾發生過。然而，シェ變爲シ的案例倒是前所未見。爲何庄內地區會發生這種變化？

　　爲一探究竟，井上（2000）以山形縣鶴岡市與酒田市的高中生及家

長爲調查對象，針對含シェ的發音進行問卷調查。結果一如所料，該地區シェ變成セ的標準語化現象頗爲普遍。不過，形容詞「面白くない（不有趣）」則呈現迥然不同的結果。仔細觀察鶴岡當地的「面白くない」可發現「オモシェグナイ」的使用率從家長世代到高中生向下遞減，但高中生的「オモセグナイ」的使用也不多，反而是「オモシグナイ」急遽增加。從「オモシグナイ」使用率增加而且其他詞彙中不存在由シェ變成シ的變體（variant）可推測，新的方言形式（井上的用詞稱爲「新方言」）「オモシ（イ）」已廣泛用於鶴岡地區。其他詞彙由シェ演變爲セ，但唯有形容詞「面白い」保持原本的シェ音或變成シ，再加上有些受訪者塡寫問卷時有區分此二音之情形，因此可判斷シェ與セ已產生音韻區別。

　　井上針對シ的發生機制說明如下：(1)長久以來，庄內地區普遍將標準語的セ發爲シェ。(2)然而，隨著與標準語接觸頻繁，遂將シェ發成セ。(3)在此變化過程中，因爲東北傳統方言的シェ/se/[ʃe]是顎化子音+高母音エ，部分年輕人認爲它和標準語的シ/si/[ʃi]相近。(4)結果，以「シェバ」「オモシェグナイ」等即使將シェ發成セ也不會變成標準語形式（標準語中沒有「せば」「おもせ」等形式）的詞爲中心，發生了「シェバ」→「シバ」、「オモシェ」→「オモシ」等變化。

　　以上我們探討的是當一個人腦中同時擁有方言音韻系統與標準語音韻系統時，爲了建構兩者間語音上的對應關係而產生的變化。

4. 未來展望

　　有關語音變化的社會語言學研究至今已累積相當豐碩的研究成果，但仍有不少研究議題待探討，茲舉例如下：

　　(a) 透過田野調查蒐集不同場所使用的語料之必要性。社會語言學研

究語音變化實況的基本調查手法是田野調查。今後的田野調查，可積極地收錄不同場合的發音。佐藤（1996）指出，比起以往常用的猜謎式調查方法，設定標準語場合與方言場合進行語料蒐集後，發現方言情境中的方言語音出現率很高；而藉由猜謎式調查所解析的「語音變化」，很可能並非方言實際產生的標準語化，而是涉及說話者的標準語使用能力（轉換至標準語的能力）。身處現代社會，若未能謹慎處理不同情境所引起的語言使用差異即貿然進行調查，恐無法正確地解析變化的過程。

　　(b) 善用已公開的資料。語音變化相關資料已有不少公諸於世，可供任何人使用。例如，近世的洒落本[3]、落語[4]速記資料或落語黑膠唱片（SP Record）資料、《NHK全國方言資料》等語料集、語音資料庫。其中語音資料庫有杉藤（1996）《大阪、東京重音語音辭典 CD-ROM（大阪・東京アクセント音声辞典CD-ROM）》及國立國語研究所2006年公開的《日語口語語料庫（日本語話し言葉コーパス）》等。金水（1999）對杉藤（1996）的書評中曾提及數篇使用前者之資料所進行的研究，而在該辭典完成前使用杉藤的語料進行研究的尚有杉藤、田原（1989）及郡、杉藤（1989）等。前川（2002）則使用國立國語研究所的資料進行研究。此外，還有國立國語研究所（2001～2008）《全國方言談資料庫　日本的鄉里語言集成（全国方言談話資料データベース　日本のふるさとことば集成）》。在傳統方言語音日漸消失的情況下，不久的將來我們將面臨的問題是若不利用此類型資料，方言語音的研究恐無法進行。

　　(c) 使用聲學分析（acoustic analysis）儀器。為了能更鉅細靡遺地觀察語音的變化，利用聲學測量分析儀器是有效的方法。例如，Labov（1972）使用母音共振峰（formant）值測量美國麻州瑪莎葡萄園島（Martha's Vineyard）的/ai/的中央元音化程度。又如Labov（1994）以第一、第二共振峰圖表標示出英語的主要使用都市中的說話者之長母音、雙母音。高田（2004）發現日語的有聲塞音的VOT（Voice Onset Time：發聲起始時間。一般而言無聲子音為正值，有聲子音為負值。）值呈現年齡差異，年齡愈

3　譯者註：洒落本^{sha re bon}為江戶中期至後期的一種小說型態。
4　譯者註：落語^{raku go}乃以有趣、滑稽的題材配合表情與動作之口說表演藝術。

小，VOT負數的絕對值也愈小，甚至接近零。

　　爲了進行上述類型的研究，電腦與語音分析軟體是不可或缺的。

　　(d) 關注其他領域。其他領域的研究成果常爲語音變化研究帶來一些啓發。例如，語音變化研究可借鏡語言習得研究（第7章）。一般常認爲語音變化的因素是爲了變化成爲「基本形式」、「基準形式」（服部 1999；本部、橋本 2003等）。幼兒的母語習得過程亦可見變化爲基本形式的現象。而白勢、桐谷（2001），白勢（2004），嵐（2003）等研究亦指出幼兒的母語習得與語音變化之關聯。

練習與討論

1. 首先，請依據上野等（1989）〈音韻總覽〉確認自己所居住的地區是否爲使用ガ行鼻音的區域。若是ガ行鼻音區域，則請確認實際上老、中、青三世代是否使用ガ行鼻音，並同時將下列項目納入探討：

- 語種：和語、漢語、外來語（例如，かがみ、海外、オルガン等）
- 母音接續：含各種母音的詞彙（低母音ガゴ / 高母音ギグ、前母音ギゲ / 後母音ゴグ）
- 鼻音ン之後及非ン之後：ハンガー、文学、スペイン語 / マーガリン、法学、フランス語

此外，針對部分詞彙，也請將下列語體納入考量：

- 輕鬆語氣的句子：「かがみ、もってる？（你有鏡子嗎？）」「かぎ掛けたよ（上鎖了喔）」
- 語詞朗讀：「かがみ。」「かぎ。」
- 逐字停頓朗讀：「か・が・み」、「か・ぎ」
- 最小差異對偶詞：「国外」「国内」、「かぎ」「かに」、「闘牛」「豆乳」

語料蒐集完畢後，除了年齡差異也請確認男女性別差異。此外，請事先詢問受訪者雙親的出生地、學歷等，並探討其關聯性。

2. 針對上野等（1989）〈音韻總覽〉中所列舉的與標準語不同之其他音韻特徵，請將第1節所提及的語言內在因素、語言外在因素納入考量，進行包含年長者的多人數調查。

3. 遵循高田（2004）的方法，測量與你同年代者的有聲塞音的VOT，檢視是否呈明顯的負數或接近零。另外，同時也請收錄年長者的語言以進行比較。

參考文獻（*為基本文獻）

相澤正夫 1994「ガ行鼻音保持の傾向性と含意尺度―札幌市民調査の事例から―」『国立国語研究所研究報告集』15

*天沼寧・大坪一夫・水谷修 1978『日本語音声学』くろしお出版

嵐洋子 2003「幼児の特殊拍意識の発達に関する一考察―青森県深浦方言地域と神奈川県横浜方言地域の比較を中心に―」『音声研究』7-3

*井上史雄 1989「子音の発音の変化」杉藤美代子編『講座日本語と日本語教育2　日本語の音声・音韻（上）』明治書院

*井上史雄 1994『方言学の新地平』明治書院

*井上史雄 1995「共通語化の所要年数―鶴岡・山添実時間調査―」『国語学』181

*井上史雄 1998『日本語ウォッチング』岩波新書

井上史雄 2000「方言音韻体系の接触と干渉―庄内のサ行音―」『東北方言の変遷』秋山書店

*今石元久編 2005『音声研究入門』和泉書院

上野和昭 2003「アクセント研究の動向と展望1（文献中心）」上野善道編『朝倉日本語講座3　音声・音韻』朝倉書店

*上野善道 2003「アクセントの体系と仕組み」上野善道編『朝倉日本語講座3　音声・音韻』朝倉書店

*上野善道・相澤正夫・加藤和夫・沢木幹栄 1989「音韻総覧」『日本方言

　　　大辞典　下巻』小学館

加藤正信 1983「東京における年齢別音声調査」井上史雄編『《新方言》
　　　と《言葉の乱れ》に関する社会言語学的研究』科研費報告書

*川上蓁 1973『日本語アクセント法』学書房出版

*川上蓁 1977『日本語音声概説』桜楓社

木部暢子・橋本優美 2003「鹿児島方言の外来語の音調」『音声研究』7-3

金水敏 1999「書評　杉藤美代子著『大阪・東京アクセント音声辞典』CD-
　　　ROM」『国語学』199

金田一春彦 1974『国語アクセントの史的研究―原理と方法―』塙書房

金田一春彦・和田実 1980「国語アクセント類別語彙表」（アクセントの
　　　項）国語学会編『国語学大辞典』東京堂出版

久野マリ子・久野眞・大野眞男・杉村孝夫 1995「四つ仮名対立の消失過
　　　程―高知県中村市・安芸市の場合―」『国語学』180

郡史郎・杉藤美代子 1989「大阪アクセントの世代差」『音声言語』3

国立国語研究所 1953『地域社会の言語生活―鶴岡における実態調査―』
　　　秀英出版

国立国語研究所 1974『地域社会の言語生活―鶴岡における20年前との比
　　　較―』秀英出版

*齋藤孝滋 2002a「音声研究の歴史」飛田良文・佐藤武義編『現代日本語
　　　講座3　発音』明治書院

*齋藤孝滋 2002b「日本方言の音韻」江端義夫編『朝倉日本語講座10　方
　　　言』朝倉書店

*斎藤純男 1997『日本語音声学入門』三省堂

*斎藤純男 2003「現代日本語の音声―分節音と音声記号―」上野善道編
　　　『朝倉日本語講座3　音声・音韻』朝倉書店

坂本清恵・秋永一枝・上野和昭・佐藤栄作・鈴木豊 1998「『早稲田語
　　　類』『金田一語類』対照資料」アクセント史資料研究会

佐藤亮一 1996「方言の衰退と安定」小林隆・篠崎晃一・大西拓一郎編
　　　『方言の現在』明治書院

佐藤亮一 2002「現代日本語の発音分布」飛田良文・佐藤武義編『現代日

本語講座3　発音』明治書院

白勢彩子 2004「日本語諸方言比較による幼児のアクセント獲得と生育環境アクセントとの関係」『社会言語科学』7-1

白勢彩子・桐谷滋 2001「複合名詞アクセント規則の獲得過程」『音声研究』5-2

*陣内正敬 1998『日本語の現在―揺れる言葉の正体を探る―』アルク新書

*杉藤美代子編 1989『講座日本語と日本語教育2　日本語の音声・音韻（上）』明治書院

杉藤美代子 1996『大阪・東京アクセント音声辞典CD-ROM』丸善

杉藤美代子・田原広史 1989「統計的観点から見た大阪アクセント」『音声言語』3

高田三枝子 2004「日本語の語頭有声歯茎破裂音/d/における+VOT化と世代差」『音声研究』8-3

高山倫明 2003「音韻研究の動向と展望1（文献中心）」上野善道編『朝倉日本語講座3　音声・音韻』朝倉書店

中井幸比古 2003「アクセントの変遷」上野善道編『朝倉日本語講座3　音声・音韻』朝倉書店

*中尾俊夫・日比谷潤子・服部範子 1997『社会言語学概論』くろしお出版

野竹百子 2006「金沢におけるガ行鼻濁音の消失」平成17年度金沢大学文学部卒業論文

服部範子 1999「日英語超分節音変化のメカニズム―単語アクセントの変異分析―」『音声研究』3-2

*日比谷潤子 2002「言語変異の地理的差異」『音声研究』6-3

前川喜久雄 2002「『日本語話し言葉コーパス』を用いた言語変異研究」『音声研究』6-3

馬瀬良雄 2003『信州のことば―21世紀への文化遺産―』信濃毎日新聞社

松森晶子 2003「アクセント研究の動向と展望2（現代語中心）」上野善道編『朝倉日本語講座3　音声・音韻』朝倉書店

柳田征司 2003「音韻史」上野善道編『朝倉日本語講座3　音声・音韻』朝倉書店

Hibiya, J. 1995 The Velar nasal in Tokyo Japanese: A case of diffusion from above. *Language Variation and Change* 7.

Labov, W. 1966 *The Social Stratification of English in New York City*. Center for Applied Linguistics.

Labov, W. 1972 *Sociolinguistic Patterns*. University of Pennsylvania Press.

Labov, W. 1994 *Principles of Linguistic Change, vol.1: Internal factors.* Blackwell.

Yoneda, M. 1997 Survey of standardisation in Tsuruoka, Japan: comparison of results from three surveys conducted at 20-year intervals.『日本語科学』2.

5-2 文法、詞彙變化

1. 研究對象

前述5-1項目針對語音變化探討引發語言變化的社會因素及變化過程的分析方法，本節則以社會語言學觀點，針對文法、詞彙變化研究進行論述。

一般提到日語文法，腦中首先會浮現助詞、助動詞等附著詞素或詞尾變化等具文法功能的要素。相對地，若提到詞彙，則會想到事物的名稱等具實質涵義的要素。本項目所探討的是和「語音」不同層次的語言要素──「文法、詞彙」。和語音不同的「文法、詞彙」之特徵在於其直接擔負語言欲表達的意義。

如5-1項目所述，社會語言學在探討語言變化時，乃針對共時的語言變異分析其與各種變數間的關聯性。分析對象的語言變異必須是不具有語意差異的自由變異（free variation）。在語音層次中，由於語音本身不擔負語意功能，因此極易衍生自由變異。而且其變異數量有限，適合從社會語言學的角度進行研究。相對地，文法、詞彙與語意直接相關，難以保證語意相同，而且變異的數量可能無限多。因此，與語音變異相較，在測量語言變化中各相關變數所占的比重時，文法、詞彙變異便難以作為關鍵性指標。事實上，至今有幾項研究嘗試將語音變異分析中已證明有效的變異研究手法運用在文法層次上（Weiner & Labov 1983（1977年初刊））。但此類嘗試卻也遭受批判，認為其無法確保進行變異分析時語意得以不變（Lavandera 1978（1977年初刊））。

其實文法、詞彙層次的變異研究應將語意功能上的變化也包含在分析對象內，同時效法語音變異研究手法，探討該變化與社會因素（語言外在因素）及語言變化的自主性因素（語言內在因素）間的關聯，以解析變化的過程。事實上，該領域的研究也正朝此一研究方向日漸展現成果。

本項目節將介紹文法、詞彙變異研究中已累積一定成果的探討階段性變化之研究方法。第2節將概述語言變化的動機與過程，第3節將概觀研究現況並介紹解析受語言內在因素影響而產生的階段性變化之變異研究實例。第4節則將論述未來研究展望。

2. 問題意識

　　語言爲何變化？如何變化？研究語言變化的目的在於解析語言變化的動機（＝爲何）及語言變化的過程（＝如何）。以下，2.1小節將針對語言變化的發生及進行的動機──「類推」與「威信」進行論述。2.2小節則將針對語言變化的過程提出「過渡期」假設，以解析文法、詞彙的階段性變化。

2.1 語言變化的動機

　　一般認爲引發自主性語言變化的動機有語言的經濟性及創造性兩個反方向的作用力存在。若語言變化起因於語言的經濟性，在語音層面將會促使變化朝減輕發音負擔的方向演變，而在文法層面則會簡化規則以減輕記憶負擔。然而，人類所使用的自然語言，並非一味地簡化以「進化」成具高度整合性的語言。因爲語言帶有另一特徵：用字遣詞會推陳出新，抑或看世界的觀點更細膩，連帶地創造出更多相關聯之用詞，這種因語言的創造性而發生的變化也爲語言增添了表達上的多樣性。

　　因謀求整合性而產生語言變化時，類推（analogy）具重要功能。當部分語言系統呈現不整合現象時，即會依循具整合性的規則訂出比例式A：B ＝ A'：X，並導出X ＝ B'，此過程稱爲類推。例如，現在部分年輕世代所使用的「チガカッタ（違った（錯的），過去式）」或「チガクテ（違って（錯的），中止形）」，是由動詞「違う」所演變而成的形容詞型詞尾活用形。「違う（錯的）」在形式上是動詞，但其語意表狀態（性質），因此導致此種語言變化的產生。由比例式「チカイ（近的（形容詞非過去式））」：「チカカッタ（近的（形容詞過去式））」 ＝ 「チガウ（錯的（動詞非過去式））」：X，類推出X＝「チガカッタ（錯的（形容詞過去式））」。諸如此類，以規範或正確慣用的角度看來，多被視爲「錯誤類推」所導致的不合文法之詞語。但長期慣用後，即成爲一種自主性語言變化。

　　然而，在語言變化的進行階段，使用者的意識扮演著舉足輕重的角

色。因爲新的詞語是否就此固定下來，一切端賴說話者的喜好。值得注意的是，這類說話者的意識未必會一成不變地促使變化朝統合方向發展。受人喜愛的用詞被接受後，便將成爲具有威信（prestige）的語言形式。但，具威信的語言形式，卻不盡然皆合乎語言的整合性特質。

社會語言學將社會評價較低的形式所具有的魅力稱爲潛在威信（covert prestige），而將社會評價較高的形式所具有的擄獲人心的力量稱爲顯在威信（overt prestige）。以前述「チガカッタ」與「違った」爲例，前者爲非規範形式，社會評價低（具潛在威信）；後者爲規範形式，社會評價高（具顯在威信）。一般而言，年輕人尤其是青春期前的青少年會傾向擁護潛在威信。這是各種社會中的共通現象（Romaine 1984）。因此，我們可推測的語言變化模式是：「チガカッタ」等具有潛在威信的新語言形式首先爲年輕人所接受，進而與遵循顯在威信的保守族群世代交替後使得語言變化繼續進行。日本各地的新方言（井上1985等）的發生與滲透即呈現此模式。

新語言形式的產生，既有可能源於語言的自主性變化，也有可能起因於與其他語言或方言的接觸（請參閱第4章）。若爲後者，取自文化優越性較高的語言或方言的借詞（loan word）被視爲具有顯在威信，並且由社會的上流階層開始滲透擴散。第5章5-1項目3.1小節中曾提及，地區方言的標準化過程中，初期階段可見學歷較高的族群之標準語化傾向。此可解讀爲擁有顯在威信的標準語乃先爲社會上流階層的高學歷者所接受。

2.2 語言變化的過程

本小節將論述解析語言變化過程之觀點。

首先，試想最單純的語言變化過程模式：表達某語意場（semantic field）A的語言形式X被新語言形式Y所取代。當該語言變化發生時，變化進行中可見舊形式與新形式並存的過渡期（表1）。

表1　轉移的語言變化過程

	舊階段		過渡期		新階段
語意場A	X	⇒	X、Y	⇒	Y

其次，讓我們思考一下複數個語意場的語言變化。

古典日語中所有事物的存在皆使用「有り（在、有）」表達，但現代日語則以「居る」表人或動物的存在，用「有る」表物體的存在。原本表某語意場的語言形式X的用法變窄，而演變為語意場A以語言形式X表達、語意場B以語言形式Y表達。此種變化稱為「分裂（split）」。相反地，數個語言形式因淘汰而縮減為一個語言形式的語言變化則稱為「統合（merger）」。例如，日本西部地區的方言多以「ヨル」（「書キヨル（正在寫）」「読ミヨル（正在讀）」等）表示動作正在進行，以「トル」（「書イトル（已寫）」「読ンドル（已讀）」等）表示動作完成後所呈現的結果。不過，「ヨル」與「トル」的區別日漸消失，「動作進行」及「結果狀態」皆統一使用「トル」。

我們可推測此些「分裂」或「統合」的變化過程中亦存在過渡期（表2、表3）。

表2　分裂所引發的語言變化過程

	舊階段		過渡期		新階段
語意場A			X		X
	X	⇒		⇒	
語意場B			X、Y		Y

表3　統合所引發的語言變化的過程

	舊階段		過渡期		新階段
語意場A	X		X、Y		
		⇒		⇒	Y
語意場B	Y		Y		

我們可藉由觀察這類處於過渡期的語言變異，確認語言變化受到語意等語言內在制約條件影響並發生階段性演變之樣貌。以日語為例，古典日語

的「行か<u>う</u>（行か<u>む</u>）」既表「推量」亦表「意志」，但「行く<u>だろう</u>（去吧）」獨立成爲表「推量」的形式後，「行こ<u>う</u>（想去）」就僅限用於表意志，此變化爲「分裂」的實例。相對地，現代日語的「<u>あろう</u>（<u>あるだろう</u>）」「<u>できよう</u>（<u>できるだろう</u>）」「<u>寒かろう</u>（<u>寒いだろう</u>）」等無意志性動詞或形容詞中，「<u>よう</u>」與「<u>だろう</u>」的形式共存，皆可表推量。至於「<u>よう</u>」成爲專門表「意志」之變化，目前仍處於過渡期，該變化先發生於意志性動詞，次爲無意志性動詞或形容詞，正階段性地進行中。順帶一提，表示推量的「<u>あろう</u>」「<u>できよう</u>」「<u>寒かろう</u>」等形式與「<u>あるだろう</u>」「<u>できるだろう</u>」「<u>寒いだろう</u>」等相比，較偏文章用語。綜合上述結果，在語言變化的過渡期，變化會順應語言內部環境階段性地進行，並存的變體間也會產生語體差異。

由此可知，社會語言學中的語言變化研究著重於語言變化的過渡期。所謂的語言變化過渡期，從共時的角度看來，是複數個語言變異並存的階段。尤其探討文法、詞彙變異的研究時，可透過量化分析的方式掌握語言變異並存實況，以解析受語言內在條件制約的同時仍階段性地逐步進行之語言變化過程。

3. 研究現況

在此將介紹日語文法變異中的「省略ra之詞（<u>ら抜きことば</u>）」，並將具體論述第2節中所提及的解析語言變化的動機與過程之研究方法。「省略ra之詞」的變化，一般而言並不伴隨語意上的改變，但卻是理解文法變化如何發生之最佳實例。

3.1 何謂「省略ra之詞」

現代日語文法變異（有時亦被視爲「語言的脫序」）中的「省略ra之詞」常受矚目。所謂的「省略ra之詞」是指「<u>起きる</u>（起床）」「<u>食べる</u>

（吃）」等一段活用動詞（一段動詞）或カ行變格活用動詞（カ變動詞）「来る（來）」的可能形，如「起きれる」「食べれる」「来れる」等。這些動詞的可能形另有於動詞「未然形」後接表可能的助動詞「られる」的「起きられる」「食べられる」「来られる」等形式，此類詞形現今仍被視爲具規範性的形式。

　　「省略ra之詞」發生的動機在於確保語言系統的整合性。日語動詞中占最多數的是五段活用動詞（「書く（寫）」「乘る（搭乘）」等），其「可能形」爲「書ける」「乘れる」。以往使用的「書かれる」「乘られる」等可能助動詞形（動詞未然形 + 可能助動詞「れる」），現代日語已不再使用。原因在於助動詞「（ら）れる」的形式除了表「可能」外，又可表被動、尊敬與自發。因此便產生專門表可能語意的可能動詞，此即爲「分裂」所造成的變化。此變化首見於五段動詞，而目前一段動詞及カ變動詞也發生了相同的變化。

　　一般認爲，一段動詞與カ變動詞的可能動詞形，乃類推仿效五段動詞而成。五段動詞中爲數最多的是ラ行五段動詞，其中例如，「乘る（搭乘）」、「取る（拿取）」的可能動詞形分別爲「乘れる」、「取れる」。乍看之下，其分別爲刪除「乘られる」「取られる」的可能助動詞形的未然形詞尾「ら」而產生。若將其套用於「起きる」「食べる」「来る」等一段動詞與カ變動詞上，則可能形式的「起きられる」會變成「起きれる」、「食べられる」會變成「食べれる」、「来られる」會變成「来れる」而形成「省略ra之詞」。

　　一段動詞與カ變動詞的可能動詞形之產生，是前述的「分裂」所造成的變化，同時也有可能是一段活用和變格活用被五段活用所吸收，亦即兼具「統合」變化的層面。

　　一段活用與變格活用被五段活用統合的現象，在方言中尤其顯著，可能形以外的其他活用形也在各地方言獨自產生變化（小林 1996）。例如，使役形「オキラセル（叫～起床）」等是廣爲使用的形式，命令形「オキレ（起床！））」則見於東北地方的日本海沿岸以及九州地方。另外，九州地方也使用否定形「オキラン（不起床）」。至於一段動詞與カ變動詞的可能動詞形（省略ra之詞）也與前述詞形相同，比起首都圈或近畿中央地區，在地方的滲透更爲明顯（渋谷1993）。諸如此類都市與地方的語言變化的快慢，可藉由該形式所具有的威信加以說明。在都市，人們對語言的規範意識較爲強烈，對新形式常帶有反抗意識。相對地，在地方，語言規範意識較難起作用，而朝合理化方向進行的語言變化則較易發生。換言之，都市對顯在威信的認知較強，因而較易維持傳統語言形式；但在地方，認知意識較爲薄弱，因此較易接受新的語言形式。

3.2 省略ra之詞變異研究

　　目前爲止，將一段動詞與カ變動詞的可能動詞形（省略ra之詞，以下稱爲「革新可能形」）及可能助動詞形（以下稱爲「保守可能形」）視爲語言變異，並藉由問卷調查方式進行量化分析的研究有岡崎（1980）、國立國語研究所（1981）、中田（1982）、加藤（1988）等。而本小節將介紹日本文化廳所實施的最新調查結果（圖1、圖2）。調查方法爲請受訪者回答會使用「こんなにたくさんは食べられない／食べれない（我吃不了這麼多）」中的「食べられない」抑或「食べれない」。

　　如圖1所示，革新可能形（食べれない）主要爲年輕人（尤其是20～29歲以下）所使用。性別方面，革新可能形的使用率，20歲以上者以男性較高，而10～19歲則女性較高。這類因性別及年齡差異而產生的逆轉現象，在1988～1989年於大阪市實施的可能用法調查中也有相關報告。井上（1991）認爲該現象成因在於年輕人早已將革新可能形認知爲標準形式。

　　各地區的使用率如圖2所示。如前述，於關東或近畿等大都市地區，保守可能形佔優勢，而在其他地區，革新可能形較易被接受使用。

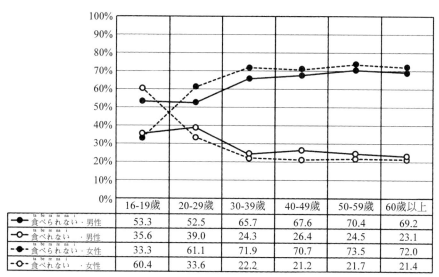

（根據日本文化廳文化部國語課2001:71製圖）

圖1　我吃不了這麼多（こんなにたくさんは<ruby>食べられない<rt>ko n na ni ta ku sa n wa ta be ra re na i</rt></ruby> ／ <ruby>食べれない<rt>ta be re na i</rt></ruby>）

（依性別、年齡差異分別統計）

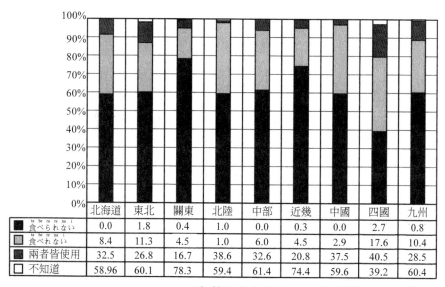

（根據日本文化廳文化部國語課2001:71製圖）

圖2　我吃不了這麼多（こんなにたくさんは<ruby>食べられない<rt>ko n na ni ta ku sa n wa ta be ra re na i</rt></ruby> ／ <ruby>食べれない<rt>ta be re na i</rt></ruby>）

（依地區分別統計）

　　除了透過問卷調查語言使用意識外，同時也可利用語料進行量化調查。例如，Matsuda（1989、1991、1993）於東京進行田野調查，藉由面談以及團體對談等方式蒐集語料，分析結果指出影響革新可能形使用的社會因素主要為年齡差異，而地區差異及性別差異較不顯著；與30～89歲者相較，革新可能形的使用多集中於10～29歲的年輕人。近年來革新可能形廣受接納的現象也可在語料中得到印證。Matsuda除了分析這類社會因素，也針對語言內在因素進行詳細分析，並指出：

(1) 日語動詞詞幹的長度（拍）與革新可能形的產生有顯著的關聯。「見る（看）」等詞幹為一拍的動詞，革新可能形的發生率高。而「起きる（起床）」等詞幹為二拍的動詞，革新可能形的發生率呈下降趨勢。若為三拍以上，則僅使用保守可能形。

(2) 上一段活用動詞（詞幹最後一個音為「-i」）與下一段活用動詞（詞幹最後一個音為「-e」）兩者相較，前者較易出現革新可能形。

(3) 肯定形（見れる（看得見））較容易出現革新可能形，否定形則較難出現（見れない（看不見））。

(4) 複合動詞形（見始める（開始看）等）、助動詞形（見させる（叫對方看）等）、補助動詞形（見ている（正在看）等）較難出現革新可能形。

(5) 與主句相較，從句出現革新可能形的頻率較低。另外，即便是主句，若為「～と思う（我認為～）」嵌入句，也較難出現革新可能形。

　　因此，關於「省略ra之詞」變化，現今我們已知此種變化發生的動機與其普及的過程。然而，目前尚無法完整地說明革新可能形為何在上述(1)～(5)等特定環境中容易或不易出現。其解析為今後的研究課題。

4. 未來展望

　　從社會語言學角度進行的語言變異研究，向來僅關注具有相同語意的形

式所負擔的社會功用，而未將語意變化現象納入考量。近年來，社會語言學似乎有將研究與語法化理論結合的傾向，這也反映出社會語言學正打算就文法層次克服語意問題。

　　關於文法層面的語言內在變化，探討實詞（content word，具有實質語意且能獨立成詞的要素）歷時演變爲功能詞（function word，實質語意薄弱，不能獨立成詞但肩負文法功能的要素）的是語法化（grammaticaliza-tion或grammaticization）理論（請參閱秋元2002、大崛2004、《月刊言語》33-4（2004）、《日本語の研究》1-3（2005）等。而與語法化相對的概念爲文法項目演變爲詞彙項目的詞彙化（熟語化））。若從類型論的角度檢視與文法事象相關之語言變化，便會發現由實詞演變爲功能詞的現象在許多語言中皆可見，但反方向的演變則較少見。因此，專家學者便針對語法化提出演變的「單向性（unidirectionality）」假設並進行驗證，並於實詞演變爲功能詞的過程中設定了各種過渡階段，認爲其乃歷經幾個階段逐漸演變。近年來，不僅語法化的典型代表——實詞演變爲功能詞的現象，連功能詞的文法功能擴張現象也嘗試運用此理論。姑且不論研究對象爲何，將逐漸演變的各個階段視爲不可分割的連續體，並透過其連續性說明動態變化正是此理論的魅力所在。

　　近年來，方言文法變化研究中，應用語言變化呈漸次性概念之研究蔚爲風潮。解析語音變異的變異研究手法並不適用於文法層面的變異，因此尚未確立有效的研究方法。爲了打破此窘境，有研究詳實描述所有變體的語意功能，據此解析進行中的變化。此嘗試主要從語法化理論獲得啓示，針對牽涉語意問題的文法變化，試圖完整地探討其語意差異或使用條件的差異，以闡明變體間的歷史關係。

　　此研究目前有兩個觀點。一爲宏觀性的對比方言學研究，主要將日本視爲一個語言共同體，並將各地方言中所出現的變體的文法差異或語意差異，視爲語法化的不同階段的形式，藉此解析演變的漸次性及方向性。此類型研究有：探討何種詞彙項目由實詞演變爲功能詞的小西（2004）、小林（1995、1997、2000）、日高（2003、2004）或探討功能詞功能擴張的日高（1997、2005）、舩木（1999），以及除了現代方言亦一併探討過往文獻資料的井上（1998）、渋谷（1993、1999）等。

　　另一個觀點則以個人或單一地區中的變異爲探討對象，以微觀的角度審視其文法制約條件，並捕捉進行中的變化。當然，此類型的研究在與其他方言對照後，也可轉換爲前述的宏觀性研究。針對某一方言的時制、貌、語氣（Tense、Aspect、Mood）系統進行描述的工藤（2004）、高田（2001、2003）、竹田（2000）、八亀等（2005）便是此類型的研究。松丸（2002）則著眼於單一個人變異。

　　針對共時性語言變異進行探討的文法變化研究，今後也將以此二大觀點持續進行，並期待能發展出綜合上述兩大觀點的研究成果之新研究。

練習與討論

1. 以下是動詞「違う（chiga u）」的詞尾活用變化表。請將形容詞型詞尾變化的空格填滿。另外，請透過問卷調查形容詞型詞尾活用形中，年輕人使用何種詞尾活用形的比率較高。

	終止形	過去形	テ形(te)	否定形	假定形
動詞型	チガウ (chi ga u)	チガッタ (chi ga t ta)	チガッテ (chi ga t te)	チガワナイ (chi ga wa na i)	チガエバ (chi ga e ba)
形容詞型		チガカッタ (chi ga ka t ta)	チガクテ (chi ga ku te)		

2. 最近，表原因、理由的連接詞，除了「だから（da ka ra）（因爲）」之外，也常用「なので（na no de）（因爲）」。年輕人即使在寫學校作文或小論文等需使用正式書面語言的場合，也會使用「なので（na no de）」。請思考「なので（na no de）」爲何會發生？其用法爲何？以何種途徑在社會中擴散普及？

3. 主要使用於東北地方的格助詞「サ（sa）」，一般認爲是因「～のほうに（へ）（no hō ni e）（到達（往）～的一方）」的古語「～さまに（へ）（sa ma ni e）」語法化而產生的用法（小林 1997）。其原始用法爲表移動的方向或到達點。然而，現在東北方言的「サ（sa）」，依循標準語「に（ni）」的用法而發生功能擴張。圖3乃以158名秋田縣出生之年輕人爲對象，透過問卷調查方式調查變化句中所使用的助詞「サ（sa）」是否恰當的結果（日高2001）。請分析變化句中的助詞

「サ」之功能擴張經歷了什麼樣的過程。

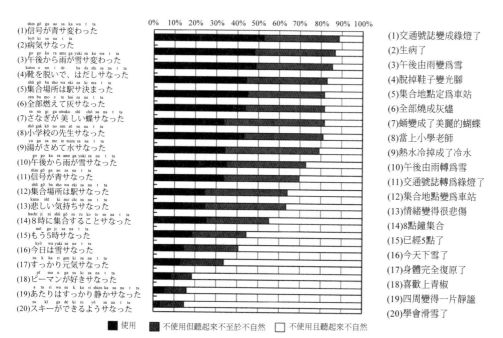

圖3　變化句中的助詞「サ」是否符合文法（日高2001:95）

參考文獻（＊爲基本文獻）

秋元実治 2002『文法化とイディオム化』ひつじ書房

井上史雄 1985『新しい日本語—〈新方言〉の分布と変化—』明治書院

＊井上史雄 1998『日本語ウォッチング』岩波新書

井上文子 1991「男女の違いから見たことばの世代差」『月刊日本語』4-6

＊井上文子 1998『日本語方言アスペクトの動態—存在型表現形式に焦点を
　　あてて—』秋山書店

岡崎和夫 1980「『見レル』『食ベレル』型の可能表現について」『言語
　　生活』340

＊大堀壽夫 2004「文法化の広がりと問題点」『月刊言語』33-4

加藤和夫 1988「現代首都圏女子大生における可能表現使用の一実態」

『和洋國文研究』23 和洋女子大学国文学会

*金田一春彦 1953「辺境地方の言葉は果して古いか」『言語生活』17

工藤真由美 2004「青森県五所川原方言の動詞のアスペクトとテンス」工藤真由美編『日本語のアスペクト・テンス・ムード体系』ひつじ書房

国立国語研究所 1981『大都市の言語生活　分析編』三省堂

小西いずみ 2004「富山・金沢方言における形容詞の副詞化接辞『ナト・ラト』と『ガニ』―方言に見られる文法化の事例―」『社会言語科学』7-1

小林隆 1995「東北方言における格助詞『サ』の分布と歴史」『東北大学文学部研究年報』44

小林隆 1996「動詞活用におけるラ行五段化傾向の地理的分布」『東北大学文学部研究年報』45

*小林隆 1997「周圏分布の東西差―方向を表す『サ』の類について―」『国語学』188

小林隆 2000「文末形式『ケ』」小林隆編『宮城県仙台市方言の研究』東北大学国語学研究室

*小林隆 2004『方言学的日本語史の方法』ひつじ書房

渋谷勝己 1993「日本語可能表現の諸相と発展」『大阪大学文学部紀要』33-1

*渋谷勝己 1998「文法変化と方言―関西方言の可能表現をめぐって―」『月刊言語』27-7

渋谷勝己 1999「文末詞『ケ』―三つの体系における対照研究―」『近代語研究』10 武蔵野書院

高田祥司 2001「青森県弘前方言のアスペクト・テンス体系〈動詞述語編〉」『待兼山論叢』35 大阪大学文学会

高田祥司 2003「岩手県遠野方言のアスペクト・テンス・ムード体系―東北諸方言における動詞述語の体系変化に注目して―」『日本語文法』3-2

竹田晃子 2000「岩手県盛岡市方言におけるタッタ形の意味用法」『国語

学研究』39 「国語学研究」刊行会（東北大学大学院文学研究科）

中田敏夫 1982「可能表現変遷に関する一検証―現代東京の高校生の調査より―」『日本語研究』5 東京都立大学日本語研究会

日高水穂 1997「授与動詞の体系変化の地域差―東日本方言の対照から―」『国語学』190

日高水穂 2001「方言研究への招待④　文法の調査法〈その2〉―文法的な意味・機能についての調査―」『月刊言語』30-5

*日高水穂 2002a「言語の体系性と方言地理学」馬瀬良雄監修・佐藤亮一・小林隆・大西拓一郎編『方言地理学の課題』明治書院

*日高水穂 2002b「方言の文法」江端義夫編『朝倉日本語講座10　方言』朝倉書店

日高水穂 2003「『のこと』とトコの文法化の方向性―標準語と方言の文法化現象の対照研究―」『日本語文法』3-1

日高水穂 2004「格助詞相当形式コト・トコ類の文法化の地域差」『社会言語科学』7-1

日高水穂 2005「方言における文法化―東北方言の文法化の地域差をめぐって―」『日本語の研究』1-3（『国語学』通巻222）

舩木礼子 1999「意志・推量形式『べー』の対照―用法変化の推論―」『待兼山論叢』33 大阪大学文学会

文化庁文化部国語課 2001『平成12年度国語に関する世論調査〔平成13年1月調査〕』財務省印刷局

松丸真大 2002「高知県幡多方言の使役形式―活用体系変化の一過程―」『阪大日本語研究』14

八亀裕美・佐藤里美・工藤真由美 2005「宮城県登米郡中田町方言の述語パラダイム―方言のアスペクト・テンス・ムード体系記述の試み―」『日本語の研究』1-1（『国語学』通巻220）

*Aitchison, J. 1991[2] *Language Change: Progress or decay?* Cambridge University Press.（若月剛訳 1994『言語変化―進歩か、それとも衰退か―』リーベル出版）

*Bybee, J, R. Perkins and W. Pagliuca. 1994 *The Evolution of Grammar*. The

University of Chicago Press.

Lavandera, B. R. 1978 Where does the sociolinguistic variable stop? *Language in Society* 7-2. (1977. Colloquium paper presented at the 1977 Annual LSA Meeting, Chicago.)

Matsuda, K. 1989 A Japanese inflectional levelling process in progress. *Sophia Linguistica* 27.

Matsuda, K. 1991 Linguistic constraints on analogical levelling. *The Proceedings of the 27th Meeting of the Chicago Linguistic Society.*

Matsuda, K. 1993 Dissecting analogical levelling quantitatively: the case of the innovative potential suffix in Tokyo Japanese. *Language Variation and Change* 5.

Romain, S. 1984 *The Language of Children and Adolescents.* Blackwell.

Weiner, E. J. and W. Labov 1983 Constraints on the agentless passive. *Journal of Linguistics* 19. (1977. Mimeo.)

第6章　語言意識

章節提要

　　無論是語言或語言變種，我們對自己或他人的語言，皆持有各種印象及意識。此印象及意識是說話者在各自所處的環境中，歷經社會化過程時所習得的文化之一環，並非語言固有的。因此，即使是對同一語言所抱持的印象或意識也會因人而異。例如，生長於青森者與生長於大阪者，對京都腔抱持的印象即有所不同。不過另一方面，生長於同一語言共同體者對語言持有相同的印象或意識也是不爭的事實。這種共同持有的印象甚至會形成與現實不符的刻板印象，並在社會定型化，進而發展成認為屬某群體者就應使用屬於該群體之語言使用模式。

　　如此形成的對自己或對他人語言或方言之意識，構成了說話者認同的一部分，並成為左右其語言行為方式之主要因素。例如，這些意識會決定某場合中是否與對方進行溝通，或決定溝通時該使用何種語言進行會話，在某些場合中則成為決定學習或不學習某語言或方言之動機。而且語言意識若以正面印象解讀某語言或變種，會變成對該語言說話者的讚美，以負面印象解讀時則會產生歧視。

　　本章針對語言印象及意識，將分「6-1 語言印象」與「6-2 語言與認同」兩項目進行介紹。

　　遇到使用各種語言或變種者時，我們會有何反應？或者，移居至語言或方言迥異的遙遠地方時，將如何學習移居地語言？諸如此類可供我們探討自身的語言意識之題材，有許多就存在我們身邊。希望大家能實際觀察並自我內省。

6-1 語言印象

1. 研究對象

　　所謂語言印象，乃指我們對某語言所抱持的印象，或對該語言性質及特徵的看法。例如，一般人對京都腔持有「優雅的」、「溫文儒雅的」印象，但對東北腔則大多抱持「鄉下人的」、「純樸的」印象。

　　然而，除了對「京都腔」、「東北腔」等語言變種整體（語碼）之印象外，對各個具體的語言形式，也會產生與說話者屬性或場合相關之印象。例如，從「わたくし、もうお暇致しますわ（我該告辭了）」句中的用詞，可推測其為「東京長大（地區）之女性（性別），在正式場合（情境）之發言。

　　語言印象有些建構於我們自身的經驗上，有些則是即使並未與該語言直接接觸，也會自然形成。因此，與人交談之際，即可憑印象推測對方之屬性（出生地或職業等）。

　　有別於前述各章節之研究觀點——「社會存在何種語言變種？又如何使用？」，本項目將聚焦於「人們如何認知語言之差異？」，以探討語言之多樣性。換言之，本項目之目的並非探討語言變異實際情況，而是探討對語言變異的認知。

　　對語言之評價往往與對語言使用者本身之評價相關聯，若其擴大並一般化，即會產生如「京都人說話優雅（＝高尚）」、「東北人有地方口音（＝鄉下人）」等刻板印象。此種刻板印象易產生社會偏見，尤其被冠上負面印象之語言變種（方言）使用者，易產生自卑感。因此，語言印象之問題探討，不僅具語言研究上的意義，更與社會問題息息相關。

　　以下將於第2節介紹語言印象之研究方向，於第3節中討論研究現況，並於第4節思考今後課題以及今後研究之可行性。

2. 問題意識

　　本節將進行語言印象分類，探討何謂印象，並歸納研究問題所在。

如前述，一個語言共同體中除了與說話者出生地相關之地區方言（regional dialect）之外，尚有與說話者所屬之性別、階層、群體差異等有關之社會方言（sociolect），及與場合或情境相關的語體等變種。而對語言所抱持的印象，則可分為以某語言或變種整體為對象（下列(a)），及以各個語言或變種的個別面向為對象（下列(b)~(d)）等兩種（表1）。

表1　語言印象之對象

	語言印象之對象	語言印象之內容
(a)	語言或變種	對該語言持有何種感情及印象？
(b)	地區方言	在何處使用該語言？
(c)	社會方言	何種人使用該語言？
(d)	語體	如何使用該語言？

表1內容可說明如下：

(a)「對語言或變種之印象」乃指對某語言的情感、印象以及整體評價。可藉由詢問「你喜歡或討厭大阪方言／英語？」、「大阪方言／英語給你的感覺是開朗的還是灰暗的？」。

(b) 對地區方言之印象。當被詢問「說關西腔的地區在哪裡？」時，腦海中所浮現的印象可繪製於地圖上，顯示有別於行政劃分的區域（使用此方法所描繪之地圖稱為「方言認知地圖」。請參閱本項目3.2小節 Long 1999a 等）。表1中的「地區方言印象」即指關於某語言變種在何處被使用之印象。此印象包含：「與自己使用相同語言之區域至哪一帶為止？」、「與自己使用不同語言之區域從何處開始？」等關於方言區劃的意識（Grootaers 1959；柴田1959）。此外，亦包含與(a)有關的，對「理想的」語言變種的地理範圍之印象（Long 1999b）。

(c)「對社會方言之印象」乃指對於某語言變異與該語言使用者屬性（性別、年齡、社會階層、所屬群體等）間關聯之印象。例如，某人使用標準語時，給人有智慧、細膩之印象，但使用方言時，則給人豪爽之印象，此起因於我們認定語言變種與該使用者的屬性間有一定的對應關係。我們從句子「ワシは嫌ジャ（我不喜歡啦）」的使用，可立即推測說話者為上了年紀

的男性。因為「ワシ（我）」與「～ジャ（斷定助動詞）」等形式，與說話者之屬性（高齡者、男性）密切相關。因此，在電視劇或漫畫中，若欲賦予出場人物「高齡、男性」之屬性時，讓其使用「ワシは嫌ジャ」最能達到效果。這種反映說話者的特定屬性以呈現刻板印象之用語，金水（2003）稱之為「角色語（役割語）」。

（d）「對語體之印象」乃關於「自己或他人在某場合中使用何種語言」之印象。例如，我們會對「在當地遇見使用方言的熟人時」或「接受電視台採訪時」，自己或他人會使用方言還是標準語抱持特定的印象。目前為止的語碼轉換研究有許多利用此種印象（社會語言學稱為「意識」）進行調查（月刊言語編集部1995；佐藤1997；田原2003等）。當然，雙語使用者亦持有此種印象，因此能回想自己在「算數時」、「吵架時」、「與父母交談時」、「與上了年紀的親戚說話時」等場合中使用了何種語言（生越1991）。

此種印象也包含個別語言形式。例如，在路上相遇而詢問對方「你要去哪裡？」時採用何種形式？（請參閱第3章3-2項目3.4小節）；在百貨公司或附近店家詢問商品價格「多少錢」時，會使用「イクラ（標準語形式）」還是「ナンボ（方言形式）」？（真田1996）等以問卷或面談法所進行之調查，便是利用說話者所抱持的這種語言印象。

以上，我們依對象將語言印象區分為四類。現行之語言印象研究也以此四類對象為主進行論述。然而，(b)～(d)之印象，僅止於印象，不見得能正確地捕捉實際情況。因此，社會語言學領域中便有研究試圖解析印象或意識與實際情形的差別，並從中探討各變種及形式的社會意義以及語言變化的樣貌（Trudgill 1972等）。

第3節將針對前述四類研究，介紹(a)方言印象（3.1小節）、(b)方言認知地圖（3.2小節）、(c)角色語（3.3小節）之相關研究。

3. 研究現況

3.1 方言印象

關於對語言變種之印象，目前為止日本國內的研究主要探討對地區方言的印象（井上1980、1989等）。研究議題包含人們對自身或他人所使用的語言抱持各種評價；該評價可區分為幾個類型、藉由印象定位各方言等。

對特定方言之印象，可藉由與其他方言之印象相比較而明確釐清。為了比較方言間之印象，必須有能客觀掌握印象這種模糊概念的方法。因此，方言印象研究使用SD法（語意差異法、Semantic Differential）。SD法為Charles E. Osgood所提出的心理語言學研究方法（Osgood et al 1957）。此手法之調查方式乃針對某語言（例如，「關西腔」），提示「溫馨－冷漠」、「快－慢」等評價兩極之反義詞，並在其間設定幾個階段，請受訪者回答對該語言的印象在哪個階段。

井上（1980）改良了SD法，並採用下列四組共16個評語，請受訪者回答「非常同意」、「部分同意」、「不同意」。16個評語列舉如下：

〔知性正面〕近代的、都會的、正確的、清楚明瞭的、接近標準語
〔知性負面〕不清晰、有口音、沉重的、使用古老詞彙、不起眼的
〔感性正面〕柔和的、豁達的、樸素的
〔感性負面〕豪爽的、嚴厲的、粗魯的

井上（1989）使用上述16個評語，調查全國七所大學550名大學生對自身方言的印象，結果如圖1所示。之所以調查受訪者對自身方言的印象，乃因若調查他人使用的方言，易受個人經驗影響（是否認識該方言使用者、是否曾去過該地區等），難以取得等質的資料，也有可能得到所謂的刻板印象之評價。

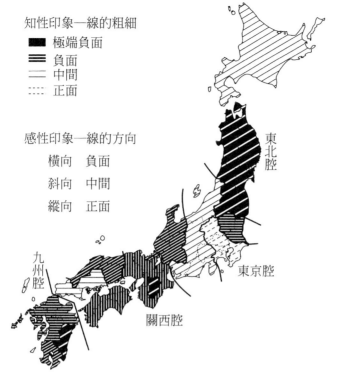

知性印象—線的粗細
■ 極端負面
≡ 負面
＝ 中間
⋯⋯ 正面

感性印象—線的方向
　橫向　負面
　斜向　中間
　縱向　正面

東北腔

九州腔

東京腔

關西腔

圖1　各方言印象之區劃圖（井上1989:246）

　　圖中以線的粗細表知性印象，線愈粗表愈負面；以線的方向表感性印象，橫向爲負面、縱向爲正面、斜向爲中間值。東北腔在知性印象上被評以極端負面，其應與「方言情結」有關（柴田1958）。

　　此外，上述結果爲說話者評價自身方言之結果，若是評價自身方言以外的方言印象，數值會變得更極端（井上1989:211）。這也可視爲一種刻板印象。

3.2 地區方言使用範圍

　　如同會察覺「○○的人語言與自己不同」，一般而言，我們會意識到語言變種的地理範圍。而且相同語言共同體之成員，大多有此認知。東條操最先注意到此現象並將此種印象作爲訂定方言領域時的基準。東條認爲：「決定方言領域的方法，唯有以常人之方言意識爲出發點，調查能佐證此特質要素之領域後，再加以修正外，別無他法。（後略）」（東條1953:11）。

探討方言邊界意識與實際方言分布對應關係的實證研究有柴田（1959）、Grootaers（1959）等。二者皆在新潟縣系魚川地區進行研究，並藉由調查當地人對鄰近方言的「稍微不同」與「全然不同」之感受，成功地劃分出方言邊界。然而，這些邊界與依照面談調查得到的形式所描繪出的邊界並不一致，而是與所謂「共同生活圈」之概念一致。柴田（1959: 28）表示：「以方言意識爲方言區劃之基準並不妥當」。

Preston（1989）指出以意識及印象爲研究對象的民俗語言學（folk linguistics）之必要性。爲了探討關於語言變種的地理分布之印象，Preston採用了文化地理學的心智圖（mental map），提出所謂方言認知地圖（Perceptual Dialect Maps）之調查分析手法。而改良此方言認知地圖方法，並將其應用於研究日本各方言的地理性變異者，有ロング（1990b、1998、1999）與Long（1999a、b）。這些研究乃探討德川（1977）所指出的課題「方言使用者意識中的區域劃分與方言實際使用情況之關聯性」的第一步。其以下列步驟收集資料並進行分析。①在某區域的空白地圖上，將使用不同語言的區域以線區隔劃分。②標記該地區語言之名稱。③將劃分出的地區依「理想度」順序排列。④填寫該地區的語言特徵。將所得資料（適時加以統計處理），繪製成地圖，即爲方言認知地圖。

目前的方言認知地圖研究有下列幾點問題意識：

(a) 認爲有方言區劃的區域在何處？（ロング1990b、1999；Long 1999a）

(b) 認爲使用「標準語」、「關西腔」等特定語言變種的區域在哪裡？（ロング1998；Long 1999a）

(c) 認爲「理想」的區域在哪裡？（ロング1998；Long 1999b）

(d) 賦予肯定或否定性特徵之地區爲何處？（Long 1999b）

(a)～(d)可與調查步驟①～④相對應。圖2顯示關西地區受訪者認知的「標準語」使用區域。使用此手法所得結果僅能視爲說話者的意識，與語言實際使用情況不一定相同。例如，圖2顯示受訪者認爲中國地方與北海道地方使用「標準語」。但是，其與實際分布不同（標準語原本就屬規範性語言，並非限定於某特定地區使用）。

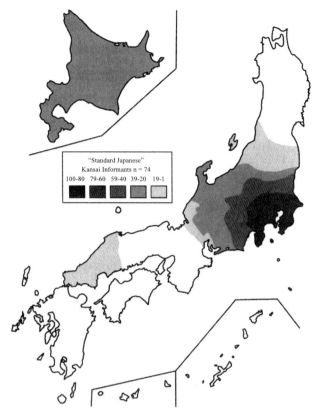

"Standard Japanese"
Kansai Informants n = 74
100-80　79-60　59-40　39-20　19-1

圖2　關西語言使用者認知的「標準語」區域（Long 1999a:192）

　　總括而言，方言認知地圖研究聚焦於說話者對地理性變異之印象，並開發出合適的研究手法，使得日語使用者的方言區劃意識逐漸明朗化。

3.3 社會方言之印象

　　當我們僅聽到某人說話，就會在腦海中浮現對方的具體印象。印象有時是說話者的出生地或社會地位等，有時則與「強勢」、「急躁」等性格有關。相反地，從說話者的外表等可推測該說話者所使用的語言變種或語言形式。例如，出國旅行時（從外表）認爲對方是日本人，但與其攀談後卻發現並非如此。總而言之，我們會(a)從對方所使用的語言想像其屬性，抑或相反地，(b)從對方的（外表等）特徵或屬性推測其應會使用何種語言，再決定採取何種行爲與其溝通。

　　探討人們的(a)「從對方所使用的語言想像其屬性」之研究方法，有語言配對法（matched-guise technique）（Lambert et al.1960）。此手法為首先請一說話者以兩種不同的語言（變種）朗讀同一篇文章並將其錄製下來，再將錄音內容播放給受訪者聽，請受訪者回答對該說話者之印象。藉由同一人朗讀同一文章，可排除聲音性質或說話速度等影響印象之相關要素，以探討不同語言所造成之印象差異。岡本（2001）即採用此手法，調查聽話者對說話者印象形成之際，名古屋方言與標準語的使用所造成的影響為何。結果顯示：關於說話者的性格印象，使用標準語在知性印象上獲得較高評價，而使用方言則是在人際活動方面獲得較高評價。關於說話方式及外表，使用標準語給人「雖然用詞很優雅、身材高挑，但外表卻不起眼」（岡本 2001:14）之印象。

　　另一方面，探討(b)「從對方的（外表等）特徵或屬性推測其應會使用何種語言」的手法有例如，讓受訪者觀看幾位說話者的畫像或影像，並同時播放同一人物的幾段聲音後，請受訪者選擇符合該聲音印象之說話者（Hudson 1980）。例如，オストハイダ（2005）指出：在日本，因說話者是否為西方人、是否乘坐輪椅等外貌不同，日語母語使用者的語言行為會隨之而異。該研究的調查方式為讓一名西方人（具高度日語表達能力）與一名日本人一起行動，並由西方人向受訪者問路等，以調查受訪者會向兩人中的哪位回答問題。結果顯示，即使由西方人發問，受訪者大多對著日本人回答。因大多數人從外表判斷西方人「不會說日語」，遂選擇向會說日語的日本人回答。

　　關於前述與說話者社會屬性相關的角色語，金水（2003）將其定義如下：

　　　　聽到某特定用字遣詞（詞彙、文法、措詞、語調等）就會浮現特
　　　　定人物形象（年齡、性別、職業、階層、時代、容貌與風采、性
　　　　格等）。相反地，從某特定人物形象，亦可推測該人物的用字遣
　　　　詞，此用字遣詞即稱為「角色語」。（金水 2003:205）

角色語包含如上層階級的女孩之「千金小姐用語（お嬢様こと

172

ば）」、中國人的「有啊用語（ア^aル^{ru}ヨ^{yo}こ^{ko}と^{to}ば^{ba}）」、老年男性研究者之「博士用語（博^{haka}士^{se}語^{go}）」、老年男性之「老人用語（老^{rō}人^{jin}語^{go}）」等。ロング、朝日（1999）即透過比較同一部電影的英語原作與日語配音，解析日美角色語之異同，其結果如表2所示：

表2　電影人物特徵與英日語變種
（部分修正ロング、朝日1999:75的表格）

電影	人物	特徵	英語	日語配音
(1)	普里斯（Prissy）	大農莊的黑人奴隸	非裔美國人英語	東北方言
	波克（Pork）		非裔美國人英語	關東方言
	媽咪（Mammy）		非裔美國人英語	東部日本方言
(2)	理髮店的黑人老人	都會的勞動階級	非裔美國人英語	東北腔、廣島腔
	猶太裔老人		猶太人英語	東日本方言
(3)	農家父親	30年前的白人農家	美國南部英語	東北方言
	農家母親		美國南部英語	東北方言
	農家小孩		美國南部英語	東北方言
(4)	伊萊莎（Eliza）	都會的勞動階級	倫敦腔英語	關東方言
	杜立德（Doolittle）		倫敦腔英語	關東方言

＊(1)亂世佳人（Gone with the wind）。(2)來去美國（Coming to America）。(3)回到未來（Back to the future）。(4)窈窕淑女（My Fair Lady）。

　　由表2可得知：電影日語配音中「低下階層」或「鄉下人」等屬性的人物使用東北方言或關東方言，「老人」則使用廣島方言（此為「戲劇演出」用的方言，而非現實生活中所使用的方言）。

　　角色語研究探討「X團體擁有Y_L語言特徵」或相反地「擁有Y_L語言特徵者屬X團體」等日語使用者所持有的社會方言印象。此種印象也可說是一種刻板印象。刻板印象是指「若為X團體則有Y特徵」或「若有Y特徵則屬X團體」。例如，「日本人是勤勞的」、「老人是頑固的」等也是刻板印象（岡1999）。角色語乃指人們持有的刻板印象中涉及語言之面向。刻板印象是一種認知能力的表現，其將渾沌的外界資訊粗略地分類，可不拘泥細部

地行動（正面面向）。然而，刻板印象並未留意到分類後的個別要素（例如，總括為「博士」中的各個博士等）之特性（負面面向）。此外，刻板印象又分對群體內部（ingroup）及群體外部（outgroup）兩種。一般而言，多認為群體內部具「富於變化的複雜性」而賦予肯定的特徵，但認為群體外部為「均質的」而賦予否定的特徵（Hewstone & Giles 1986）。此種刻板印象之特徵與前述Long（1999b）之調查結果息息相關。Long（1999b）指出，受訪者大多認為自己家鄉方言的使用區域為理想的語言使用區域。3.1小節方言印象中亦提及，即使評價對象為同一方言，該方言使用者自身的評價與非該方言使用者的評價明顯不同。這也說明了對群體內部與群體外部看法之不同。

4.未來展望

以上介紹了方言印象（3.1小節）、方言認知地圖（3.2小節）、角色語（3.3小節）等研究。根據目前的研究成果，可設定下列研究議題：

(a) 印象及意識與實際使用情況有何關聯？必須比較意識研究與實況研究所得結果並說明其異同（德川 1977）。例如，透過方言印象或方言認知地圖所得到的區域劃分，與根據田野調查結果所描繪出的音韻、重音、文法項目等之區劃是否一致？若不一致，則需思考為何不一致？角色語研究也有相同課題。例如，有多少老人會呈現「老人用語」語言特徵？第一語言為中文者有多少人會使用「有啊用語」等皆須進行檢證。

(b) 意識是由何種語言與心理因素所形成？意識與實際使用情況之所以有差異，是因為我們所進行的並非全方位的觀察，而僅考慮實際情況中的一部份。因此，我們需要思考何種因素會影響意識形成。例如，除了語言相似度或母音等語言內在因素（井上1973、1989），縣民性格與區域性等文化因素也會強烈干預（井上1989: 216-217）。而除此之外是否還有其他因素？各因素影響意識形成之程度為何？此些相關問題皆尚未被探討。3.3小節介紹的岡本（2001）採用語言配對法所進行的調查中，需探討說話者認知哪個語言項目為方言。因此，讓受訪者聽方言錄音時，需考慮是否變更方言項目。藉此可解析被認知為「方言」的項目，以及不被認知為方言的項目為

何。

(c) 意識對語言變化或語言行動會造成何種影響？長久以來的研究（Weinreich et al.1968；柴田1959等）已指出：對語言變化過渡期（請參閱第5章5-2項目）並存的變體之評價、及自我認知的生活圈等人們的意識會影響語言變化的方向性。例如，近年來人們移動頻繁，因移居而產生的語言接觸也增加，移居者是否能接受移居地的語言變種？若能接受，會以何種型態接受何種語言形式？諸如此類問題與6-2項目將探討之說話者的認同、及說話者所抱持的方言印象息息相關（神鳥、高永1988；ロング1990a）。

另一方面，與第2章語言行動相關的議題有：方言與標準語間的轉換與方言印象的關聯性（井上 1989）；角色語在現實的語言行動中如何被運用（例如，可比較變性人與女性的語言行動差異）。

(d) 隨社會變化，語言印象會如何演變？根據目前為止針對角色語的形成過程（金水 2003）及印象中的方言與標準語之關係等研究（玉井等2001），可發現語言印象受社會變化之影響並不大，而且對用詞之刻板印象通常已固定。不過，這些議題應再加以深入探討。亦可分析初次至九州某城市旅行，或因升學而移居九州時，出發前與出發後對九州方言的印象或區劃意識是否有所變化？若有，如何變化？可先試著從個人經驗的變化開始觀察。總而言之，有必要釐清會隨社會變化而改變的語言意識及印象，以及不會隨社會變化而改變的語言意識及印象。

練習與討論

1. 請調查對方言印象之世代差異。詢問某地區的老年人、中年人、年輕人對日本東北腔、東京腔、關西腔以及九州腔等之印象，調查有無世代差異。同時，也試著思考世代差異產生的理由。
2. 針對來自外地的移居者，比較其對母方言及移居地方言的印象。需注意其能說多少移居地的方言、喜不喜歡移居地的方言、原本住在哪裡、何時搬遷等事項。
3. 請針對第1章1-1項目的練習與討論第1題所調查的角色語，錄製實際符合該角色（年齡、性別、職業等）者與熟人間的對話，並調查其是否使用角

色語。若未使用，請思考其原因。

參考文獻（*為基本文獻）

井上史雄 1973「母音のイメージと東北弁」『音声学会会報』144

井上史雄 1980「方言イメージの評価語」『東京外国語大学論集』30

*井上史雄 1989『言葉づかい新風景—敬語と方言—』秋山書店

岡隆 1999「ステレオタイプ、偏見、差別の心理学」『現代のエスプリ』384

岡本真一郎 2001「名古屋方言の使用が話し手の印象に及ぼす影響—Matched-guise techniqueを用いて—」『社会言語科学』3-2

生越直樹 1991「在日韓国・朝鮮人の言語生活」『月刊言語』20-8

オストハイダ，テーヤ 2005「"聞いたのはこちらなのに…"—外国人と身体障害者に対する『第三者返答』をめぐって—」『社会言語科学』7-2

神鳥武彦・高永茂 1988「方言に対する好悪の意識—『広島方言』に対する場合—」『国文学攷』120 広島大学国語国文学会

*金水敏 2003『ヴァーチャル日本語　役割語の謎』岩波書店

月刊言語編集部 1995『月刊言語別冊　変容する日本の方言』24-12

佐藤和之 1997「共生する方言と共通語—地域社会が求めることばの使い分け行動—」『国文学　解釈と教材の研究』42-7

真田信治 1996『地域語のダイナミズム』おうふう

柴田武 1958『日本の方言』岩波新書

柴田武 1959「方言境界の意識」『言語研究』36

田原広史 2003「近畿における方言と共通語の使い分け行動について—方言中心社会の提唱—」『日本方言研究会第76回研究発表会発表原稿集』

玉井宏児・吉田さち・小西みさき 2001「意識の中の標準語と方言」『日本方言研究会第72回研究発表会発表原稿集』

東條操 1953「序説　第1章　方言と方言学」東條操編『日本方言学』吉川弘文館

徳川宗賢 1977「方言研究の歴史」『岩波講座日本語11　方言』岩波書店

ロング，ダニエル 1990a「大阪と京都で生活する他地方出身者の方言受容の違い」『国語学』162

ロング，ダニエル 1990b「方言認知地図の書き方と読み方」『日本方言研究会第50回研究発表会発表原稿集』

ロング，ダニエル 1998「日本の方言認知地図選考地図集」『日本語研究センター報告』5　大阪樟蔭女子大学日本語研究センター

ロング，ダニエル 1999「方言認知地図に見られる地元方言のアイデンティティ」庄司博史編『ことばの二〇世紀』ドメス出版

ロング，ダニエル・朝日祥之 1999「翻訳と方言―映画の吹き替え翻訳に見られる日米の方言観―」『日本語学』18-3

Grootaers, W. A. 1959 Origin and nature of the subjective boundaries of dialects. *Orbis* 8-2.（『社会言語科学』2-2に再録）

Hewstone, M. and H. Giles 1986 Social groups and social stereotypes in inter-group communication: a review and model of intergroup communication breakdown. In Gudykunst, W. B. (ed.) *Intergroup Communication*. Edward Arnold.

Hudson, R. A. 1980 *Sociolinguistics*. Cambridge University Press.

Lambert, W. E., R. C. Hodgson, R. C. Gardner, and S. Fillenbaum 1960 Evalu-ational reactions to spoken languages. *Journal of Abnormal and Social Psy-chology*. 60.

Long, D. 1999a Geographical perceptions of Japanese dialect regions. In Pres-ton, D. R. (ed.).

Long, D. 1999b Mapping nonlinguists' evaluations of Japanese language varia-tion. In Preston, D. R. (ed.).

*Long, D. and D. R. Preston (eds.) (2002) *Handbook of Perceptual Dialectol-ogy. Vol.2*. John Benjamins.

Osgood, C. E., G. J. Suci, and P. H. Tannenbaum 1957 *The Measurement of Meaning*. University of Illinois Press.

*Preston, D. R. 1989 *Perceptual Dialectology: Nonlinguists' views of areal lin-

guistics. Foris Publications.

*Preston, D. R. (ed.) 1999 *Handbook of Perceptual Dialectology. vol.1*. John Benjamins.

Trudgill, P. 1972 Sex, covert prestige and linguistic change in the urban British English in Norwich. *Language in Society* 1.

Weinreich, U., W. Labov, and M. I. Harzog 1968 Empirical foundations for a theory of language change. In Lehmann, W. P. and Y. Malkiel (eds.) *Directions for Historical Linguistics: A symposium*. University of Texas Press. (山口秀夫編訳・補説 1982『言語史要理』大修館書店)

6-2 語言與認同

1. 研究對象

　　當我們與人溝通時，無論是有意或無意，一般會認知「自己爲何者？」，並據此決定使用何種用語。例如，與人溝通時，說話者若認知自己爲「關西人」、「女性」、「說話對象的晚輩」等屬性，便會選擇「使用關西方言」、「使用第一人稱代名詞『私（我）』」、「使用敬語」等行爲。這一連串的語言行動中，說話者對「自己爲何者」的認知過程，即爲本項目將探討的「認同」。換言之，認同可視爲「對自我屬性之意識」（真田、ロング1992:72）。

　　如上述，說話者的認同與其使用何種語言變種、採取何種語言行動息息相關。例如，關西出生者移居至東京，若說話者自認「自己已是東京人」，便會採取避免使用關西方言之行爲。相反地，若自認「自己不管到何處都是關西人」，則有可能無論身處何地皆使用關西方言。日語與英語的雙語使用者也可觀察到相同的情形。

　　說話者的認同，除了語言之外，也可透過服裝或持有物等表現出來。不過，語言因易操縱多樣的語言要素，而被視爲表現自我認同的最有效方法。相反地，探討說話者爲何選擇某語言或變種進行對話時，亦須考量說話者的認同。

　　另一方面，認同也依附於語言或變種。例如，說話者在回想「自己爲何者」時，「自己的母語／母方言分別爲日語／關西方言」等自己所使用的語言或變種種類往往肩負著確認自我認同的重要責任。在國外遇見使用相同語言的人時會倍覺親近、在東京遇見使用相同方言的人時會感受到同伴意識等，其原因即在此。

　　本項目將探討認同與語言之關係。以下，第2節將歸納整理研究問題、第3節將介紹幾個研究實例，最後，第4節將闡述今後的研究方向。

2. 問題意識

關於認同與語言之研究，主要來自於兩方面的需求。

(a) 語言學的問題意識。如第1章所述，歸納整理語言變異時，應留意說話者的屬性。不過，探討特定屬性的說話者為何會使用特定的語言時，僅單純地探討說話者的屬性與語言間之相關性是不夠的。因為說話者在各個溝通場合中會有「想要如何說？」（志向意識）或「認為應該如何說？」（規範意識）等各種想法。而左右這種說話者的思考模式的即為本節將探討的議題──說話者的自我認同。

如6-1項目所述，各語言形式或語言變種皆會伴隨著某種印象。無論說話者期待與否，說話者發言時所選用的語言會自然或必然地傳達說話者的個性或屬性等超越文字表面意義的訊息。說話者的自我認同，與這種語言印象相牽動，並於語言選擇過程中扮演重要角色。

基於上述問題意識，社會語言學領域遂著手展開認同與語言之相關研究。例如，Le Page & Tabouret-Keller（1985）曾論述接觸情境中的語言行為調整方法與認同間的關係，並提倡「自己確認行為（acts of identity）」等概念。而前述第2章2-2項目3.2小節(b)曾介紹Giles等人的言談調適理論聚焦於說話者的認知，並探討說話者根據聽話者的語言能力，將採取何種行為。因此，該理論亦涵蓋認同與語言行為之關聯性。

因此，語言學遂聚焦於個人的語言選擇及調整行為，研究認同與語言間的關聯。

(b) 來自社會的需求。另一方面，亦需於社會層次探討認同與語言之關聯。世界上有許多國家為多語言社會，此類國家若欲制定公用語言，則必須正視語言與認同問題。例如，非洲剛果共和國將舊宗主國所使用的法語制定為具實用性的官方語言（official language），而以民族語Lingala語及Munu-kutuba語為具象徵性的國語（或稱為國家語（national language））（官方語言與國語請參閱第8章8-1項目第1節）。採用複數個民族語為國語，是為了避免國家分裂。如第1節所言，語言為說話者心之所依，也是構成認同之一環，若在政治、經濟或社會中被忽視，對說話者而言是相當大的屈辱，也會使其蒙受不利。

以下將介紹(a)探討語言變種與認同之研究，而(b)國語、官方語言與認同問題，則將於第8章討論。

3. 研究現況

本節將介紹探討認同與語言關聯之研究實例。首先，3.1小節將觀察認同對語言使用造成何種影響，而3.2小節將探討認同對母方言維持的影響。最後，3.3小節將論述承繼語與認同之關聯。

3.1 認同與語言行為

有關認同與語言行為之關係，在此介紹以名古屋為中心的中京圈（3.1.1小節）以及夏威夷日裔社會（3.1.2小節）之相關研究。

3.1.1 日本「中京圈」的認同與語言行為

真田（1988）以三重縣桑名市、三重縣桑名郡長島町、愛知縣名古屋市、愛知縣知立市等四個市鎮相鄰區域為對象，進行語言意識與語言動態之調查。這些地區中，三重縣北部受大阪與名古屋兩大都市的影響較深；而名古屋則形成獨自的文化圈，與位於其東部、傾向與東京同步調的三河地方有明顯區隔。這些位於日本西半部與東半部之間的居民抱持何種認同？採取何種語言行為？對此，真田（1988）設定了下列與認同直接相關的問題項目進行調查。

(1) 若將日本分為東部與西部，你認為此地〔＝調查地〕屬於哪一部分？

(2)（對三重縣的桑名市與長島町居民提問）你是關西人嗎？

調查結果如圖1～3所示。

首先，從問題(1)（圖1、圖2）的調查結果可得知，認為桑名市屬「西部」，而知立市屬「東部」之回答較多。而從問題(2)（圖3）的調查結果則可得知，桑名市的年輕人自認為是關西人的情形比年長者強烈，而長島町年輕人自認為關西人的情形則比年長者薄弱。

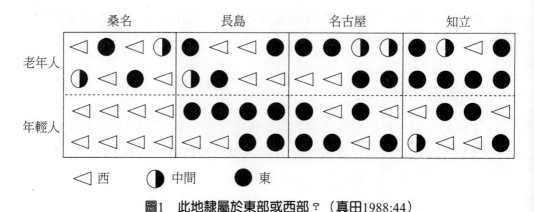

圖1　此地隸屬於東部或西部？（真田1988:44）

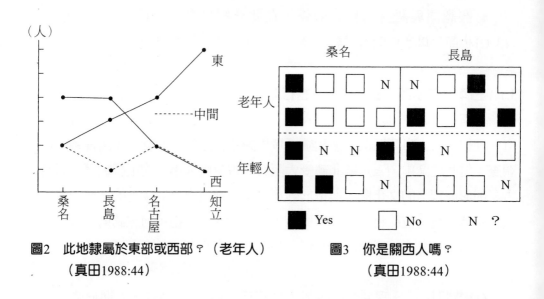

圖2　此地隸屬於東部或西部？（老年人）
（真田1988:44）

圖3　你是關西人嗎？
（真田1988:44）

　　另一方面，真田（1988）亦探討語言動態，調查的語言項目包含與說話者歸屬意識相對應之項目。例如，「シロクナル／シロナル」（變白）、「カッタ／コータ」（購買）、「モラッタ／モロタ」（收到）等ウ音便形式。該形式為區分日本東半部方言與日本西半部方言的著名指標，說話者的自我認同愈傾向西部，則使用「シロナル」或「コータ」等日本西半部方言的ウ音便形式之頻率會愈高。

3.1.2 日裔夏威夷人的認同與語言行為

　　如同一個人在社會中擁有多種屬性，一個人內部也會存在多種的認同。其會「隨著場合、個人情緒、或態度等不同而被認知並表現出來」（井出1992:33）。例如，日本人在國外與日本人說話時，應該會體認到身為日本人的認同，而在國內與同鄉者說話時，則會抱持身為同鄉之認同。像這樣的認同轉換，有時會以語言轉換方式呈現。比嘉（1979）探討的日裔夏威夷人社會中認同與語言使用之關係，即為此類典型例子。比嘉（1979）指出，日裔夏威夷人社會有下列四種認同。在溝通場合，哪個認同意識最強，便會使用相對應的語言。如表1所示。

表1　日裔夏威夷人社會中的認同與使用語言
（根據比嘉1979:158製表）

抱持歸屬意識之社會	認同的種類	使用語言
同鄉人社會	對同村、同鄉會之認同	日語方言
日裔社會	對夏威夷日本人之認同	夏威夷日語
夏威夷社會	對夏威夷居民之認同	洋涇濱英語
美國社會	對美國市民之認同	公用英語

　　下列例(3)及(4)分別為表1中的「夏威夷日語」及「洋涇濱英語」例句。

(3) ユーのミセスはトーマッチヤングのお。
  （yū no mi se su wa tō ma t chi ya n gu nō）

　　（You no Mrs. wa too much young nō）[1]

　　（你太太很年輕耶！）

（比嘉1979:158）

(4) You no come tomorrow?

　　（Will you not come tomorrow?）

　　（你明天不來嗎？）

（比嘉1979:159）

---

[1]　譯者註：本句之羅馬拼音乃由譯者標注，句中底線處表該處為日語。

　　由此可見，在各個場合中，說話者抱有強烈意識的認同種類會左右其語言行為模式。

3.2 母方言維持與認同

　　若說話者為少數語言或方言的使用者，那麼其所抱持的自我認同亦將影響其自身的母語或母方言之維持（請參閱第4章4-1項目）。本小節將歸納整理移居者的母方言使用類型（3.2.1小節），並介紹探討自我認同隨時間變化而改變的相關研究（3.2.2小節）。

3.2.1 移居者母方言的使用類型

　　因升學等理由移居至其他地區者，在移居地使用何種語言？陣內（1996）以居住於北九州市約200名大學生為對象，調查其語言生活及方言意識。調查結果發現，學生的方言使用可分為三大類型（見表2）。

表2　北九州市大學生的語言使用類型
（根據陣內1996:101-105製表）

類型	內容	使用變種	主要出生地
無意識顯露型	無意間使用母方言	母方言 移居地方言	關西（特別是大阪） 北九州市 福岡市
有意識潛藏型	有意地不使用母方言	全國通用語 移居地方言	南九州（鹿兒島、宮崎） 出雲
中間型	有意地使用母方言（有意識顯露型）或不知不覺地不再使用母方言（無意識潛藏型）等	全國通用語 移居地方言 母方言	準關西地區 準博多地區 準北九州地區 廣島、岡山

　　此三種類型維持母方言的程度高低依序為無意識顯露型 > 中間型 > 有意識潛藏型。

　　陣內（1996）更分析此三大類型與對自己的出生地或母方言意識間之關聯。該研究調查「願不願意被知道自己的出生地」、「認不認為母方言丟

臉」等問題。調查結果顯示：「願意被知道自己的出生地、不認爲母方言丟臉」等對自我屬性持肯定評價者（關西出生者等），在移居地也會維持母方言；相反地，持否定評價者（南九州出生者等）則傾向於避免使用母方言。NHK放送世論調查所（1979）的調查結果亦顯示：回答「使用方言口音是件丟臉的事」的人數比全國平均值高的地區，即包含陣內（1996）的三類型中屬有意識潛藏型者的出生地；相反地，關西（無意識顯露型者之出生地）屬回答「感覺丟臉」人數較少的地區；廣島與岡山則爲中間值。

移居至京阪地區的大學生亦呈現陣內（1996）所指出的類型。例如，ロング（1990）對此地區426名大學生實施方言接受度及語言意識的問卷調查，研究結果指出：「對母方言是否感到自豪」之意識與「在移居地使用母方言與否」之意識間有高度關聯。

在移居地使用或維持母方言，與「自豪」（對母方言的肯定評價）等認同有關。

3.2.2 個人的認同變化

移居者的認同或語言行爲會隨著時間而變化。例如，成長於鹿兒島，爾後移居北九州市的男性（以下簡稱爲O）之自我認同即出現三階段變化（陣內1996）。

(a) 刻意將母方言改爲標準語之階段。對母方言及出生地認同持否定評價。

(b) 母方言不自覺地出現在移居地方言及標準語中之階段。能某種程度克制不用母方言，隱藏自己的出生地。對母方言或其他方言能以中立的立場看待。

(c) 僅使用移居地方言與標準語之階段。對母方言改採肯定評價。

由於鹿兒島與北九州同樣隸屬於九州地區，O本應有「九州人」之認同。不過，在北九州市，鹿兒島方言並不通用，於是他開始思考自己的母方言爲何，爾後終於確立了身爲鹿兒島人的認同（陣內1996）。O對自我母方言評價之變遷爲「否定的→中立的→肯定的」。

3.3 承繼語與認同

　　最後，本節將探討承繼語（heritage language）與認同間之關係。移居者在移居地習得當地語言，被移居地社會同化的同時，亦將祖先原本使用的語言傳承給子孫，是為承繼語。例如，在日裔巴西人社會裡，日語即為承繼語。本節將針對旅日韓國人（3.3.1小節）與日本小笠原諸島居民（3.3.2小節），探討承繼語與認同之關聯。

3.3.1 旅日韓國人

　　關於承繼語問題，日本國內最大的少數族群「旅日韓國人」經常受到矚目（請參閱第4章4-2項目）。例如，任榮哲（1993）曾以各種觀點論述旅日韓國人的語言意識。本小節將介紹該研究結果中的語言能力意識與認同間之關聯。為了使旅日韓國人的特徵更明瞭易懂，將一併顯示旅美韓國人的調查結果。首先，圖4為「你認為（自己）是何種程度的韓國人？」之調查結果（圖中的「相當接近完全」包含「完全是韓國人」與「相當接近韓國人」兩種回答）。

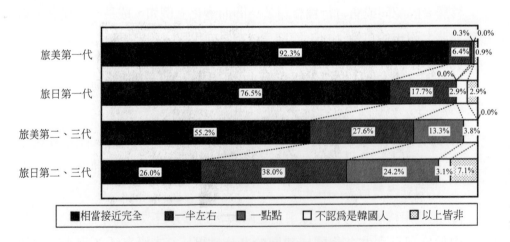

圖4　認為自己是何種程度的韓國人？
（根據任榮哲1993:194製圖）

　　無論日本或美國，第一代與第二、三代之間迥然不同，第二、三代認為自己是韓國人的比例大幅減少。不過，日美間仍存在些許差異，旅日韓國人

中「不認爲自己是韓國人」的人數比旅美韓國人多。

　　任榮哲（1993）除了認同，亦調查「母國語言能力意識」、「日語及英語能力意識」等有關語言能力高低之意識，調查結果如圖5所示。從圖5可看出：①旅美韓國人會說韓語的意識較高。②旅日韓國人會說移居地語言的意識較高等。旅日韓國人中，韓語能力與韓國人意識高低成正比，但旅美韓國人則不同。在日本，自我認同影響了母國語言能力的維持，而在美國，自我認同並未影響母國語言能力的維持（ロング 1998:112）。

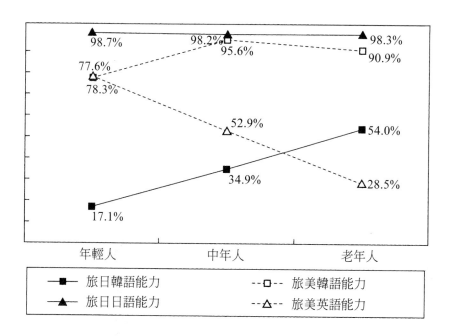

圖5　語言能力意識
（根據任榮哲1993:64、67製圖，請參閱真田、ロング編1997:77）

3.3.2 小笠原諸島

　　本小節將介紹位於八丈島南方約700km的太平洋上，呈南北向分布的小笠原諸島。居住日本本島的日本人不太關心小笠原諸島，然而島上有少數民族居住。

　　首先，簡單回顧小笠原諸島的語言歷史。根據ロング（2005），小笠原諸島原本是無人島，1830年代以後，英語、葡萄牙語、太平洋諸島語言（夏威夷語、查莫洛語）使用者陸續遷居至島上，遂形成多語言社會。最

初，洋涇濱英語是溝通用的共通語，而以其為母語的世代出現，遂逐漸克里奧爾化而形成小笠原克里奧爾英語（Bonin Creole English）。到了1870年代，使用各種日語方言的日本人大量遷入，造成日語諸方言與小笠原英語接觸，而形成小笠原共同日語（Ogasawara Koine Japanese，有關共同語請參閱第4章4-1項目3.4小節）。

　　小笠原諸島除了產生上述接觸語言（contact language）外，也併用兩種語言（請參閱第4章4-1項目2.2小節）。1875年小笠原成為日本領土，原本的島民（歐美裔島民）歸化為日本籍，成為（共同語）日語與（克里奧爾）英語的雙語使用者。然而，雙語使用情況日趨穩定後，便開始出現兩種語言混用現象。尤其於20世紀前半歷經語言形成時期者，更以此種混合語言為母語。

(5)（昔の写真の被写体を聞かれて）分からないよ、みんなback side of the kidsだけど、それ、父島のSanta Clausだじゃ。

　　（意訳：分からないよ。みんな子どもたちの後ろ姿だけど、それ、父島のサンタクロースだよ。）

　　（（被問及舊照片中的人物時）不知道耶！都是孩子們的背影，那個是父島的聖誕老人喔。）

ロング（2005:250）

　　小笠原諸島在第二次世界大戰結束後至1968年歸還日本前，由美國統治。受美國統治期間，歐美裔居民自始至終皆使用如(5)所示的混合語言。促使其使用混合語的原因乃其自認屬歐美裔居民，力求與日本人、美軍有所區別之認同感，以及積極地欲繼承祖先語言之態度（ロング2002）。

4. 未來展望

　　有關語言與認同之議題，今後應更深入探討下列兩點：

　　(a) 更加嚴密定義認同為何。

　　(b) 依所定義之認同概念，將第1章所探討的性別、年齡、出生地、階層等說話者屬性重新釋義。

關於(a)，目前探討「認同」之研究，大多未嚴密定義該概念。甚至有研究者公開表示對使用認同一詞的研究抱持不信任態度。因此，今後有必要更深入探討認同之概念。

關於(b)的「屬性重新釋義」，如第1章1-1項目3.2小節「女性用語研究」所述，性不能僅注重生物學層次（sex），也必須針對社會性層次（gender）進行解讀。例如，兩個語意相同的用詞，究竟該選用哪一個，是由說話者的sex還是gender決定呢？而年齡，是指歲數的絕對性年齡？抑或指認為自己屬於哪個世代之意識？

目前為止的社會語言學研究，較少探討說話者的認同等心理面向，而是單純地以自然的性別或絕對性年齡進行語言變異或語言行為的分析。然而，語言乃由持有認同的人類所產出，因此今後的社會語言學研究應從認同的面向，重新探討說話者的屬性。

長久以來，社會語言學不太習慣結合意識或性格等說話者的心理屬性進行語言變異或語言行為的探究。然而，第7章7-2項目將討論的中介語等研究，至今多採用心理語言學的觀點，從說話者的性格或學習動機解析語言變異的規律性。社會語言學若持續將語言變異或語言行為視為其研究重心，今後應深入考察說話者的心理面向。

不過，說話者性格之相關資訊，因涉及說話者個人隱私，在處理上必須非常謹慎。

練習與討論

1. 語言是表現自我認同的重要手段（「希望被認為是關西人，所以使用關西腔」等）。但是，表現認同的方式除了語言以外還有很多（例如，「你也是旅日韓國人，所以應該要好好學習韓國傳統樂器－四物打擊樂（사물놀이）」或「因為我是沖繩人，所以想要學會彈三線琴」等）。試想，認同的表現方式除了語言之外還有哪些？這些方法和語言有何不同？

2. 所謂的「像男生」與「像女生」所指為何？請列舉五個性格或行為等非語言特徵，並且觀察各個特徵如何表現在語言上？

3. 朋友間使用的用詞中，是否有絕對不希望父母使用的語詞？如果有的話，

請探究其原因。

4. 請從母語與認同之觀點思考下述意見：

> 日語，讓我思考很多東西。像「あ」字，爲什麼寫成「あ」？爲什麼有「あ」的意義？最近，這些日常生活中的小發現讓我感到非常開心。那是日本人才能感受到的喜悅吧！這是身爲日本人的驕傲，這種語言的餘韻也是樂趣之一。（16歲高中生投稿，《朝日新聞》大阪版〈声（聲音））」，1998年11月6日）

參考文獻（＊爲基本文獻）

＊井出祥子 1992「言語とアイデンティティー」『月刊言語』21-10

＊井出祥子・井上美弥子 1992「女性ことばにみるアイデンティティー」『月刊言語』21-10

＊任栄哲 1993『在日・在米韓国人および韓国人の言語生活の実態』くろしお出版

＊NHK放送世論調査所 1979『日本人の県民性』日本放送出版協会

真田信治 1988「方言意識と方言使用の動態－中京圏における－」国立国語研究所『方言研究法の探索』秀英出版

＊真田信治・ロング，ダニエル 1992「方言とアイデンティティー」『月刊言語』21-10

真田信治・ロング，ダニエル編 1997『社会言語学図集』秋山書店

真田信治・庄司博史編 2005『事典　日本の多言語社会』岩波書店

陣内正敬 1996『地方中核都市方言の行方』おうふう

＊西村浩子 2001「方言禁止から方言尊重へ、そして方言継承へ」『ことばと社会』5

＊西村浩子 2004「奄美諸島における方言禁止の実態調査から見えるもの」『ことばと社会』8

比嘉正範 1979「多言語社会における言語行動」『講座言語3　言語と行動』大修館書店

ロング，ダニエル 1990「大阪と京都で生活する他地方出身者の方言受容の違い」『国語学』162

ロング，ダニエル 1998「日本における言語接触とバイリンガリズム－アイデンティティと言語使用－」『日本語学』17-11

ロング，ダニエル 2002「第9章　言語　小笠原における言語接触小史」『小笠原学ことはじめ』南方新社

ロング，ダニエル 2005「小笠原の多言語社会」真田・庄司編所収

*Bourhis, R. Y. and H. Giles 1977 The language of intergroup distinctiveness. In Giles, H. (ed.) *Language, Ethnicity and Intergroup Relations*. Academic Press.

*Edwards, J. 1985 *Language, Society and Identity*. Basil Blackwell.

*Giles, H. and N. Coupland 1991 *Language, Contexts and Consequences*. Open University Press.

*Goffmann, E. 1971 *Relations in Public*. Harper Torchbooks.

*Gumperz, J. (ed.) 1982 *Language and Social Identity*. Cambridge University Press.

*Hogg, M. A. and D. Abrams 1988 *Social Identifications: A social psychology of intergroup relations and group processes*. Routledge.

*Le Page, R. and A. Tabouret-Keller 1985 *Acts of Identity*. Cambridge University Press.

*Roberts, C., T. Jupp and E. Davis 1992 *Language and Discrimination: A study of communication in multi-ethnic workplaces*. Longman.

*Tabouret-Keller, A. 1997 Language and identity. In Coulmas, F. (ed.) *The Handbook of Sociolinguistics*. Blackwell.

*Trudgill, P. 1974 *Sociolinguistics: An introduction*. Penguin Books.（土田滋訳 1975『言語と社会』岩波書店）

*Wolfram, W. and N. Schilling-Estes 1997 *Hoi Toide on the Outer Banks: The story of the Ocracoke Brogue*. University of North Carolina Press.

第7章　語言習得

7-1　幼兒語言

〔關鍵詞〕

喃語、語音發展、文法發展、詞彙發展、

汎用、過度類化、育兒用語

7-2　中介語

〔關鍵詞〕

母語扮演的角色、過度類化、

普遍性、變異、語言削弱

章節提要

　　語言的習得無法一氣呵成，需花時間逐步進行。無論是母語的習得抑或第二語言（甚至第三語言等）的習得、標準語或第二方言等語言變種的習得皆是如此。學習目標語言的過程中存在於學習者腦中的語言系統，若爲母語的習得我們稱之爲幼兒語言（child language），第二語言的習得則稱之爲中介語（interlanguage）。本章將針對語言習得議題，分「7-1幼兒語言」、「7-2中介語」進行探討。

　　無論幼兒語言或中介語，皆有兩種研究觀點。第一種研究觀點爲個別語言學研究方法，將幼兒語言、中介語視爲一個語言系統進行研究分析。此研究方法認爲幼兒語言、中介語是和成人語言、母語使用者的語言具有同等資格的「語言」，進而探討其內部的語言變種（請參閱第1章）、運用該語言的語言行動和語言生活（請參閱第2章、第3章）、語言變化過程（請參閱第4章、第5章）、該語言使用者的意識及其他人的意識（請參閱第6章）等。第二種研究觀點爲對比語言學研究方法。以日語爲例，將幼兒語言、中介語視爲日語的變種，進而比較其與成人語言、母語使用者的日語之異同，此類型研究方法請參閱第4章4-2「語言接觸」。本章將採用第一種研究觀點進行論述。

　　然而，除非停止學習而產生化石化（fossilization），否則即使將學習者的語言視爲一個獨立的語言，幼兒語言、中介語仍然是個朝目標語言邁進並於短期間內會變動且具發展性的語言系統。這一點和成人語言或母語使用者的語言性質完全不同。因此，幼兒語言、中介語的研究方法必須針對其特徵，方能有效進行分析。本章將探討語言習得的發展過程。

7-1 幼兒語言

1. 研究對象

　　嬰兒出生後學會的第一個語言稱爲母語（mother tongue）或第一語言（first language: L1）。幼兒會以大人的語言爲目標語言（target language）一步步地學習。幼兒的語言習得大多是無意識的，通常在四、五歲時完成語言初步的發展，學會該語言的音韻系統與基礎句法結構。從似乎完全不懂大人語言的新生兒階段到能流利地使用語言表達的階段，此成長過程令人驚訝，長久以來深深地吸引著研究者的關注。

　　幼兒語言是發展爲大人語言的過渡性語言系統。不過，這並非意謂幼兒語言是錯誤的、不完整的。雖然其爲短時間內產生劇烈變化的語言系統，但發展過程中各階段的幼兒語言乃是具有獨立系統的自主性語言。朝目標語言邁進的這個語言稱爲幼兒語言。顧名思義，第一語言習得研究中的幼兒語言研究對象主要爲嬰幼兒，而甚少探討兒童期和少年期的語言（前田1992）。不過，近年來探討人一生中的語言發展（含語言削弱（language attrition））的相關研究漸受重視（Gleason ed. 2001；茂呂2001；岩立、小椋編2005）。

　　本項目將介紹以發展心理學、心理語言學觀點分析的第一語言習得研究，並論述從社會語言學觀點進行探討的可能性。以下，第2節將說明幼兒語言研究的問題意識及研究史，第3節將介紹研究現況。最後，第4節將論述如何從社會語言學的觀點探討第一語言習得。

2. 問題意識

2.1 幼兒語言研究議題

　　幼兒語言研究議題可分爲三大類：

　　(a) 幼兒語言的特徵爲何？

　　(b) 幼兒如何學會語言？

　　(c) 幼兒爲什麼能學會語言？

　　(a) 的問題意識乃採用將幼兒語言視爲一自主性的系統並描述其音韻系

統、文法結構的觀點。一般語言研究以語言使用者的內省（introspection）或語料爲分析對象，但幼兒語言研究則無法調查使用者的內省，也很難漫無目的地錄音蒐集大量同等質的語料。因此，不得不採用實驗方式蒐集資料。而且必須比研究大人語言更有創意，方能蒐集到欲研究的語言項目資料。例如，使用圖卡或布偶等方式（Berko（1958）調查幼兒的英語詞素習得狀況，其研究方法堪稱劃時代創舉而極富盛名）。另外，欲知嬰幼兒理解什麼是極爲困難的事。不過，隨著近幾年機器設備的進化，我們得以進行精密的知覺實驗（正高1993；Gleason ed. 2001）。

(b) 的問題意識促使探討幼兒第一語言習得發展過程的研究觀點誕生。幼兒語言是到達成人語言前的動態、過渡性的語言系統，所有的孩子逐漸習得大人語言的過程中皆可見個別變異及個人的內部變異。解析幼兒語言發展的過程是幼兒語言研究的重要目的之一。第3節將介紹相關研究。

(c) 則針對根本問題──「人究竟爲何能學會語言」進行論述。目前爲止，許多學者曾嘗試探討第一語言習得的機制，但仍有許多未解之謎。

上述幼兒語言研究三大觀點並非獨立不相干。幼兒語言的詳細描述是解析習得過程不可或缺的重要一環，且能爲各項理論提供絕佳的佐證，此三大觀點密不可分。

2.2 幼兒學什麼？

語言是與他者溝通的工具，語言習得並非單純地學會詞彙和文法即告完成。Canale & Swain（1980）指出，語言溝通能力包含下列四項：(a)文法能力（單詞、文法、語音及音韻等語言系統相關能力）。(b)社會語言能力（因應狀況適當選擇用詞的能力）。(c)言談能力（連結句子，組織言談的能力）。(d)策略能力（處理無法順利溝通等問題的能力）。幼兒階段性地習得這些能力，但因項目不同而有學習速度上的差異。例如，文法能力中，詞序的習得較早而被動句則較遲。爲了探究2.1小節所列舉的研究議題，我們必須仔細觀察並分析每個語言項目的學習過程。

現今日本國內的幼兒語言研究以文法能力發展論述居多。不過，也有岡本（1997）、茂呂（1997）等社會語言能力相關研究，另有內田（1996）等言談能力分析，以及金谷等（1982）、西野（1987）、仲（1998）等針

對策略能力的探討。

2.3 幼兒語言研究觀點

　　最後，本小節將回顧幼兒語言研究史，並介紹相關理論的發展過程。

　　至1960年代為止的幼兒語言研究主要採用行動主義觀點，主張幼兒的語言發展是不斷地重覆「刺激—反應—增強物—強化」以及模仿週遭語言輸入（input）的過程，而且幼兒是處於被動的立場。然而，隨著接受週遭語言輸入的觀點無法完全解釋幼兒語言的實際發展過程後，行動主義的觀點便飽受質疑，遂有學者提出不同觀點並主張幼兒在自己建立規則的同時亦主動地學習語言。例如，Chomsky批判行動主義觀點，主張幼兒的文法能力是與生俱來的。Chomsky認為幼兒腦中有個天生的語言習得裝置（Language Acquisition Device: LAD），它能配合外部的輸入，自由設定並完成語言結構的習得。該理論刺激了幼兒語言的研究者，促使不少學者積極探討幼兒天生的文法能力。

　　Chomsky等人將語言發展與其他的認知發展區隔，不過，Piaget的認知論則主張認知能力是語言發展的基礎。另外，Vygotsky提倡的社會認知論亦廣受支持，該理論認為與他者的溝通能促進語言發展，並積極研究親子間的互動關係。目前普遍認為語言發展係天生能力與後天學習兩者相輔相成，而且除了探討幼兒語言本身外，也有研究開始關注幼兒身邊的語言環境與社會環境所帶來的影響（小林1997；岩立、小椋編2005）。

3. 研究現況

3.1 第一語言習得過程

　　以語音語言為第一語言的幼兒之學習發展過程如圖1所示：

| 前語言期 | 音韻知覺發展、語音習得 |

咕咕（cooing）→ 喃語（babbling）→ 始語（first word）出現
　↓

| 語言產出開始 | 詞彙、文法習得 |

單詞句（one-word sentences）→ 雙詞句 → 三詞句 → 多詞句

圖1　語言發展過程

　　目前爲止的研究指出，前語言期爲語言產出（language production）的重要準備期。這個時期的嬰兒能區分母語的語音和非母語的語音（音韻知覺發展），且隨發音器官的發達能發出母語的語音。經過這個能發出語音的咕咕期（cooing），到約七個月大時便能發出子音和母音，進入喃語（bab-bling）期。10個月至一歲左右則可見始語（first word）的使用（請參閱3.2小節）。

　　始語出現之後，幼兒所習得的詞彙數量即不斷增加。而且初期階段，幼兒使用單詞句溝通，之後逐漸改用單詞組合而成的雙語句。當三語句、多語句出現時，除了句法以外，亦可見助詞等文法形式以及連結句子間的言談能力之習得。以下，依序針對語音、詞彙、文法的發展進行論述。

3.2 語音的發展

　　幼兒在尚無法發音的階段，即能知覺週遭大人的語音。幼兒天生具有辨別目標語言中不存在的語音之能力（窪薗2003）。例如，以日文爲母語的嬰幼兒出生時能分辨日語中無辨義功能的[l]與[r]、[e]與[ɛ]等語音。嬰兒天生具有能習得任何語言的能力，但並非所有的語音都能辨別。例如，嬰兒能分辨[p]與[pʰ]，但無法分辨自然語言中鮮少使用的差異，如[pʰ]與[pʰʰ]等音。因此，窪薗（2003）主張嬰兒天生具有的是「有限的語音目錄（inven-tory）」。

　　然而，10至12個月大時，嬰兒即對母語中無辨義功能的語音對立失去知覺。例如，學習日語的嬰兒原本能區分[l]與[r]，但進入這個時期後則喪失辨別能力，音韻知覺變得和說日語的大人一樣。窪薗（2003: 197）指出：

「『語音的獲得』其實可說是『分辨語音能力的喪失』」。不過，從另一個角度來看，幼兒也因此具備了習得母語語音的音韻知覺能力。

然而，僅音韻知覺有所發展並無法學會語言。例如，若不知下述的大人語言可於何處停頓，就無法從輸入中解析出單詞（梶川2002）。

(1) おはようめんめさめてたの？
　　　^{o ha yō me n me sa me te ta no}

　　早你醒了喔？

　　（おはよう　メンメ（目）覚めてたの？）
　　　　^{o ha yō　me n me　me　sa me te ta no}

　　（早，你醒了喔？）

(2) ほらわんわんがきたよ。
　　　^{ho ra wa n wa n ga ki ta yo}

　　你看汪汪來了呦。

　　（ほら　ワンワン（犬）が来たよ）
　　　　^{ho ra　wa n wa n　inu　ga ki ta yo}

　　（你看！汪汪（狗）來了呦。）

幼兒利用語調（intonation）和音高（pitch）等音韻特徵找出上述大人言談中的單詞（林1997、2001、2003）。經由此語音處理能力的發展過程，幼兒逐逐漸習得單詞。

關於語音發展，Menn & Stoel-Gammon（2001）設定了五個階段。首先，出生後到二個月大的第一階段因發音器官尚未發達，嬰兒無法發出語音。這個階段僅有反射性的叫喚聲、哭聲、打嗝等生理性聲音。正高（1993）指出，嬰兒三個月大時會經歷劇烈的「變聲」。因其發音器官漸趨發達而能發出語音。二至四個月大的第二階段，嬰兒所發出的[a:]、[ku:]等語音我們稱之為咕咕（cooing）。笑聲也是在這個時期出現。第三階段（四至六個月大）是「聲音遊戲」時期。幼兒好比測試自己的發音能力似地發出沙沙聲、吱嘎聲等各式各樣的聲音。緊接著出現組合子音和母音的喃語（babbling）則是六個月大後的第四階段。剛開始發出「bababa…」等一種子音和母音組合的喃語，後期則出現如「bagidabu」等由數個子音和母音組成的喃語（Menn & Stoel-Gammon 2001）。進入10個月大後的第五階段則出現各式的語調，雖然沒有意義，但聽起來像是在對話。這個時期的幼兒語音我們稱之為雜亂語（jargon，指語意不詳的語言）。不過，這個時期也會

出現有意義的詞語。

3.3 詞彙發展

　　有時10個月大的幼兒即使還不會說話但能理解大人的語言。例如，聽到「給我！」便將手上的東西給大人，聽到「掰掰」即揮手。經過這個「理解」語言的時期之後，便開始「產出」語詞。

　　幼兒發出的第一個有意義的詞稱爲始語，約在10至15個月大時出現（岩立、小椋編2005）。

　　小林（1997）認爲詞彙發展有兩個階段。第一階段是自始語出現到能說約50個詞的10至15個月大，第二階段則是詞彙爆發性增加（word explosion）的15個月大左右。

　　第一階段的習得發展較緩慢，許多詞彙雖然曾出現但還無法固定使用。同時，這個時期幼兒因使用有限的詞彙表達各種事物，而發生單詞的汎用（亦稱過度擴張用法（over-extension））。例如，「wanwan（汪汪）」除了指狗之外，還包含貓、馬、獅子等所有的四足動物；而車子、巴士、電車等有車輪的交通工具則統稱爲「bubu（ㄅㄨㄅㄨ）」（岩立、小椋編2005）。即使和大人的概念不同，但幼兒自己用[＋四足][＋車輪]進行分類是個非常有趣的現象。

　　如「詞彙的爆發性增加」一詞所示，第二階段的詞彙習得速度會急遽加速，每日平均習得九個新單詞（小林1997）。此時期，幼兒發現所有的物品都有名字，因此頻繁地詢問事物的名稱，而且自己也會幫事物命名。詞彙習得在16至20個月大左右急速增加，24個月左右達300個詞（伊藤2005），至就學前爲止更高達3000詞以上（岩立、小椋編2005）。

3.4 文法發展

　　詞彙一旦增加，幼兒便積極地利用詞語表達自己的想法。剛開始以單詞句（one-word sentence）運用語用知識表達要求或命令，18至24個月大時則能連接單詞與單詞而產出雙詞句、三詞句等多詞句（伊藤2005）。

　　多詞句中的詞有何功能、排列順序如何等是重要的句法結構議題。這個時期亦學會助詞和詞尾變化，因此構詞學（形態學）的分析亦不可或缺。

　　岩立（1997）針對一名日語幼兒進行縱向研究（longitudinal study），以分析動詞習得的發展過程。研究結果顯示，初期階段每個動詞都有其獨自的詞序規則，如日語的「吃（食べる）」「作（作る）」「畫（描く）」等為需有主格與受格論元（argument）的他動詞（transitive verb）。其詞序分別為「主格（ガ）＋受格（ヲ）＋動詞（吃）」、「與格（ニ）＋主格（ガ）＋受格（ヲ）＋動詞（作）」、「與格（ニ）＋受格（ヲ）＋主格（ガ）＋動詞（畫）」。有鑑於不同動詞採不同詞序，岩立指出下述發展階段（岩立、小椋編2005）：①動詞各自擁有獨立規則的「強烈局部規則」階段。②動詞間有部份共通性的「微弱局部規則」階段。③動詞間可適用共通規則的「全面性規則」階段。換言之，初期每個動詞有不一樣的規則，接著逐漸產生幾個動詞間的共同規則，最後發展成為與大人語言相同的全面性規則。

　　關於日語助詞習得的研究可舉綿卷（1999）為例。該研究蒐錄一名女童20至33個月大的13個月間的語料並分析助詞習得的發展過程。與詞彙爆發性增加一樣，助詞也在某時期激增，我們稱之為「文法爆發（burst）」（岩立、小椋編2005）。另外。渋谷（1994）利用國立國語研究所（1981-1983）的資料，探討一名幼兒學習可能形式的過程。研究結果顯示，幼兒二歲左右開始使用可能形式，其學習過程為：①可能概念、可能形式理解能力習得的階段（理解可能的概念以及可能形式的語意）→ ②可能動詞習得階段（單詞程度地習得「読める（能讀）」等可能動詞[1]）→ ③可能助動

---

[1]　譯者註：渋谷（1994）將日文的可能形式分為以下三大類以進行分析：
　　1.助動詞「（ら）れる」類：以五段動詞之「未然形」加助動詞「れる」、一段動詞及カ變動詞之「未然形」加助動詞「られる」。例如，「書かれる」（會寫、能寫（五段動詞））、「食べられる」（會吃、能吃（一段動詞））、「来られる」（會來、能來（カ變動詞））。不過，「書かれる」等五段動詞的可能助動詞形，現代日語已不再使用。
　　2.可能動詞類：為五段動詞之衍生形式。例如，「書ける（會寫、能寫）」、「読める（會讀、能讀）」。
　　3.「できる」類：サ變動詞「する」的可能語意以「できる」表示。可於「動名詞」附加「できる」（例如，運転できる）、亦可於所有種類動詞之連體形附加「ことができる」（例如，「書くことができる」、「食べることができる」、「運転することができる」等）。

詞「られる」習得階段（規則性地將助動詞「られる」附加於動詞）→ ④ 可能動詞、可能助動詞混用階段（過度類化（overgeneralization）助動詞「られる」，因而創造了読められる等形式）→ ⑤習得成人語言的語法規則（習得可能動詞與可能助動詞「られる」的互補分布規則）。這個過程中的第二階段和第三階段會出現許多與大人相同的正確用法，第四階段則增加不少「錯誤」（正確用法減少），進入第五階段後正確用法再度增加。若將此習得的過程（正確→錯誤→正確）中的正確比率置於縱軸，習得時期置於橫軸，可得到如U字型般的圖。因此，我們稱之爲U字型發展（U-shaped course of development）。無論幼兒的日語助詞習得（岩立1997）或幼兒的英語動詞過去式習得，皆可見此發展類型（請參閱フォスター = コーエン（2005）或第7章7-2項目3.1小節）。

平均言談長度（Mean Length of Utterances: MLU）可測量言談中的構詞複雜度。Roger Brown所提出的MLU是從語料中挑出100個言談資料，然後計算每個言談平均含多少詞素（Tager-Flusberg 2001）。以日語幼兒爲對象的研究也運用MLU（宮田1996等）。不過，MLU不適用於超過4.0的多詞句分析，較長的句子可採T單位計算法或測量句法發展的IPSyn（Index of Productive Syntax）等指標（請參見フォスター = コーエン 2005；Tager-Flusberg 2001等）。

3.5 輸入與語言發展

除了上述的嬰幼兒所使用的語言之外，亦有研究針對每天與嬰幼兒接觸的大人的語言、嬰幼兒與大人的交談等議題進行分析。

大人（或年長的兒童）和嬰幼兒說話的方式稱爲Child-Directed Speech（以下簡稱CDS）。以往CDS被稱爲母親語言（motherese）或育兒用語（baby talk）。不過，因爲CDS的特色並非母親所特有的，再加上育兒用語也容易和嬰兒本身使用的語言混淆，因此CDS此一用詞漸被接受。CDS的特色如下：①句子短且文法結構單純、使用的單詞有限、重複次數多。②音調高且常伴隨著誇大的發音、動作等。③疑問句和呼叫的使用頻率高（岩立、小椋編2005）。這是世界上語言普遍可見的特色。而且，比起大人之間交

談時所使用的語言，幼兒似乎比較喜歡CDS（林1997）。有些學者認爲CDS可協助大人與尚無法理解語言的嬰幼兒進行溝通，而且CDS的韻律（prosody）可幫助嬰幼兒學習掌握語言的停頓位置（岩立、小椋編2005）。不過，也有像薩摩亞（Samoa）般完全不使用CDS的文化圈。因此，亦有學者認爲語言習得過程中CDS並非絕對必要。フォスター＝コーエン（2005）則認爲CDS不過是「對嬰幼兒說話」的語言變種之一。

日語中有許多CDS專用的詞，例如bubu（ㄅㄨㄅㄨ）、wanwan（汪汪）等，長久以來被稱爲育兒用語（或幼兒語言、嬰兒語言），不少研究以其爲主題進行分析（村田1984；早川1997；友定2005等）。林（2003）指出，日語的育兒用語以三拍（mora）和四拍的詞爲主，其中三拍的詞中約80%的第二拍是特殊拍[2]（如maNma、aNyo、neNne、kuQku、chaQcha等）。此外，林（2003）亦指出育兒用語對嬰幼兒的韻律知覺發展有所助益。

關於外部語言的輸入可幫助幼兒學習第一語言的看法，有贊成也有反對。不過，養育者（caregiver）會針對嬰幼兒的語言程度調整自己的用字遣詞是不爭的事實（渋谷1994；仲1998等）。語言輸入與幼兒語言習得的關聯尚待今後深入探討。

4. 未來展望

前述章節主要介紹發展心理學、心理語言學領域中的幼兒語言研究，最後，本小節將以社會語言學觀點探討第一語言習得。

4.1 從社會語言學觀點看第一語言習得研究

以社會語言學觀點解析第一語言習得的研究議題有下列四大方向：

(a) 語言習得何時停止？茂呂（2001）指出，第一語言習得研究的主要對象爲學齡前兒童，其後發展過程並未受重視。例如，雖然基本的音韻系統

2　譯者註：日語中的特殊拍有鼻音/N/、促音/Q/、長音/R/。各占一拍，但無法單獨構成音節，需與前後音結合組成一音節。例如maN-ma爲二音節三拍。

或句法結構在幼兒期即習得，但事實上一直到少年期、青年期還是持續地在習得語言。舉例而言，敬語運用能力、演講能力等社會語言能力大多在踏入社會後才學會。因此，第一語言習得研究應該以長遠時程進行分析。

(b) 孩子向誰學習語言？初期階段，養育者的語言具重要功能是不爭的事實。不過，來自同年齡的朋友、幼稚園或學校的老師、年長的兒童等各式各樣人物的影響力亦不容忽視（Romaine 1984；友定2002）。馬瀨（1981）等更指出電視對兒童語言具影響力。而且，一般而言，移民第一代的孩子不會說父母的語言而是使用當地的語言。由此可見，影響孩子語言習得的不只是父母，還有與當地居民的接觸。

(c) 方言習得與標準語習得的相異點。發展心理學中的第一語言習得研究似乎不重視語言中的變種。例如，綿卷（1999）研究東京以外地區出生的孩童，但並未針對方言習得和標準語習得間的差異進行論述。社會語言學認為方言和標準語皆為自主性的語言系統，許多研究以雙語並用的觀點探討方言與標準語的使用。語言發展研究也可採用此觀點重新審視。

(d) 語言習得的個別差異、個人內在差異與語言變化。語言發展研究雖然承認語言發展過程中存在個別差異與個人內在差異，但似乎也認為其最終學習成果都是相同的。然而，若每個人的語言學習終點皆相同，便不可能發生語言變化。我們必須正視語言習得的終點階段存在個別差異與個人內在差異的事實。語言變化研究也必須認知所謂的語言變化乃指語言使用者習得新形式（請參閱第5章5-1項目第4節(d)）。

4.2 資料蒐集與分享

如2.1小節所述，幼兒語言研究若無語料則無法進行，但幼兒語料的蒐集並不容易。有鑑於此，以卡內基美隆大學（Carnegie Mellon University）的MacWhinney與波士頓大學（Boston University）的Snow為首的CHILDES（Child Language Data Exchange System）計劃團隊於1984年成立（Mac-Whinney 1999）。CHILDES的特色在於可透過網路共享龐大的語料，且語料已經編碼，可利用軟體CLAN（Child Language Analysis programs）計算MLU及詞彙數量。MacWhinney更進一步地推動新研究計劃TalkBank，待其完成後，不僅文字化資料甚至數位化的影像和語音都能共享（Gleason ed.

2001）。

　　CHILDES共提供了22個語言（英語及其他語言）的語料，亦開發日語處理程式（杉浦等1997）。語料的共通編碼、使用CLAN的分析等方式，不僅對幼兒語言研究，亦可對其他使用語料進行分析的研究領域提供有效的參考。

練習與討論

1. 收錄幼兒與大人的對話，並確認是否可見本項目介紹的語言特徵或對話特徵。
2. 真田（2001:7）指出，最近的（日本國內的）幼兒並非皆先習得方言，亦有先習得標準語的例子。有鑑於此，請觀察你所蒐集的語料中，幼兒是使用標準語還是方言？交談對象的大人又是如何？若其兩者皆使用，何時會切換爲方言？
3. 你所收錄的幼兒與大人對話的語料中，有無與大人語言相異的形式或語意的詞呢？請想想那些詞彙是如何產生的。另外，請確認該詞彙是否收錄於國立國語研究所編製的《日本言語地圖》、《方言文法全國地圖》中。

參考文獻（*爲基本文獻）

伊藤克敏 2005『ことばの習得と喪失―心理言語学への招待―』勁草書房

岩立志津夫 1997「文法の獲得〈1〉〈2〉」小林・佐々木編所収

*岩立志津夫・小椋たみ子編 2005『よくわかる言語発達』ミネルヴァ書房

内田伸子 1996『子どものディスコースの発達―物語産出の基礎過程―』風間書房

岡本能里子 1997「教室談話における文体シフトの指標的機能―丁寧体と普通体の使い分け―」『日本語学』16-3

梶川祥世 2002「子どもの音声習得」『月刊言語』31-11

金谷有子・川上清文・須田治・高井清子 1982「乳児と母親との会話の成立過程」秋山高二・山口常夫・パン，F.C.編『言語の社会性と習得』文化評論出版

窪薗晴夫 2003「音韻の獲得と言語の普遍性」『音声研究』7-2

*クリスタル，デイヴィッド 1992「幼児の言語習得」風間喜代三・長谷川　欣佑監訳『言語学百科事典』大修館書店

国立国語研究所 1981-1983『幼児のことば資料(1)～(6)』秀英出版

小林春美 1997「語彙の獲得―ことばの意味をいかに知るのか―」小林・　佐々木編所収

*小林春美・佐々木正人編 1997『子どもたちの言語獲得』大修館書店

真田信治 2001『関西・ことばの動態』大阪大学出版会

渋谷勝己 1994「幼児の可能表現の獲得」『無差』1 京都外国語大学日本語　学科

杉浦正利・中則夫・宮田Susanne・大嶋百合子 1997「言語習得研究のため　の情報処理システム　CHILDES（チャイルズ）の日本語化」『月刊言　語』26-3

友定賢治 2002「方言の習得」江端義夫編『朝倉日本語講座10　方言』朝　倉書店

友定賢治 2005『育児語彙の開く世界』和泉書院

仲真紀子 1998「子供の発達と話し言葉の変化」『日本語学』17-11

西野美佐子 1987「育児語の持つ言語教育的機能に関する研究―絵カード　を媒介とした母子の会話場面から―」パン，F. C.・八代京子・秋山高　二編『社会・人間とことば』文化評論出版

早川勝広 1997「育児語―生活と育ちを支える育児語方言―」『國文學　解　釈と教材の研究』42-7

林安紀子 1997「言語習得過程におけるプロソディ情報の役割―乳児の音　声知覚研究から―」『日本音響学会誌』53-9

林安紀子 2001「音声知覚の発達と言語獲得」『音声研究』5-1

林安紀子 2003「乳児における言語のリズム構造の知覚と獲得」『音声研　究』7-2

*フォスター＝コーエン，スーザン・H.（今井邦彦訳）2005『子供は言語　をどう獲得するのか』岩波書店（原著＝1999年刊）

前田富祺 1992「児童のことば―研究の現状と展望―」『日本語学』11-2

正高信男 1993『0歳児がことばを獲得するとき』中公新書

馬瀬良雄 1981「言語形成に及ぼすテレビおよび都市の言語の影響」『国語学』125

宮田Susanne 1996「日本語獲得と平均発話長─CHILDESによるMLU値と文法発達の比較Ⅰ─」『愛知淑徳大学研究紀要』35

村田孝次 1984『日本の言語発達研究』培風館

茂呂雄二 1997「発話の型─教室談話のジャンル─」『対話と知─談話の認知科学入門─』新曜社

茂呂雄二 2001「ことばの発達と方言─心理学からのアプローチ─」『月刊言語』30-11

綿巻徹 1999『ダウン症児の言語発達における共通性と個人差』風間書房

Berko, J. 1958 The child's learning of English morphology. *Word* 14.

Canale, M. and M. Swain 1980 Theoretical bases of communicative approaches to second language teaching and testing. *Applied Linguistics* 1.

*Gleason, J. B. (ed.) 2001 *The Development of Language*. Allyn and Bacon.

MacWhinney, B. 1999 The CHILDES system. In Ritchie, W. C. and T. K. Bhatia (eds.) *Handbook of Child Language Acquisition*. Academic Press.

*MacWhinney, B. and P. Fletcher (eds.). 1995 *The Handbook of Child Language*. Basil Blackwell.

Menn, L.and C. Stoel-Gammon 2001 Phonological development: learning sounds and sound patterns. In Gleason, J. B. (ed.).

Romaine, S. 1984 *The Language of Children and Adolescents: The acquisition of communicative competence*. Basil Blackwell.

Tager-Flusberg, H. 2001 Putting words together: morphology and syntax in the preschool years. In Gleason, J. B. (ed.).

網站

CHILDES　http://childes.psy.cmu.edu/index.html

TalkBank　http://talkbank.org/

JCHAT　http://jchat.cyber.sccs.chukyo-u.ac.jp/JCHAT/index-j.html

7-2 中介語

1. 研究對象

　　7-1指出幼兒於母語習得過程中所建構的過渡性語言系統爲幼兒語言。而同爲過渡性語言的第二（第三、第四等）語言習得過程中學習者或習得者所建構的語言系統，則稱爲中介語（interlanguage）。此命名乃因其爲介於學習者的母語與目標語言之間的語言系統（Selinker 1972）。

　　近年來，世界各地以日語爲第二語言的學習者人數增加（2003年的數據顯示日語學習者遍布127個國家共約235萬人）。日本國內也有所謂的新移民（newcomer）——日本戰後遺孤、外籍勞動者及其家族、難民等以各種語言爲第一母語的移民。現居日本的外籍人士約占日本總人口的1.5%（2004年末的外國人登錄者數爲188個國家，共約197萬人）。有研究報告指出，少子高齡化社會的日本今後應積極地接納更多移民。可以想見不久的將來，以各種語言爲第一語言的成人或年輕人等在教室學習日語或透過與日本人交談自然習得日語的情況將增加。隨著日語學習者的母語、年齡、學習方法等多樣化，日語本身也將更具多樣性。

　　日語將不再只是日本人使用的語言（請參閱第4章4-2項目）。爲了因應此實際社會狀況，解析日語中介語的系統及學習者的學習機制等將是社會語言學的重要研究議題。

　　本項目首先將介紹中介語研究的問題意識（第2節）以及爲解決研究問題所採取的研究方法（第3節）。最後將思考未來可進一步探討的研究議題（第4節）。

2. 問題意識

　　中介語是一個獨立的語言。因此，研究語言的方法亦適用於中介語研究。當然，也可從社會語言學的觀點—如本書其他章節所示的語言變異、語言行爲、語言變化、語言規劃等觀點解析中介語。不過，長久以來的研究觀點主要如下：

　　(a) 描述性研究（descriptive study）。中介語比成人母語使用者的語言

系統更具多樣性。學習者在各學習階段持有什麼樣的語言系統？經歷什麼樣的發展過程？這些問題的探討是中介語最基本的研究議題。

(b-1)說明性研究（explanatory study）(1)：習得者間的共通性。上述(a)的研究成果顯示，雖然習得者在性別、母語、個性等各種屬性上有所差異，但其所使用的中介語（的發展樣態）卻是相似的。爲何存在這樣的共通性？從認知心理學（其主張中介語間的共通性乃因人類擁有的語言習得結構或認知結構共通，因而產生的普遍現象）或功能主義（主張語言乃先有使用語言的目的，進而爲了達到該目的而構成的形式）觀點進行分析的研究爲數不少。

(b-2)說明性研究(2)：習得者間的相異點。另一方面，隨著習得者的母語、個性、學習環境不同，中介語存在多樣性。此多樣性如何呈現？爲何會產生此種多樣性？心理學家主要探討人類心理的類型化（內向—外向等）與中介語多樣性的關聯性，而社會語言學家則著重於觀察習得者如何透過與母語使用者溝通而學習語言。

(b-3)說明性研究(3)：習得者內在層面的變異。中介語是短時間內大幅度變化的動態發展系統，因此其變異較母語豐富。這些變異有何（社會性的或習得上的）意義？此爲社會語言學最感興趣的議題之一。

與以上四觀點相呼應，3.1小節將針對中介語的發展過程、3.2小節針對學習者間的共通性、3.3小節針對學習者間的相異點、3.4小節則針對中介語的變異，具體舉例說明。

3. 研究現況

3.1 中介語的發展過程

第二語言的習得乃需花費時間歷經幾個發展階段後，方能逐步接近目標語言的一種過程。究竟所謂的發展階段是指什麼？以下將舉例說明。

　　首先以英語學習者的不規則過去式（如ate）的學習過程爲例（Ellis 1997）。表1將其發展劃分爲五個階段。學習者最初處於只會使用動詞原形的第一階段，之後進入第二階段開始使用規則過去式-ed（jumped等）以及不規則過去式等形式。不過，原本在第二階段能正確使用'ate'，到了第三階段和第四階段卻開始使用'eated'、'ated'等形式。之後，這些形式消失而習得了目標形式'ate'（第五階段）。

表1　'eat'的過去式習得階段（Ellis 1997:23）

階段	描述	例子
1	不會使用動詞過去式	'eat'
2	開始使用不規則過去式	'ate'
3	過度類化規則過去式	'eated'
4	有時使用混合形式	'ated'
5	使用正確的不規則形式	'ate'

　　值得注意的是第三階段和第四階段的'eated'、'ated'，這是學習者將規則過去式附加-ed的規則一體適用於應使用不規則過去式的動詞'eat'及其過去式'ate'而產生的過度類化。此爲學習者自發性的創造規則的結果，幼兒語言習得亦可觀察到此機制（請參閱第7章7-1項目3.4小節）。幼兒語言、中介語等語言習得過程中出現的與成人語言、母語使用者不同的形式，曾有一段時期被稱爲「發展中的錯誤（developmental error）」。但因現在視幼兒語言和中介語爲一個獨立的語言，基本上不再使用「錯誤」描述。

　　上述學習過程中的'ate'，最初100%正確使用，但中途開始使用'eated'、'ated'後，錯誤形式便增加。之後又再度回到100%正確使用，而呈現U字型發展（請參閱第7章7-1項目3.4小節）。

3.2 習得者間的共通性

　　不規則動詞過去式及其他各種語言項目的習得過程研究成果顯示，有些項目習得者經歷相同的習得過程，但有些項目則因習得者類型不同而呈現不同的習得過程。習得者間呈現相似性的項目如下：

〔英語詞素的習得順序〕

　　針對英語詞素—第三人稱單數現在式-s、複數-s、所有格- 's、現在分詞-ing、冠詞a和the的習得順序，採用各種方式測試各習得階段的習得者在不得不使用的情況下（義務性文脈）的使用情形後發現，即使母語不同但卻呈現幾乎相同的習得順序（Dulay & Burt 1974; Bailey et al. 1974; Stauble 1984等）。這些形式的習得爲何會經歷這個順序？相關說明似乎尚顯不足。不過，所有習得者的習得過程皆相同，此意味著人類天生具備的認知結構或與生俱來的語言習得裝置對語言習得而言具極重要功能。如此一來，此現象所牽涉的問題層面更廣了。此問題點雖然不在社會語言學研究的主要探討範圍內，但仍應被正視。

〔英語否定句的習得順序〕

　　相同地，英語否定句'I don't go'的習得過程中，出現「否定詞 + 動詞」'I no go'的現象也可在日語或西班牙語等各種母語的學習者間觀察到。

〔日語指示代名詞的習得順序〕

　　日語中介語研究亦有不少結果顯示，不同母語的習得者有著共同的發展過程。例如，迫田（1998、2001）以韓語和中文爲母語的成人日語學習者各三名爲研究對象，進行長達三年的縱向研究，觀察其日語指示代名詞（「コ〜」（這）、「ソ〜」（那（近稱））、「ア〜」（那（遠稱）））習得過程。結果顯示，6名學習者的指示代名詞出現順序皆爲：

　　「這系列的文脈指示」（這個，我問了山田，明天好像有考試喔。これ、山田に聞いたんだけど、明日テストがあるらしいよ。）≧「那（近稱）系列的文脈指示」（我和一個叫山田的人見了面，那個人，英語很厲害。山田という人に会ったけど、その人、英語が上手だったよ。）＞「那（遠稱）系列的文脈指示」（你提過的店，那家店不行耶。君が言ってた店だけど、あの店はだめだね。）＞「那（遠稱）系列的觀念指示」（那

件事，結果變怎樣？<ruby>あ<rt>a</rt></ruby>の<ruby>件<rt>no ken</rt></ruby>、<ruby>ど<rt>dō</rt></ruby>う<ruby>なっ<rt>na t</rt></ruby>た<rt>ta</rt>。）

幾乎所有的學習者都在該使用「那（近稱）」系列指示代名詞「<ruby>それ<rt>so re</rt></ruby>」時使用「那（遠稱）」系列指示代名詞「<ruby>あれ<rt>a re</rt></ruby>」，如(1)所示：

(1) 日語母語使用者：<ruby>結婚適齡期<rt>kek kon teki rē ki</rt></ruby>っ<ruby>て<rt>t te</rt></ruby>何<ruby>歳<rt>nan sai</rt></ruby>ぐ<ruby>ら<rt>gu ra</rt></ruby>い<rt>i</rt>？

（適婚年齡是指幾歲？）

日語學習者：<ruby>もし<rt>mo shi</rt></ruby>大<ruby>学<rt>dai gaku</rt></ruby>へ<ruby>入<rt>e hai</rt></ruby>れ<ruby>な<rt>re na</rt></ruby>い〔<ruby>入<rt>i</rt></ruby>っ<ruby>て<rt>hai t te</rt></ruby>い<ruby>な<rt>i na</rt></ruby>い<ruby>人<rt>i hito</rt></ruby>の<ruby>場<rt>no ba</rt></ruby>合<rt>ai</rt>〕、

<ruby>あんな<rt>a n na</rt></ruby>（→<ruby>そんな<rt>so n na</rt></ruby>）<ruby>人<rt>hito</rt></ruby>は<ruby>多<rt>wa ta</rt></ruby>分<ruby>ちょ<rt>bun cho</rt></ruby>っ<ruby>と<rt>t to</rt></ruby>早<ruby>い<rt>haya i</rt></ruby>と<ruby>思<rt>to omo</rt></ruby>い<ruby>ま<rt>i ma</rt></ruby>す<rt>su</rt>。

（如果沒上大學，那樣的（那（遠稱）→ 那（近稱））人應該會比較早吧!）

（迫田2001:17）

迫田分析此類型的例子後，認爲後接名詞是影響這些錯誤用法的主因，而提出了以下的假設：

(2) 學習者自己創造了一個規則：抽象名詞（形式名詞「<ruby>こと<rt>ko to</rt></ruby>」、表感覺之意的「<ruby>感じ<rt>kan ji</rt></ruby>」等）使用「那（近稱）系列指示代名詞」；具體名詞（「<ruby>人<rt>hito</rt></ruby>」、表老師之意的「<ruby>先生<rt>sen sē</rt></ruby>」等）則使用「那（遠稱）系列指示代名詞」。

如果這個假設正確，則可證明學習者的規則的確和母語使用者不同。這、那（近稱）、那（遠稱）受後接名詞的種類影響，這種局部處理的規則亦可見於表處所的格助詞「<ruby>に<rt>ni</rt></ruby>」及「<ruby>で<rt>de</rt></ruby>」的使用上（野田2001）。而且，這是學習者受平日看到、聽到的日語（輸入）影響的結果。

不同母語的日語學習者間呈現共通現象的還有時貌（aspect）形式<ruby>てい<rt>te i</rt></ruby><ruby>る<rt>ru</rt></ruby>（許2000）、句末詞語（峯1995）、態（voice）（田中1996）等。

3.3 習得者之間的相異點

　　另一方面，也有不少研究結果指出，習得者間存在習得順序的差異。此差異似乎與習得者的母語有關。舉例說明如下：

〔英語詞素的習得順序〕

　　如本項目3.2小節所示，不同母語學習者的英語詞素習得順序類似。例如，Dulay & Burt（1974）等指出，學習者以複數-s → 所有格-'s的順序習得詞素-s。不過，Hakuta（1976）則發現日本人學習者先學會所有格-'s，爾後學會複數-s。Hakuta認爲那是源自於母語的影響（稱爲移轉（transfer）），因爲日語沒有複數形。

〔日語可能形式的習得順序〕

　　表2是將日語學習者（以中文、韓語、英語爲母語的學習者各30名）的可能形式（potential form）使用情形，依初級、中級、高級、超高級進行分類的結果。語料源自KY語料庫[3]。依照不同母語統計分析可看出，韓語母語使用者偏向使用「スルコトガデキル」（表中粗體字標示部分），其有可能源自於韓語的移轉。韓語本身存在對應「スル＋コト＋（ガ）＋デキル」的分析式（analytic）可能形式，且使用頻率頗高；相對地，中文和英語中則沒有對應「スルコトガデキル」的形式。

　　第二語言習得，由於習得者腦中並存兩種語言，對習得者而言較強的語言常以各種方式影響較弱的語言。例如，日本人說英語時，常[r]與[l]不分而不自覺；或以日語的「机（桌子）」的語意解釋英語的‘desk’。尤其，當習得者認爲兩個語言類似時，會更積極地應用母語（請參考Kellerman 1983的概念「psychotypology」）。

---

[3]　譯者註：KY語料庫（KYコーパス）是鎌田修及山内博之兩位學者於1996年度至1998年度建構的語料庫。收錄共90人份的OPI（oral proficiency interview）語料，以中文、英語、韓語爲母語的學習者各30人，其中初級5人、中級10人、高級10人、超高級5人。

表2　可能形式的使用實況（渋谷2001:89）

形式 受訪者		(ラ)レル		可能動詞		デキル		
		五段動詞	其他	五段動詞	其他	スルコトガ	動名詞	—
中文	初級	—	—	—	—	—	—	—
	中級	1	6	9	—	—	1	27
	高級	—	5	22	1	2	10	20
	超高級	—	12	31	1	1	3	10
	合計	1	23	62	2	3	14	57
	使用率	0.6	14.1	38.3	1.2	1.9	8.6	35.2
韓語	初級	—	—	2	—	—	—	—
	中級	1	4	9	—	**15**	5	11
	高級	—	4	39	2	**12**	5	30
	超高級	—	5	16	—	—	10	13
	合計	1	13	66	2	27	20	54
	使用率	0.5	7.1	36.1	1.1	14.8	10.9	29.5
英語	初級	—	—	1	—	—	—	1
	中級	—	4	14	2	3	2	5
	高級	2	8	31	2	5	14	18
	超高級	—	6	12	—	1	1	8
	合計	2	18	58	4	9	17	32
	使用率	1.4	12.9	41.4	2.9	6.4	12.1	22.9

*デキル欄位內的「—」表「名詞+ガ+デキル」或單獨使用「デキル」。

*表中粗體標示為本書作者所加註。

依習得效果而言，這種方式產生的影響可分為促進習得的影響（正移轉（positive transfer），如上述'desk'的例子）以及妨礙習得的影響（負移轉（negative transfer）＝干擾（interference），如上述[r]與[l]的例子）。台灣學習者的日語則可見上述兩種影響。例如，台灣和日本同為漢字圈，所以日語書寫系統和詞彙的習得速度快，這是正移轉；而在台灣「參考」這個詞可當動詞，因而產生「參考してください（請參考）」的用法[4]，這是負移轉。

更甚者，移轉有時會以無形的方式呈現。例如，日語母語使用者的英語中關係代名詞非常地少，且經常出現使用'there is'的句子，其分別為迴避母語沒有的語言項目（Schachter 1974；Kleinman 1977）、以及過度使用某項

---

[4]　譯者註：日語的「參考」為名詞，「請參考」的日語為「參考にしてください」。

母語特徵（Rutherford 1983）所引起的現象。

　　隨著中介語研究的深化，母語的功能再度受到重視。而且，也認識到母語的影響不僅止於語音、詞彙、文法層次，更擴及請求與拒絕等語言行為層面（橫田1986；生駒、志村1993等）。舉例而言，日語母語使用者說英語時常用「我有事」模糊地拒絕他人邀約；東西借人被弄壞而當事人表示要賠償時則說「有形物總有壞掉的一天」婉拒對方，這些行為讓美國人感到非常地不可思議（Beebe et al. 1990）。

3.4 中介語的變異

　　如本項目3.1小節所示，中介語的發展過程中，習得者內在會存有表同一語意的兩個或兩個以上的形式（即語言變異）。而且，習得者之間也存在變異。這些變異的特徵為何？有不少研究探討中介語的變異，這些研究針

表3　引發中介語變異的因素

(a) 習得者間的變異		
變異的因素	學習程度、學習環境（教室、自然場合）、語言學習能力、個性（外向－內向等）、學習動機等	
(b) 習得者個人內部所存在的變異		
變異的因素	具體內容	研究實例
說話者的注意度	使用習得中的語言說話時，集中精神留意用詞的正確度，抑或是否集中精神於說話內容，將影響用詞	Dickerson 1975 Tarone 1983
說話者的規劃度	使用習得中的語言說話時，事前有多少時間準備說話內容或用詞，將影響用詞	Ellis 1987
說話者的專業知識	對於說話內容的熟悉度將影響用詞	Whyte 1995
顧及聽話者的語言能力	配合聽話者的語言能力而切換用詞，將產生用詞差異（調適（accommodation））	Beebe & Zuengler 1983
與聽話者的社會關係、加諸於聽話者的負擔等	與聽話者的社會關係（尊卑、親疏等）、以及加諸於聽話者的負擔（借用簡單的物品或貴重物品等）若改變，用詞也會隨之改變（禮貌（politeness））	Beebe et al. 1990

對哪些因素進行分析？針對口語中出現的變異所進行的研究，可整理如表3（請參閱第2章2-2項目3.2小節）。

　　表3所示因素皆爲引發變異的原因，並無對錯之別。換言之，中介語的變異如同母語的變異，非單一因素所引起，而是同時受語言、社會、心理等各層面影響。由於影響之因素極其複雜，故造成解析不易之現象。

4. 未來展望

　　前述第3節介紹了中介語研究的主要議題，如中介語的發展過程、習得者間的相似性、習得者間的相異點、中介語的變異等。另外，也有其他針對使用中介語的互動（interaction）情形之研究（尾崎1993；Long1983等）。不過整體而言，中介語研究領域尚有如下之許多重要議題待今後進一步探討。

4.1 研究成果的擴張

　　(a) 描述研究的持續累積。目前爲止的中介語研究探討了各式各樣的語言現象，但仍有許多尚待解析的語言項目，如情態（modality）、接續詞的習得等。

　　(b) 中介語多樣性的探究。如3.4小節表3所示，影響中介語變異的原因各式各樣，且其緊密相連促使中介語系統形成與發展。尚待解析的議題有：各語言項目的習得者變異爲何、變異產生的原因、變異與中介語的發展或人際關係間的關聯性等。

　　(c) 新種類中介語的研究分析。本項目第1節與第4章4-2項目皆提及日本的新移民使用新的日語變種（中介語）。另一方面，還有夏威夷日裔移民或巴西日裔移民的日語承繼語、以及台灣、韓國、密克羅尼西亞等日本舊殖民地受日語教育者所使用的日語中介語變種（Toki ed. 1998；真田2004等）。此些日語中介語變種的研究分析剛起步，尚待今後進一步的探討。

　　上述三點爲獨立觀點，進行個別研究時，可從各項目中各選取一研究對象。例如，上述(c)可選擇韓國人新移民，(b)可選擇職場日語，(a)可選擇敬語詞語的習得進行探討。由此可見尚有許多相關研究課題待解析。

4.2 關於中介語削弱的研究

　　一般而言，中介語研究多關注從零開始慢慢地學會複雜系統的「光明」面習得過程。但是，有關留學歸國、日語學習中斷、日語學習過程中進入長期休假等狀況所造成的日語忘卻的「灰暗」面亦不容忽視。

　　關於中介語削弱（attrition）研究，歐美起步亦晚，待1980年代才確立研究領域（Lambert & Freed 1982；Weltens et al. 1986等）。而且，雖然其提倡語言削弱過程的普遍性，但是除了Hansen（1999）等研究之外，鮮少將日語納入研究視野。

　　現今的日本面臨許多中介語削弱相關問題。例如，留日學生自日本留學歸國後的日語能力維持與削弱、自海外返日的歸國子女的外語能力維持與削弱等。因此，日語也應儘速確立此類研究領域。研究問題可設定如下（請參閱Andersen 1982；Weltens & Cohen 1989；富山2004等）：

(a) 學習者的中介語削弱在文法能力、社會語言能力的哪個部分、如何發生？

(b) 最終習得到達程度和削弱之間的關係爲何？

(c) 四項技能（聽說讀寫）的削弱順序爲何？

(d) 削弱的順序和習得的順序有何關聯？逆行假設（regression hypothesis）主張愈早學會的項目愈不容易忘記，此想法是否適當？

(e) 學習方法、習得結束至今的年數、熟練度、年齡、讀寫能力、動機與態度等因素和削弱程度或速度有何關聯？

(f) 不同母語使用者的中介語削弱有何共同點和相異點？而第一語言又如何產生影響？

(g) 採用何種補償策略填補中介語能力不足處，以進行溝通？

　　語言習得和語言削弱可謂一體兩面。爲建構一般理論，除了中介語習得，也應涵蓋中介語的維持、削弱等議題，以掌握全貌。日本漸成爲具中介語研究魅力的田野（field），期待今後的研究進展。

　　近年來，中介語削弱問題是新研究領域——接觸語言學（contact linguistics）的重要研究議題之一。接觸語言學結合本書第4章所介紹的語言接觸研究、雙語研究、洋涇濱、克里奧爾研究等，已成爲另一新領域（Winford 2003等）。此領域將如何有系統地發展，其研究動向值得留意。

練習與討論

1. 下列句子擷自與3.3小節表2相同的KY語料庫（發音人S：中文母語使用者，語料庫中的編號爲CIH01）。

    S：ē chū goku go wa, dō ya t te oshi e ru, a nō, mo chi ro n, a nō sai
    えー中国語は，どうやって教える，あのー，もちろん，あのー最

    sho ka ra ne, kan tan de, ai satsu, chū goku go kai wa ne, 〈n〉 oshi e te i ma su,
    初からね，簡単で，挨拶，中国語会話ね，〈ん〉教えています，

    〈n〉 min na wa, a nō ni hon no kata ne, shi goto no kan kē to ka, 〈n〉 a
    〈ん〉みんなは，あのー日本の方ね，仕事の関係とか，〈ん〉あ

    nō, ryo kō ni chū goku i t ta ri to ka, 〈n ー n ー〉 n ー a nō su ko shi kai
    のー，旅行に中国行ったりとか，〈んーんー〉んーあのーすこし会

    wa ne, ho shī na n de su.
    話ね，ほしいなんです。

    此例子中有哪些部分和母語使用者的日語相異？理由爲何？

2. 請觀察外籍勞動者等非透過教室學習，而是藉由日常生活與日本人對話而學會日語者的日語特色爲何？其與上述1的語料哪裡不同？請試著進行比較並儘量觀察不同母語的人。

3. 留學日本的學生常利用暑假等期間回國，收假回日本後，其日語能力是否發生變化？請觀察發音、詞彙、文法、語言行動等各層面。

參考文獻（*爲基本文獻）

生駒知子・志村明彦 1993「英語から日本語へのプラグマティック・トランスファー―『断り』という発話行為について―」『日本語教育』79

尾崎明人 1993「接触場面の訂正ストラテジー―『聞き返し』の発話交換をめぐって―」『日本語教育』81

許夏佩 2000「自然発話における日本語学習者による『テイル』の習得研究―OPIデータの分析結果から―」『日本語教育』104

*小池生夫（編集主幹）・寺内正典・木下耕児・成田真澄編 2004『第二言語習得研究の現在―これからの外国語教育への視点―』大修館書店

迫田久美子 1998『中間言語研究―日本語学習者による指示詞コ・ソ・アの習得―』溪水社

迫田久美子 2001「学習者独自の文法」野田尚史・迫田久美子・渋谷勝己・小林典子『日本語学習者の文法習得』大修館書店

*迫田久美子 2002『日本語教育に生かす第二言語習得研究』アルク

真田信治 2004「第12回研究大会シンポジウム『環太平洋地域に残存する日本語をめぐって』」『社会言語科学』6-2

渋谷勝己 2001「学習者の母語の影響」野田尚史・迫田久美子・渋谷勝己・小林典子『日本語学習者の文法習得』大修館書店

田中真理 1997「視点・ヴォイスの習得―文生成テストにおける横断的及び縦断的研究―」『日本語教育』88

富山真知子 2004「第二言語の喪失と維持」小池他編所収

*長友和彦 1998「第二言語としての日本語の習得研究」日本児童研究所編『児童心理学の進歩　1998年版』金子書房

野田尚史 2001「学習者独自の文法の背景」野田尚史・迫田久美子・渋谷勝己・小林典子『日本語学習者の文法習得』大修館書店

峯布由紀 1995「日本語学習者の会話における文末表現の習得過程に関する研究」『日本語教育』86

*山岡俊比古 1997『第2言語習得研究〈新装改訂版〉』桐原ユニ

横田淳子 1986「ほめられた時の返答における母国語からの社会言語学的転移」『日本語教育』58

Andersen, R. W. 1982 Determining the linguistic attributes of language attrition. In Lambert R. D. and B. F. Freed (eds.) *The Loss of Language Skills.* Newbury House.

Bailey, N., C. Madden and S. D. Krashen. 1974 Is there a "natural sequence" in adult second language learning? *Language Learning* 24.

Beebe, L. M. and J. Zuengler. 1983 Accommodation theory: an explanation for style shifting in second language dialects. In Wolfson, N. and E. Judd (eds.) *Sociolinguistics and Language Acquisition*. Newbury House.

Beebe, L., T. Takahashi and R. Uliss-Weltz 1990 Pragmatic transfer in ESL refusals. In Scarcella, R., E. Andersen and S. Krashen (eds.) *Developing Communicative Competence in a Second Language*. Newbury House.

Dickerson, L. J. 1975 The learner's interlanguage as a system of variable rules. *TESOL Quarterly* 9.

Dulay, H. C. and M. K. Burt 1974 Natural sequences in child second language acquisition. *Language Learning* 24.

*Ellis, R. 1985 *Understanding Second Language Acquisition.* Oxford University Press.（牧野高吉訳 1988『第2言語習得の基礎』ニューカレント インターナショナル）

Ellis, R. 1987 Interlanguage variability in narrative discourse: style shifting in the use of the past tense. *Studies in Second Language Acquisition* 9.

*Ellis, R. 1994 *The Study of Second Language Acquisition.* Oxford University Press.

Ellis, R. 1997 *Second Language Acquisition.* Oxford University Press.（牧野高吉訳 2003『第2言語習得のメカニズム』筑摩書房）

*Gass, S. M. and L. Selinker 1994 *Second Language Acquisition: An introductory course.* Lawrence Erlbaum Associates, Inc., Publishers.

Hakuta, K. 1976 A case study of Japanese child learning English as A second language. *Language Learning* 26.

Hansen, L. (ed) 1999 *Second Language Attrition in Japanese Contexts.* Oxford University Press.

Kellerman, E. 1983 Now you see it, now you don't. In Gass, S. and L. Selinker, (eds.) *Language Transfer in Language Learning.* Newbury House.

Kleinmann, H. H. 1977 Avoidance behavior in adult second language acquisition. *Language Learning* 27.

Lambert, R. D. and B. F. Freed. (eds.) 1982 *The Loss of Language Skills.* Newbury House.

*Larsen-Freeman, D. and M. H. Long 1991 *An Introduction to Second Language Acquisition Research.* Longman Group UK Limited.（牧野高吉・萬谷隆一・大場浩正訳 1995『第2言語習得への招待』鷹書房弓プレス）

Long, M. 1983 Native speaker/non-native speaker conversation and the negotiation of comprehensible input. *Applied Linguistics* 4.

*Odlin. T. 1989 *Language Transfer.* Cambridge University Press.（丹下省吾 訳 1995『言語転移—言語学習における通言語的影響—』リーベル出版）

Rutherford, W. E. 1983 Language typology and language transfer. In Gass, S. and L. Selinker, (eds.) *Language Transfer in Language Learning.* Newbury House.

Schachter, J. 1974 An error in error analysis. *Language Learning* 24.

Selinker, L. 1972 Interlanguage. *International Review of Applied Linguistics in Language Teaching* 10.

Stauble, A. M. 1984 A comparison of the Spanish-English and Japanese-English second language continuum: negation and verb morphology. In Anderson, R. W. (ed) . *Second Language: A crosslinguistic perspective.* Newbury House.

Tarone, E. 1983 On the variability of interlanguage systems. *Applied Linguistics* 4.

Toki, S. (ed). 1998 The Remnants of Japanese in Micronesia.『大阪大学文学部 紀要』 38.

Weltens, B., K. de Bot and T. van Els, (eds.) 1986 *Language Attrition in Progress.* Foris Publications.

Weltens, B. and A. D. Cohen 1989 Language attrition research: an introduction. *Studies in Second Language Acquisition* 11.

Whyte, S. 1995 Specialist knowledge and interlanguage development: a discourse domain approach to text construction. *Studies in Second Language* 17.

Winford, D. 2003 *An Introduction to Contact Linguistics.* Blackwell Publishing.

第8章　語言規劃

章節提要

　　第1章至第7章探討了現代日本社會中日語的現況及其如何被認知、使用，並指出日語的多樣性及其所引發的各種社會問題。本章則將探討社會語言學中具應用性質的領域—透過人爲方式解決語言相關問題的「語言規劃」（即人爲因素導致語言變化）。基本上，語言學的任務在於描述語言而不是規範語言。然而，社會語言學須時時面對社會中的語言問題，因此語言規劃是不容忽視的重要議題。

　　語言規劃（language planning）包含地位規劃（status planning）、本體規劃（corpus planning）以及普及規劃（acquisition planning）。例如，明治初期，日本致力於建設近代化國家，當時的明治政府眼見歐美列強各國先進強大，遂自我反省日本文化之所以落後的原因之一在於國語問題。當時面臨的問題可簡述如下：

(a) 日本的文明開化需以日語抑或歐美語言進行？

　　（地位規劃＝語言優先順序的規劃）

(b) 採用日語時將面臨許多問題。例如，日本國內存在許多方言、缺乏文化及文明相關詞彙、漢字習得所需時間甚長、書寫系統未統一。

　　（本體規劃＝針對語言內部結構的規劃）

(c) 如何推廣語言政策？

　　（普及規劃）

本章將以語言規劃爲主題，針對下列兩大密切相關之議題進行論述。

8-1　國語政策：以日本國內日語母語使用者（native speaker）爲對象的語言規劃

8-2　日語政策：以日本國內外非日語母語使用者爲對象的語言規劃

隨著社會情勢的變化，今後語言相關的社會問題勢必陸續出現新的狀況。希望讀者能多關注海內外動向，積極發掘相關的語言問題。

8-1 國語政策

1. 研究對象

　　所謂的國語政策乃一個國家爲了解決或改善該國的國語（national language）或官方語言（official language）問題而以人爲方式制定的語言政策。日本的國語政策是指以日語爲國語的日本政府針對日本國民所制定的日語相關政策。一般而言，擁有少數民族語言的國家通常會同時規定國語及少數民族語言間的關係。因此，少數民族語言問題與國語政策有間接關聯。

　　如前述，語言規劃包含地位規劃、本體規劃以及普及規劃。

　　地位規劃是不論有無以該語言爲母語的群體存在，從多數語言中選出該國的國語及官方語言的規劃作業。國語如同國歌、國旗，是具象徵性的語言，而官方語言則是教育及行政等公共場所使用的具實用性語言。一般大多選擇同一語言爲國語及官方語言，但也有些國家的國語和官方語言不同。

　　必須選擇特定的語言爲國語或官方語言的理由爲：①一個國家需要具象徵性的語言。②一旦認可教育、行政及司法等場所使用多種語言，在教材製作或教師、口譯人才的培養上，將需要龐大的經費等。而官方語言是被認可用於教育機關、行政機關、司法機關等公共場所的語言，因此非官方語言的語言其母語使用者便成爲弱勢，爲了在社會上生存就必須學習官方語言。如何選定國語及官方語言，可謂是政治意味濃厚的問題。

　　本體規劃則將選定的語言實質化。具體而言，①若該語言無文字就須賦予文字（文字化，graphization）。②確立在義務教育等所使用的標準語與標準書寫系統（標準化，standardization）。③創造新詞（近代化，modernization）。

　　普及規劃則是將地位規劃及本體規劃的內容推廣至國民等設定對象的規劃。

　　以下，本項目將介紹日本國家機構所採取的國語政策。具體而言，第2節將探討爲何需要國語政策及相關問題，第3節介紹政策實例。第4節則思考今後國語可能發生的問題。本書其他章多於各章的第4節論述該章主題的相關研究及未來展望，然而日本學界長久以來並未積極思索該如何進行語言規

劃等方法論相關議題，因此不同於其他章節的內容編排方式，本項目將介紹
目前為止日本所實施的語言規劃及其所遭受的批判。

2. 問題意識

綜觀世界各國，實施語言政策的理由不外乎以下2點：①國家中存在語
言多樣性，含多種的語言、方言以及書寫系統等。②各語言或變種與使用者
的意識、心態、信念、認同相關聯並存在利害關係，因此常引發社會問題。

本節將針對與語言關係密切的地位規劃（2.1小節）及本體規劃（2.2小
節），探討日本的國語政策及語言規劃的問題點。

2.1 地位規劃

有許多國語的地位規劃乃針對該語言內部的各種變種進行社會性排
序。所謂的變種有下列種類：

(a) 使用者屬性不同所產生的變種：男性用語與女性用語、成人語言
（傳統用詞）與年輕人用語（新詞）、上流階級的語言與庶民的語
言、大都市的語言與周邊地區的方言、母語使用者的語言與中介語
等

(b) 場合不同所產生的變種：標準語與方言、（敬語等）敬意高的用語
與敬意中立以及敬意低的用語等

(a)(b)所示兩者成對的變種，左邊標示的變種（例如男性用語等）往往
獲得較正面的社會評價，而右邊的變種（例如女性用語等）則得到負面的社
會評價。右邊所標示的變種有時和地區方言一樣被視為消滅的對象，有時亦
會與年輕人的語言或敬意低的用語（罵罵語或粗俗語詞等）共同遭受貶抑。
因此，這些語言變種相關的地位規劃通常注重提升社會評價，例如女性用語
的社會評價較男性用語低，應端正此不平等待遇（請參閱第1章1-1項目3.2
小節），抑或方言比標準語更能貼切地表達自己的心情，因此主張將方言納
入國語教育等。然而，政府層級負責地位規劃者通常是使用社會評價較高變
種（擁有使用社會評價較高變種能力）的人士，因此前述的規劃往往難以執
行，而需仰賴民間草根運動之推行。

2.2 本體規劃

關於本體規劃，日本目前爲止主要著重文字及書寫系統的問題（2.2.1小節）以及標準化的問題（2.2.2小節）。

2.2.1 文字與書寫系統問題

明治以來，近代、現代日本最廣爲探討的國語問題爲文字與書寫系統的問題[1]。內容包含：①（含人名等）漢字（廢止、限制）問題。②假名書寫問題。③漢字假名混合書寫時的假名書寫（送り仮名）問題。④外來語書寫問題。⑤漢字字體問題等。

①的漢字問題含：①-1希望能自由使用漢字。①-2主張限制漢字字數。①-3主張日語書寫系統一律不使用漢字等三個對立的意見。而且，在①-2主張漢字限制論者之間對於具體地該用哪些漢字意見並不一致。在①-3主張廢除漢字者之間亦存在對立意見。例如，該以羅馬字取代漢字抑或以平假名、片假名取代漢字；若採羅馬字，書寫系統應該用ヘボン式或訓令式、日本式[2]？目前政策採用的是①-2的漢字限制論，並制訂常用漢字表與人名用漢字別表。漢字限制論者認爲，若無限制地使用漢字，將花費過多時間於漢字教學，以致剝奪學習其他科目的時間。另外，關於使用於人名的漢字則容易產生實務操作上的困擾，例如於鄉鎮市公所報出生戶口時容易發生漢字標記錯誤等問題（円満字2005）。

而造成②～⑤的背景因素在於一個詞的書寫方式選擇過多，因而衍生出不少社會問題。尤其像現今電腦普及，經常需要轉換檔案的時代，其多樣性更引發了諸多問題。

②假名書寫系統可歸因於語言變化是無法避免的事實（第5章），而③漢字假名混合書寫時的假名書寫問題則起因於漢字本爲書寫其他語言而創造的文字，卻（牽強地）將其套用於日語，以致產生不自然的現象。關於②，

---

[1] 譯者註：日語的書寫系統含漢字、平假名（平仮名）、片假名（片仮名）以及羅馬字（ローマ字）。

[2] 譯者註：日本的羅馬拼音書寫系統分爲ヘボン式、日本式與訓令式。ヘボン式注重表音主義，較接近現代日語發音，日本式則注重日語的音韻規則。而訓令式則爲ヘボン式與日本式之折衷。

例如，「会ふ（見面）」在平安時代³發音爲[aφu]。當時用「_{a fu}会ふ」標記有

其必然性（「歷史假名書寫系統（_{reki shi teki ka na zuka i}歷史的仮名遣い）」），但詞中的ha行

音變化爲wa行（「ha行轉呼」），［φu］變化爲[u]後即失去用「_{a fu}会ふ」標

記的正當性。因此，改採用接近發音的「現代假名書寫系統（_{gen dai ka na zuka}現代仮名遣

_iい）」而變成「_{a u}会う」。關於③所謂的「漢字假名混合書寫時的假名書寫」

（_{oku ri ga na}送り仮名）問題，例如借自中文的「行」（舉行之意）的日語發音爲「_oお

_{ko na u}こなう」（訓讀），而書寫時可用「行こなう」「行なう」「行う」等多種

方式，因而產生了書寫上的多樣性。

　　另外，關於④外來語書寫方式問題有二：④-1要接近原音還是依照日

語發音規則書寫（例如，variation要寫成_{va ri ē sho n}ヴァリエーション或_{ba ri ē sho}バリエーショ

_nン）。④-2要依照外來語本身的發音還是羅馬拼音進行書寫（例如，將「美

國」一詞標示爲_{me ri ke n}メリケン或_{a me ri ka n}アメリカン）。最後的⑤漢字字體問題則是隨時

代變遷，漢字的種類及字體漸增所致。

2.2.2 標準化問題

　　日語內部存在地區差異與性別差異等因語言變化或社會因素所產生的變

種。日常生活的行動範圍有限，因此日常生活用語的共通性高，較少因變種

不同而引發語言問題。相對地，教科書、新聞媒體用語或日語教育所教的日

語等在日本國內外廣泛使用的語言則需進行標準化作業。

　　如2.2.1小節所述，日本長久以來非常注重書寫系統的標準化，但由國

家機構具體訂定方針規範詞彙、文法及語音層面的標準化（例如，「茄子」

唸爲「nasu」抑或「nasubi」、動詞「寫」的敬語是「_{o ka ki ni na ru}お書きになる」抑或

「_{ka ka re ru}書かれる」）的例子非常有限。目前爲止僅有1905年文部省公告的「文

法上容許事項（文法上許容スベキ事項）」、1952年國語審議會建議的

3　譯者註：平安時期爲西元794~1194年。

「今後的敬語（これからの敬語）」等（請參閱3.1小節的年表）。不過，民間機構則很積極地針對報紙、媒體用語或待客用語等進行標準化作業。另外，針對近年來不斷增加的外來語問題（第4章所述因語言接觸所產生的問題），也有不少替換用語的提案。

　　以上簡述了為何需要制訂國語政策及其所面臨的問題點，以下將介紹具體例子。3.1小節將回顧明治時期以後的國語政策史，3.2小節則將針對於2.2.1小節所提及的文字書寫問題中的假名書寫系統爭論進行探討。

3. 研究現況

3.1 國語政策史

　　首先，明治時期之後的日本政府及公家機關所採取的國語政策可整理如表1：

表1　明治時期以後的國語政策

1866（慶應2年）	前島密向德川慶喜將軍諫言廢除漢字
1868（明治元年）	明治維新
1872（明治5年）	發布學制
1874（明治7年）	西周發表「以洋字為國語書寫系統之論述」
1883（明治16年）	設立「假名之會（かなのくわい）」（主張廢除漢字）
1885（明治18年）	設立羅馬字會（主張廢除漢字）
1887（明治20年）	言文一致運動正式開始
1890（明治23年）	發佈教育勅語
1900（明治33年）	於帝國教育會中成立「言文一致會」
	文部省公布小學校令施行規則，統一假名字體
1902（明治35年）	成立國語調查委員會
1903（明治36年）	公布國定教科書制（1904實施《尋常小學讀本》）
1913（大正2年）	廢止國語調查委員會
1920（大正9年）	成立假名文字協會
1921（大正10年）	成立臨時國語調查會
1923（大正12年）	臨時國語調查會發表常用漢字表，但因發生大地震而未能實施
1925（大正14年）	日本放送協會開始播放廣播

1931（昭和6年）	臨時國語調查會發表「常用漢字表修訂版」。但爲了報導滿州事變，中國地名與人名增加，以致無法限制漢字的使用
1934（昭和9年）	廢止臨時國語調查會、成立國語審議會
1940（昭和15年）	文部省設置國語課
1945（昭和20年）	戰敗
1946（昭和21年）	美國教育使節團赴日規勸採用羅馬字 國語審議會回覆「現代假名書寫系統」「當用漢字表」，政府正式公告 實施官方公文口語化
1947（昭和22年）	羅馬字教育盛行
1948（昭和23年）	國語審議會回覆「當用漢字字體表」
1949（昭和24年）	設立國立國語研究所 國語審議會由諮詢機關改組爲建議機關。提議「中國地名及人名寫法表」
1951（昭和26年）	國語審議會提議「關於人名漢字」
1952（昭和27年）	國語審議會提議「今後的敬語」
1953（昭和28年）	開始播放電視節目（NHK及民間所屬頻道） 國語審議會提議「關於羅馬拼音的單一化」
1954（昭和29年）	國語審議會部會報告「迎向標準語」、「關於外來語的書寫方式」
1956（昭和31年）	國語審議會提議「關於改善口語用法」
1958（昭和33年）	國語審議會提議「關於漢字假名混合書寫時的假名書寫方式」
1959（昭和34年）	成立國語問題協議會（展開對政府國語改革政策的批判）
1961（昭和36年）	國語審議會的舟橋聖一等五名「表意派」委員退出
1962（昭和37年）	國語審議會再次改組爲諮詢機關
1965（昭和40年）	國語審議會部會報告「關於發音的變異」
1968（昭和43年）	設置文化廳。國語課原隸屬文部省改隸屬文化廳
1972（昭和47年）	國語審議會答辯「改訂漢字假名混合書寫時的假名書寫方式」
1981（昭和56年）	國語審議會答辯「常用漢字表」
1986（昭和61年）	國語審議會回覆「改訂現代假名書寫系統」
1991（平成3年）	國語審議會答辯「外來語的書寫方式」
1993（平成5年）	國語審議會答辯「關於現代國語的諸問題」
1995（平成7年）	國語審議會期中報告「因應新時代的國語施策」（提倡尊重方言）
1997（平成9年）	施行愛努新法

2000（平成12年）	國語審議會提倡並回覆「敬意詞語」概念
	國語審議會因行政改革而廢止
2001（平成13）	文化審議會國語分科會成立
2002（平成14）	國立國語研究所設置「外來語」委員會探討外來語替換提案
2004（平成16）	修訂戶籍法施行規則，大幅增加人名用漢字
2005（平成17）	公布文字、印刷用字型文化振興法

　　明治時期之後，參與制定國語政策的政府機關依序為國語調查委員會（1902-1913）、臨時國語調查會（1921-1934）、國語審議會（1934-2000）以及文化審議會國語部會（2001-）等。其間的變遷過程可簡述如下：

(a) 明治～昭和[4]前期。欲透過明治維新建構成為歐美型近代國家，試圖制定完善的國語。效法歐美，捨棄傳統而側重現今的語言狀況和簡便性，因而遭受擁護傳統人士的批判。

(b) 昭和中期。戰敗後日本傳統價值觀崩潰，(a)時期提議的限制漢字、假名書寫重視表音功能等計劃一舉付諸執行。

(c) 昭和後期。戰敗後的混亂現象好轉，迎接高度經濟成長期，傳統價值觀重獲肯定。重新審視(b)的一連串政策之時期。

尤其是(c)時期，1946（昭和21）年的「當用漢字」於1981年改名為「常用漢字」。此舉顯示國語政策大轉變。當用漢字的想法是漢字乃轉換為假名及羅馬字等音韻文字前的暫時性文字，而常用漢字的立場在於「使用漢字進行國語書寫」（倉島2002:233-238）。

　　下一小節將回顧從(b)時期轉變至(c)時期的假名書寫論爭史。

3.2 假名書寫爭論

　　關於國語（和語）及字音語[5]的假名書寫，自明治維新之後，日本政府開始處理此問題後即不斷有爭論。本小節將回顧此段歷史。順帶一提，「か

4　譯者註：昭和時期為1926年12月25日至1989年1月7日。
5　譯者註：「字音語」又稱「漢語」，為日本古代借自中國漢字或模仿漢字而造的詞彙。

なづかい」（假名書寫）一詞本身有「仮名遣い」「仮名遣ひ」「仮名づかい」「仮名づかひ」「かなづかい」「かなづかひ」等標示法。這些標示法本身即反映了論者的主張。本文暫時以「仮名遣い」標示。

目前為止關於假名書寫論爭，基本上分為：主張根據現代日語發音標音（表音的現代假名書寫系統）的政府機關（尤其是執行部門）的提案，以及主張根據平安時代的發音標音（表意、表詞的歷史假名書寫系統）的政府機關內部非主流派或民間的提案，兩者相對立。例如，物集高見等人反對教科書調查會的「假名書寫改定案（仮名遣改定案）」（1905年）；大槻文彥等人贊成而森鷗外等人反對臨時假名書寫調查委員會內部的「假名書寫改定試問案（仮名遣改定試問案）」（1908年）；山田孝雄與芥川龍之介等人則反對臨時國語調查會的「假名書寫改定案（仮名遣改定案）」（1924年）。

政府機關主張表音的假名書寫系統可追溯至國語調查委員會提出的調查方針「採用音韻文字並調查假名羅馬字等之優缺點」。而支持該想法的背景因素為：(1)拼音標示法隨發音改變是理所當然的。(2)歷史假名書寫系統（歷史的仮名遣い）難學習，也沒有被正確地使用。(3)書寫系統是手段而非目的。另一方面，主張使用歷史假名書寫系統派則主張：(1)無論哪個國家書寫系統皆採傳統用法。(2)歷史假名書寫系統並非難學習的系統。(3)詞語的書寫方法反映出各種不同的思考模式。

在此簡單回顧1950年代的「金田一與福田之論爭」。其乃針對1946年內閣訓令及告示所公布的表音「現代書寫系統」之論爭。最積極參與議論的學者金田一京助是當時的國語審議會（国語審議会）主要成員之一，其贊成「現代假名書寫系統（現代仮名遣い）」。另一位主張使用「歷史假名書寫系統」的福田恆存是位評論家，曾參與「日本語教育振興會」會刊《日本語》的編輯。該雜誌於戰前肩負推展日語教育的重責大任。兩派支持者的論點可整理如表2：

表2　1950年代的假名書寫論爭

小泉信三 （1953）	・於二次世界大戰戰後日本國民喪失自信時，草率實施的一連串的改革應先歸零，待充分討論取得共識後再執行。 ・造成古典日文難以閱讀的假名書寫系統並非理想選擇。
桑原武夫 （1953）	・有調查指出日本國民讀寫能力低落。 ・戰後的改革大致上可謂成功。 ・與其考慮古典日文或文學等問題，應先尊重全體國民的生活。 ・現代假名書寫系統並非依照發音書寫，書寫規則比歷史假名書寫系統簡單。 ・國語改革是政策，無法期望學界意見能完全一致。
金田一京助 （1953）	・發音相同的音應採用同一個書寫系統。與其讓學童花時間學習書寫系統，還不如讓其學習自然科學或社會科學等其他科目，以強化日本戰敗後積弱的國力。 ・現代假名書寫系統是根據現代語音書寫，而非發音。 ・如同古代有當時的假名書寫系統，現代應該也可以有一套依據現代語音標記的假名書寫系統。
福田恆存 （1955）	・國語改良案，如同小泉信三所言應多方討論。我個人認爲不應該執著於現行的歷史假名書寫系統。 ・我主張的歷史假名書寫系統是關於和語的部分。而目前採漢字爲正體字，若排除漢字就容易多了。 ・現代假名書寫系統具有表音性質，導致同一個詞因音融合等因素而有數種寫法。例如，ソレハ（so re wa）、ソリャ（so rya）、ソラ（so ra）等。 ・另外，表音性愈高，若不多加入漢字則文章將變得愈難懂，造成與「當用漢字」矛盾的情形。 ・歷史假名書寫系統較能有系統地標示詞尾變化。 ・國語改良論者主張的「語言只是獲取知識的手段而非目的」，應再多方考量。
金田一京助 （1955）	・世界上沒有一個國家現今仍使用一千年前的書寫系統。 ・日語發音在這一千年間發生了巨大變化，無須一個個地標記原始發音，應統一爲與現代發音相近的書寫系統。 ・雖說新的假名書寫系統較接近發音，但完全依照發音書寫不免讓人讀不慣。應適度採用舊式假名書寫系統，以提高實施的可行性。

福田恆存 （1956a）	・即使日語發生了變化，但其程度遠不及完全失去屈折變化的英語。以動詞爲例，不過是「思ふ」變成「思う」的程度而已。 ・若維持使用一千年前的書寫系統可連貫古典，那就再好不過。 ・我認爲有問題的是目前的假名書寫系統。如「手綱」念タヅナ而「生綱」念キズナ、「心中」念シンジュウ或シンチュウ是很不合理的。 ・歷史假名書寫系統比較合理，但不應維持現況。不管需要花多久時間，都應將問題一個個地解決。
金田一京助 （1956）	・日本仍維持使用一千年前的書寫系統是因爲日語的特殊情況所致，而非一般狀況。 ・字音語的假名書寫相關問題：被問到念法等時，學童無法使用歷史假名書寫系統即刻應變回答。 ・日語表時制等的形式也產生了變化。英語的語言變化也許比日語大，但其差異程度並非全如福田先生所言。英語仍保有一部分的屈折變化。
福田恆存 （1956b）	・只要現代假名書寫系統依據現代語音書寫，就無法和純表音式假名書寫系統競爭。依據現代語音卻又不採用表音式，此原則令人費解。 ・文字並非用以表音而是用以表詞，不是爲了書寫用而是爲了閱讀。 ・現代假名書寫系統並非依照發音將「戶を」標示爲「とう」而是「戶を」，因爲其含有詞的概念。然而，那是歷史假名書寫系統的根本精神。 ・歷史假名書寫系統是個極爲合理的現代構詞文字書寫系統，但將其命名爲「歷史假名書寫系統」是不智之舉。 ・歷史假名書寫系統在日本中世和近世等無法順利推行是因爲當時學問和教育未普及，並非因其艱深難學。 ・將國語問題交由文部省此一行政機關處理是項錯誤的決定。尤其是文部省一意孤行強硬執行後，再期待學者改變看法以及輿論軟化的作法實在不恰當。

（畫有底線的論者爲歷史假名書寫系統派）

金田一和福田之間存在許多誤解，論點無交集。從論文標題亦可看出不少情緒化字眼，兩者也不斷地重申明治時期以來的表音派和表意表詞派的想法。此對立至今依然存在。

4. 未來展望

　　現今日本社會潛在性地面臨的國語問題可簡述如下（含今後預定的規劃）：

　　(a) 地位規劃：先住民族的語言問題。日本政府從未對日本的國語和官方語言表達明確立場。究竟日本該不該制定國語及官方語言？若欲制定，該選哪個語言？先住民族愛努語的社會地位又該如何定位？如果針對愛努語進行語言規劃，又該如何策劃？這些都是必須檢討的問題。近年來，以聯合國教科文組織（UNESCO）爲主的全球性網絡非常積極地關心少數民族語言問題（請參閱宮岡、崎山編2002）。

　　(b) 本體規劃。例如，文化審議會國語分科會（文化審議会国語分科会 bun ka shin gi kai koku go bun ka kai）2005年2月的報告「關於國語分科會今後應處理的課題（国語分科会で koku go bun ka kai de 今後取り組むべき課題について kon go to ri ku mu be ki ka dai ni tsu i te）」中，曾提及「關於敬語的具體方針訂定（敬語に関する具体的な指針作成について kē go ni kan su ru gu tai teki na shi shinsaku sē ni tsu i te）」、「因應資訊化時代的漢字政策（情報化時代に対応する漢字政策の在り方について jō hō ka ji dai ni tai ō su ru kan ji sē saku no a ri kata ni tsu i te）」等兩點。前者之所以被提及是因爲：(1)輿論調查結果顯示大多數人認爲今後亦須使用敬語，但事實上敬語的實際使用情形並不如使用意識高。(2)爲了推廣2000年答覆的「現代社會中的敬意詞語」，應制定具體的方針，以期能運用於實際對話。而後者被提及是因爲：(1)必須檢討當前的「常用漢字表」，以確認漢字是否能因應資訊化的速度。(2)應思考如何看待「手寫漢字」日趨減少一事。尤其後者必須摸索思考包含專有名詞等之綜合性漢字政策。

　　自2006年起長達五年，國立國語研究所大規模地實施「日本人的國語能力」調查。其包含漢字讀寫、文章理解、溝通能力、國語認知意識等調查項目，調查結果呈現新的國語問題。

　　(c) 普及規劃。例如，國語審議會負責的本體規劃中「常用漢字表」是：(1)針對法令、公用文件、報紙、雜誌、廣播等一般社會生活中所使用的國語而制定。(2)並非針對科學、技術、藝術等其他專業領域或個人所制定。長久以來，在教育界和傳播媒體的協助下進行推廣工作，截至目前爲止已累積一定成果。其中，初、中等教育界要求更全面徹底推廣，而作家等則

要求放寬限制，兩者意見對立。

　　另外，前述(b)國語分科會「關於國語分科會今後應處理的課題」中針對敬語的使用方針提出建議時，最好不要使用「正確用法」、「錯誤用法」等字眼，應改用「已被視爲慣用法」、「一般認爲適當的用法」、「不適當的用法」等詞句。然而，「不適當」的認定對於實際上使用該用法的人而言應該難以接受吧。如何讓使用者信服是一大課題（請參見練習題3）。

　　(d)語言規劃實施機關。在日本，長久以來各層級政府機關參與了國語政策。例如，目前關於漢字，JIS規格由經濟產業省，人名用漢字由法務省，常用漢字表等國語書寫則由文化廳負責。以往曾發生各單位溝通不足，以致無法快速解決問題的狀況（請參閱円満字2005）。另外，外來語替換問題等則由國立國語研究所負責。究竟由一個國家之中的哪個組織負責國語政策最好？在留意個別問題的同時，一方面模索組織結構該如何運作也是個重要的課題。

　　最後，文化廳國語課實施的『國語相關輿論調查』結果（請參見文化廳網頁），在思考今後課題之際，不失爲良好的參考依據。

練習與討論

1. 請調查歐盟的官方語言是如何決定的，以及其面臨何種問題。

2. 和本項目3.2小節提及的假名書寫系統論爭發生於同一時期，《實踐國語》（165号，1954年）期刊上亦如火如荼地展開「標準語教育論爭」。其爭論點在於從何時開始、用什麼方法、教什麼樣的日語。且由國語教育學及語言學專家（西尾実、東條操等人）針對近藤国一、簑手重則等各地國語教育者所提出的「標準語教育提問書（標準語教育に関する 質問 書）」闡述見解。請閱讀該論爭全文後，思考該如何處理此問題，並擬訂語言規劃。

3. 1995年出版的國語審議會審議期中報告「因應新時代的國語施策」中關於「見れる、起きれる」等「省略ra之詞（ら抜きことば）」（第5章5-2項目第3節）的部分，引述如下：

　　國語審議會應明示原本的用法及語言變化的事實，且同時言明使用共
　　通語的正式場合尚無法認同「省略ra之詞」。
　　請多方蒐集各界對此方針的意見，並參閱第5章的語言變化以進行探討。
4.請自白皮書及報紙、電腦等的使用說明書、保險契約書等找出難以理解
　的外來語及漢語。接下來，請思考你將如何處理這些詞彙（改用其他詞
　彙等）。可參考國立國語研究所「外來語替換提案（外来語言い換え提
　案）」網頁。

參考文獻（*爲基本文獻）

*イ・ヨンスク 1996『「国語」という思想』岩波書店

円満字二郎 2005『人名用漢字の戦後史』岩波新書

*大野晋・柴田武編 1977『岩波講座日本語9　国語国字問題』岩波書店

金田一京助 1953「現代仮名遣論―小泉信三博士へ―」『中央公論』4月

金田一京助 1955「かなづかい問題について＜福田恒存氏の『国語改良論
　　に再考をうながす』について＞」『知性』12月

金田一京助 1956「福田恆存氏のかなづかい論を笑う」『中央公論』5月

倉島長正 2002『国語100年―20世紀、日本語はどのような道を歩んできた
　　か―』小学館

*クルマス, F. 1987『言語と国家―言語計画ならびに言語政策の研究―』
　　岩波書店

桑原武夫 1953「みんなの日本語―小泉博士の所説について―」『文藝春
　　秋』4月

小泉信三 1953「日本語―平生の心がけ―」『文藝春秋』2月

*真田信治 1987『標準語の成立事情』PHP研究所

*渋谷勝己 1999「国語審議会における国語の管理」『社会言語科学』2-1

*鈴木康之編 1977『国語国字問題の理論』むぎ書房

*田中克彦 1981『ことばと国家』岩波新書

*田中克彦 2002『法廷にたつ言語』岩波現代文庫

*西尾実・久松潜一監修 1969『国語国字教育史料総覧』国語教育研究会
　　（3.2節的假名書寫爭論之相關論文皆收錄於此論文集中）

*林大監修 1982『図説日本語』角川書店

福田恆存 1955「國語改良論に再考をうながす」『知性』10月

福田恆存 1956a「再び國語改良論についての私の意見」『知性』2月

福田恆存 1956b「金田一老のかなづかひ論を憐れむ」『知性』7・8月

*福田恆存 2002『私の國語教室』文春文庫

文化庁 2006『国語施策百年史』ぎょうせい

*丸谷才一編著 1983『日本語の世界16　国語改革を批判する』中央公論社
　　（之後由「中公文庫」出版）

*宮岡伯人・崎山理編 2002『消滅の危機に瀕した世界の言語―ことばと文
　　化の多様性を守るために―』明石書店

*安田敏朗 1999『「国語」と「方言」のあいだ―言語構築の政治学―』人
　　文書院

*山住正己 1987『日本教育小史―近・現代―』岩波新書

*吉田澄夫・井之口有一編 1972『明治以降国語問題諸案集成上巻　語彙・
　　用語・辞典・国語問題と教育編』風間書房

*吉田澄夫・井之口有一編 1973『明治以降国語問題諸案集成下巻　文体・
　　語法・音韻・方言編』風間書房

*Cooper, R. L. 1989 *Language Planning and Social Change*. Cambridge University Press.

*Crystal, D. 2000 *Language Death*. Cambridge University Press.（斎藤兆史
　　・三谷裕美訳 2004『消滅する言語―人類の知的遺産をいかに守る
　　か―』中公新書）

*Fasold, R. 1984 *The Sociolinguistics of Society*. Basil Blackwell.

・雑誌『ことばと社会』（三元社）或*International Journal of the Sociology
　　of Language*（Mouton）等每期會針對各國的國語政策推出不同地區、
　　語言或主題的專輯。

網頁

国立国語研究所「外来語言い換え提案」　http://www.kokken.go.jp/public/
　　gairaigo/

文化庁　http://www.bunka.go.jp/（「国語施策情報システム」等）

8-2 日語政策

1. 研究對象

本項目將探討的語言規劃對象為非日語母語使用者。如同8-1項目,我們將介紹截至目前為止的語言規劃及其所受的批判。

日本向來被視為單一語言國家,因此專為非母語使用者進行語言規劃亦即策劃日語政策之必要性未曾受正視。然而,一方面由於旅日外國人人口增加(請參閱本書第4章4-2項目及第7章7-2項目、柳澤2002),另一方面近年來日語亦以各種型態進入其他國家,日本國內外因而策劃並實施了多樣的相關規劃,例如:

(a) 日本國內

　(a-1)針對留日學生的日語教育規劃

　(a-2)針對旅居日本的非日語母語使用者之日語規劃等

(b) 國外

　(b-1)針對海外教育機關的日語教育支援計劃

　(b-2)針對海外日裔社會的日語教育等之支援計劃

　(b-3)要求聯合國採用日語為官方語言之一的運動等

這些計劃的主辦單位規模大小依序為政府及政府相關機關(國際交流基金、國際協力機構、國際學友會等)、地方自治團體、學會、民間企業、學校、個人等。當然,在國外也有一些日語語言規劃乃由海外機關主導。

另外,亦有計劃試圖從與其他語言的關係為日語定位。例如,明治時代有人想將英語設定為日本的國語及官方語言;第二次世界大戰剛結束時亦有人提出使用法語的意見。無論其中哪個想法被採用,日語的使用領域皆將局限於日常生活。更甚者,近年來日語和漸成為世界共通語的英語之間的關係亦成為討論話題(鈴木1995、2000等),小渕惠三前首相的個人懇談會報告書(2000年)更建議「以長遠眼光來看,可考慮將英語設為第二官方語言」。

以下將針對國家及各種單位團體所策劃的語言規劃,於第2節整理研究問題所在,第3節介紹數個規劃的實例。最後,第4節將探討今後規劃的可行性。

2. 問題意識

　　本節將分別針對地位規劃（2.1小節）、本體規劃（2.3小節）、普及規劃（2.3小節）論述日語政策的問題點。

2.1 地位規劃

　　地位規劃有兩種：(1)針對日語與其他語言的關聯所進行的規劃。(2)針對居住於日本的非日語母語使用者的語言所進行的規劃。其中有些規劃並非直接以日語為對象，但針對日語以外的語言進行規劃的結果也間接地為日語找到定位，例如下列的語言規劃：

(1) 在世界諸語言中的日語定位之語言規劃

　　(1-1)將日語設定為聯合國等國際機構的官方語言之規劃

　　(1-2)使日語成為外語教育選項之規劃

(2) 針對居住於日本的非日語母語使用者之語言規劃

　　(2-1)關於教育、行政、司法等公共領域的語言規劃（企業或地方自治政府製作的商品說明書或簡介、賣場介紹、文件、站名與路名標識等使用何種語言，亦屬此類規劃）。

　　(2-2)關於非日語母語使用者日常生活中所使用的日語相關規劃

　　(2-3)與前述（2-2）相關聯，針對旅日外國人的母語或承繼語的教育規劃。

　　(1-1)的國際機構包含學會等國際性的集會、國際性的雜誌等。例如，現在大學等高等教育機構鼓勵學者使用英語發表論文，但若反過來將日語策劃為國際性學術語言，即屬此類規劃。(1-2)主要為國內外教育機構所舉辦的規劃。例如，海外的中高等教育機構或語言專門學校等是否將日語列為外語學習科目。其他例如第二次世界大戰結束前日語為日本殖民地的國語，當時在各殖民地所展開的國語推行政策即屬於本類型的地位規劃。

　　現今日本社會中，一方面日裔勞工、外籍勞工、越南難民、自中國歸國者等無法流利使用日語的居留者增加，另一方面生長於日本而不會說父母親母語的外國人第二代人數亦漸增，因此上述(2)的語言規劃顯得迫切與重要。無法流利使用日語的居留者處於資訊弱勢，其基本人權之一的語言權可

能受到威脅。因此，各地方政府或公共機構必須提供多語言服務。尤其，災害發生時的對應措施攸關人命，因此此類問題漸受重視。

2.2 本體規劃

關於日語的本體規劃，目前為止主要著眼於上述地位規劃中的(1-2)(2-2)等日語教育實際使用的日語規劃（詞彙、文法、語言行為等）以及(2-2)針對非日語母語使用者的特製日語之開發。關於前者，具體執行的本體規劃有教科書或教材製作，而後者則有野元菊雄所提倡的「簡約日語（簡約日本語）」（請參見練習與討論問題3）以及近年來以阪神大地震為鑑所開發出用以傳達災害訊息的「簡易日語（やさしい日本語）」。

2.3 普及規劃

截至目前為止，日本以各種方式推廣上述的地位規劃與本體規劃之內容。以日語教育為例，推行內容包含：①設置日語教育機構。②編撰教學計劃。③招募學生（及其宣傳）。④培育日籍或外籍日語教師、⑤海外師資派遣等。另外，應以何種態度進行普及規劃也是重要議題。現今的日語教育界，對國內外的日語教育採「支援」的立場。其原因在於日本曾於第二次世界大戰前及大戰期間，以皇民化教育之名，強迫台灣、韓國、密克羅尼西亞等當時的殖民地的人民學習日語並使用日語。

以下第3節將具體說明日語政策實例。3.1小節將回顧目前為止的日語政策，3.2小節介紹各地方政府的外語相關規劃（請參閱2.1小節地位規劃的(2-1)），3.3小節說明「簡易日語」（請參閱2.2小節本體規劃）。最後，3.4小節將概略說明國語審議會對日語國際化的看法。

3. 研究現況

3.1 日語政策史

如同前述8-1項目的國語政策，首先本小節將以年表方式，整理明治時期以後日語政策的重大議題。

表1 明治時期以後的日語政策足跡

1872（明治5）	政治家森有礼向耶魯大學語言學家W.D. Whitney徵求意見，詢問是否該採用簡略英語爲日本的官方語言
1894（明治27）	中日戰爭（-1895）
1895（明治28）	佔領台灣，開始實施日語教育
	東京大學教授上田萬年稱日語爲「普通語」，意謂普及東洋諸國皆通用的語言
1904（明治37）	日俄戰爭（-1905）
1910（明治43）	統治韓國，稱日語爲韓國國語
1914（大正3）	第一次世界大戰參戰。對德國宣戰。占領南洋群島，開始實施日語教育
1915（大正4）	向中華民國提出「對華二十一條條約」
1932（昭和7）	建立「滿州國」
1934（昭和9）	成立民間機構「國際文化振興會」，編撰日語教材、派遣教師赴海外
1935（昭和10）	成立外務省文化事業部關係機構「國際學友會」，支援來自亞洲各國的留學生
1937（昭和12）	盧溝橋事件，中日戰爭白熱化
1940（昭和15）	提倡「大東亞共榮圈」
	設置「日本語教育振興會」。發行雜誌《日本語》，培育日語教師等
1941（昭和16）	太平洋戰爭爆發
1942（昭和17）	大東亞建設審議會明示「大東亞共通語的日語」所扮演的角色
	於日本軍政下，開始於東南亞各國實施日語教育
1945（昭和20）	日本戰敗
1946（昭和21）	美國教育使節團赴日勸告採用羅馬字
1951（昭和26）	簽訂舊金山和平條約、日美安全保障條約
1953（昭和28）	聯合國教科文組織國內委員會提出《建議強化招收外國留學生體制》
1954（昭和29）	設立外國人公費留學生招募制度
1956（昭和31）	加入聯合國
1957（昭和32）	設置日本國際教育協會（現今的日本學生支援機構）以負責招收公費留學生（之後亦開始支援自費留學生、實施自費留學生統一測驗）
1959（昭和34）	設立海外技術者研修協會，招收來自海外的技術研修生

1964（昭和39）	文部省設置留學生課
1972（昭和47）	設置國際交流基金，承接國際文化振興會的業務
1974（昭和49）	國立國語研究所設置日本語教育部
	設立國際協力事業團（現今的國際協力機構）
1978（昭和53）	簽署中日和平友好條約
1980（昭和55）	國際交流基金於北京設置「日語研修中心」（1985年設置北京日本學研究中心）
1984（昭和59）	文部省發表「留學生10萬人計劃」
	日本國際教育協會及國際交流基金開始舉辦日語能力測驗
1988（昭和63）	日本國際教育協會開始舉辦日語教育能力檢定考試
1989（平成元）	國際交流基金開設日語國際中心
1990（平成2）	修訂出入境管理及難民認定法（出入国管理及び難民認定法（入管法）），設定「留學」「就學」「研修」「定居者」等資格審查標準。日裔勞工隨之增加
	文部省開始實施外國教育設施日語指導教員派遣事業（REX program）
2000（平成12）	國語審議會答覆「日語對應國際社會的方法」
	小渕惠三前首相的私人懇談會報告書中提議「以長遠眼光來看，可考慮將英語設爲第二官方語言」
2002（平成14）	日本國際教育協會實施日本留學考試
2004（平成16）	「国語学会」改名爲「日本語学会」

3.2 地方自治政府的地位規劃

　　關於前述2.1小節地位規劃(2-1)「公共領域的語言規劃」，本小節將舉例介紹地方自治政府所製作的生活指南的使用語言（圖1，井上2001:49）。

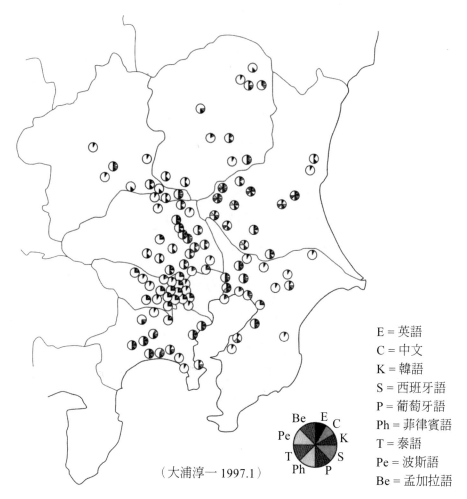

E = 英語
C = 中文
K = 韓語
S = 西班牙語
P = 葡萄牙語
Ph = 菲律賓語
T = 泰語
Pe = 波斯語
Be = 孟加拉語

（大浦淳一 1997.1）

圖1　備有以外語書寫的生活指南之市町村（不含都、縣、區）（井上2001:49）

　　從圖1可看出神奈川縣和東京北部的鐵路沿線使用英語、中文、韓語、西班牙語、葡萄牙語，而千葉縣東部和群馬縣等地則僅有英語。由此可見，外籍勞工人數愈多的鄉鎮，多語言服務愈完善（請參閱真田、庄司編2005等）。

　　各地方政府的多語言服務，雖然間接地影響日語的使用領域，但最直接影響到的是日語以外語言的語言規劃。另外還有一樣處於多語言狀況，卻不實施多語言服務，而是改變日語本身以期達成目的的語言規劃。例如，針對非日語母語使用者所設計的「簡易日語（やさしい日本語）」。

3.3 簡易日語

1995年1月17日清晨，發生了阪神大地震。日本關西地區受創嚴重，居住於當地的外國人也成了受災戶。尤其是日語能力不足的人，除了直接受到地震災害的影響外，地震發生後也因為無法完全理解電視或收音機廣播傳來的災害狀況或生活相關資訊報導而造成許多不便。因此，不少研究開始探討非日語母語使用者的緊急時期語言對策（真田等1996；佐藤2004；松田等2000等）。

此類型研究為了釐清問題點而實施各種調查，調查結果如下：

(a)關於災害資訊取得媒介，日語母語使用者主要收聽收音機，但非日語母語使用者則多收看電視。收音機的資訊，對非日語母語使用者而言非常難以理解。

(b)於地震發生後第5天成立外國人地震資訊中心，來電洽詢的使用語言以日語居多，緊接著依序為西班牙語、英語、中文、塔加路語（Tagalog language）、葡萄牙語以及韓語。

由此可見，災害發生時，需要透過收音機將訊息以數種語言傳播給日語能力不足的居民。不過，此舉可能面臨下列問題：(1)只能優先選擇使用人數較多的外語，難顧及使用者較少的語言。(2)難覓得能擔任發送資訊的人才。(3)要在有限的時間內使用數種語言發布訊息並非易事。因此，除了摸索如何使用多種語言傳播資訊之外，同時也必須思考如何讓日語能力不高的人也能理解以日語傳播的訊息，因而有了「簡易日語」的提案。

然而，「簡易日語」面臨如下問題：

(1)該以「簡易日語」傳播何種訊息？

(2)「簡易日語」本身應包含哪些語言項目？

針對這些問題，弘前大學研究團隊製作了《新版外國人急難救助手冊
（新版・災害が起こったときに外国人を助けるためのマニュアル）》
（請參見該大學網頁）。該手冊內容有：「1 供傳播媒體使用之簡易日語相關提案」、「2 以簡易日語製作海報或宣傳單等告示物實例」、「3 外國人平時即可使用的各機關聯絡簿及聯絡方法」、「4 簡易日語的說明及本手冊特色」。其中，「1 供傳播媒體使用之簡易日語相關提案」包含「1 傳播媒

體專用的緊急應變播報程序提案」、「2 傳播媒體專用的各種資訊播報提案」、「3 簡易日語造句法」。例如，緊急應變播報程序提案中的「災害發生～2分鐘」之間播放的用語如表2所示：

表2　緊急應變播報程序（弘前大學人文學部社會語言學研究室網頁）

簡易日語提案	內　容
這裡是○○（電台）（こちらは○○です）。	提供訊息
現在開始，為您播報地震消息（今から、地震についてお伝えします）。	地震
地震已經停了。請冷靜（地震はとまりました。落ち着いてください）。	
請注意頭部上方（頭の上に気をつけてください）。	注意週邊事物
請注意容易倒塌的物品（倒れやすいものに気をつけてください）。	
請立即關閉火源（すぐ火を消してください）。	火災
請關閉瓦斯總開關，避免瓦斯外洩（ガスの元栓をしめてください。ガスが出ないようにしてください。）	
正在開車的聽眾請注意（車を運転している人は気をつけてください）。	開車
正在開車的聽眾請將車停在道路左側（車を運転している人は、車を道の左に停めてください）。	
接下來可能還會再發生大地震（これから、大きい地震が起きるかもしれません）。	餘震
首先，請確保您自身的安全（まず、自分の体を守ってください）。	注意週邊事物
屋外可能有危險，確認安全後再往屋外逃（外は危ないかもしれません。外をよく見てから逃げてください）。	避難指示
屋外安全時，請到屋外（外が安全なとき、外に出てください）。	
避難時，請步行。逃難時，請用走的（避難するとき、歩いてください。逃げるとき、歩いてください）。	
一有地震最新消息，○○將立即為您播報。請隨時留意收音機或電視報導。請勿關機（○○は、地震について新しいお知らせがあるとき、すぐお伝えします。ラジオやテレビはいつもつけておいてください。消さないでください）。	提供資訊
請繼續收聽（このままラジオを聴いてください）。	

（表中的○○表電台名）

該手冊使用的日語特色爲：①日語約初級程度。②儘量改用簡單易懂用詞，無法變更的用詞（海嘯、餘震等）則直接使用並加以說明。③將句子縮短（於35字以內）。念這些句子時要注意：④放慢說話速度，一個詞一個詞清楚地發音。⑤片語間、句子間要停頓。⑥重複強調何時（時間）、在哪裡（地點）、誰、做什麼、「請……」、「請注意……」等字句。

此外，針對留學生進行聽力實驗結果發現，其對於報導內容相關問題的正確回答率分別爲，「簡易日語」90.7%（14分滿分，平均12.7分），一般日語29.3%（14分滿分，平均4.1分），差距懸殊（該手冊的解說）。另外，柴田（1999）中也探討了負責實際使用「簡易日語」進行報導的媒體機構之反應。

3.4 國語審議會答覆「日語對應國際社會的方法」

近年來，日本國內主張日語需國際化的聲浪高漲。自1990年代左右起，政府相關部門開始進行各項策劃。例如，文部省學術國際局召開的「日語教育推行政策調查研究協力者會議」於1993年的報告主題即爲「關於日語教育推行政策—邁向日語國際化—」。

針對此議題，2000年國語審議會回覆了「現代社會中的敬意詞語」、「表外漢字（表外漢字）^{hyō gai kan ji}[6]字體表」以及「日語對應國際社會的方法」。該回覆文開頭敘述「不要只考慮日本的利益或日語的推廣，而應思考日語該如何立足於今後世界的語言和文化中，日語該如何與世界的言語文化調和，進而對人類的繁榮與幸福有所貢獻。這是我們的基本態度。」並具體分項進行說明（如表3）。

---

[6] 譯者註：表外漢字（表外漢字^{hyō gai kan ji}）指未收錄於「常用漢字表^{jō yō kan ji hyō}」之漢字。

表3　2000年國語審議會答覆「日語對應國際社會的方法」

Ⅰ　國際社會中的日語

　1　國際社會與語言

　2　國際社會中日語的定位

　3　推廣日語至國際社會的基本想法

Ⅱ　日語國際化推廣方針

　1　加強對世界各國發送訊息

　　(1) 對世界各國發送各種訊息的必要性

　　(2) 充實供給資訊網絡之資訊

　　　①關於日本與日語的訊息

　　　②透過日語傳達的訊息

　　(3) 從語言資訊交流的必要性看口譯與翻譯的重要性

　　　①口譯重要性提高與充實口譯教育的必要性

　　　②進行機器翻譯研究開發的必要性

　　　③建立支援各地區生活所需資訊傳達制度之必要性

　2　符合各種日語學習需求的學習支援

　　(1) 日本國內學習支援

　　(2) 海外學習支援

　　(3) 強化國內外學習支援基礎

　　　①建構國內外日語教育機構及相關人員得以攜手合作之體制

　　　②開發使用新型態資訊媒體輔助課程教學之方法

　　　③外籍日語教育師資培育

　3　強化日本人語言能力以因應國際化

　　(1) 從國際角度看日本人語言使用的特徵及問題點

　　(2) 因應新時代的日本人語言能力

　　　①語言溝通能力之重要性

　　　②因應國際化的語言教育方式

Ⅲ　國際化所伴隨的其他日語問題

　1　外來語、外語增加問題

　　(1) 外來語、外語增加現況與問題點

　　(2) 對外來語、外語增加問題的看法

　　(3) 公家機關及媒體等對外來語、外語的處理方式

　2　姓名的羅馬字標記問題

　　(1) 姓名羅馬字標記的現況

　　(2) 對姓名羅馬字標記的看法

　　整體而言，仍有許多項目內容稍嫌抽象。不過，有些項目則有具體建議，例如Ⅲ-2-(2)姓名羅馬字標記，建議以「姓－名」順序書寫。另外，關於Ⅱ-1-(3)-③「建立支援各地區生活所需資訊傳達制度之必要性」，如本項目3.2小節或3.3小節所述，雖然不是政府主導的規劃，但有些嘗試已顯現具體成效。而Ⅲ-1-(3)「公家機關及媒體等對外來語、外語的處理方式」則具體地針對各個用詞判斷其為「不須變更繼續使用」、「替換」、「依照需要，標明注釋等使其易於理解」。其中，外來語的「替換」已由國立國語研究所進行具體方案的策劃（請參閱8-1項目第4節）。順帶一提，關於日語的國際化議題，國立國語研究所已針對世界各國對日語的看法進行調查研究（江川、米田1999、2003）。

4. 未來展望

　　前述的表3已大致網羅了目前日語政策的問題點中，政府或政府相關機構應考量的面向。本小節將擴大語言規劃的主體及觀點，論述今後應探討的議題。

　　(a) 國家政策。現今日本社會有以各種語言為母語的居民，究竟該如何確保其語言權，此為極重要議題。例如，醫療、教育、福祉、司法等場合究竟該使用何種語言進行溝通？其面臨的問題為何？皆應詳細調查、釐清問題點，以思索解決方案。歐美各國，政府與社會語言學者合作共同努力設法解決此類問題。這一點，日本顯然落後許多。論其箇中原因在於日本基本上認為即使是以研究為目的，為保護隱私權，不宜對外公開相關訊息。

　　(b) 地方自治政府、民間企業等的政策。關於日語或其他語言，目前為止可見不少以各地方自治政府、民間團體、教育機構及個人商店等大小規模不同的單位實施語言規劃（伊東1999；岩見2002；野山2002；深澤1994；松本2004等）。應該實際調查這些單位團體所實施的規劃內容為何？負責規劃的各單位團體間的聯繫狀況如何？（田島1997；西尾1997等）等問題，以釐清其問題點。

　　(c) 現今日語政策之回顧。為了思考今後方向，首先應如関（1997）或関、平高（1997）般地整理回顧現今的日語政策。尤其為思考第二次世界

大戰前及大戰期間日本所統治的殖民地或占領地今後和日本的外交關係，更應積極地瞭解當時在該地區所實施的日語政策（朝日新聞社編1942；川村1994；木村編1991；倉沢編著1997；駒込1996；多仁2000；安田1997a、1997b等。亦請參見三浦、糟谷2000）。

　　(d) 從語言管理的觀點探討語言問題。語言管理是ネウストプニー（1985、1995等）所提倡的概念。當溝通的過程中遇到非預期或脫離規範（抑或溝通不順利）的狀況時，人們都如何解決？此問題處理過程即為語言管理，仔細觀察其細部內容為其一大特色。語言管理的進行步驟可整理如下：①脫離規範。②留意到該現象。③脫離規範的行為受評價。④選擇調整方式。⑤實施調整方式。以3.3小節的「簡易日語」為例，其語言管理過程為：災害發生後，①無法順利傳播資訊給日語非母語使用者。②語言研究者發現該問題。③該問題被認定為需立即解決的重大問題。④調查結果發現必須制定「簡易日語」。⑤制定「簡易日語」。

　　我們每個人於日常生活中亦執行各種的語言管理。例如，大學入學後要選修哪個外語課程，亦或要聽廣播學哪種語言等屬於地位規劃或管理。又如和友人、老師、幼兒等對象說話時，需先判斷該用什麼語言，或者說出後發現不適當而加以修正，此屬本體規劃或管理的行為。本書第2章的語言行動或第7章的語言習得的過程等也多少含有此種語言管理問題。對探討社會中語言和語言之間問題的社會語言學而言，以語言管理的觀點重新檢視本書所論述的項目亦為解析問題點的有效方法。

練習與討論

1. 關於要求聯合國採用日語為官方語言之一的運動，具體地在哪裡舉行過什麼樣的運動？推動者遇到什麼困難？請利用報紙或網路進行資料蒐集。
2. 請調查分析地名和站名的標識、商品說明書、行政相關書面資料或指南手冊分別採用何種語言書寫。
3. 下列為野元菊雄（野元1992等）所提案的「簡約日語」制定方針。請針對野元的方針及中右（1988）的反對意見提出你的批判意見。

〔方針〕

(1)階段性地增加新項目

(2)詞尾統一爲「で^{de}す^{su}」「ま^{ma}す^{su}」有禮貌的説法

(3)動詞詞尾變化，第一階段限定使用連接「ま^{ma}す^{su}」的連用形

(4)動詞詞尾變化階段性地依序增加：連用形＋「て^{te}」形、終止形或連體形、假定形、未然形

(5)詞彙選用以動詞爲主的2,000詞，第一和第二階段各教1,000詞

(6)一個單詞的語意最多教三個，同時也要教漢字

參考文獻 （*爲基本文獻）

朝日新聞社編 1942『国語文化講座6　国語進出編』朝日新聞社

伊東祐郎 1999「外国人児童生徒に対する日本語教育の現状と課題」『日本語教育』100

*井上史雄 2000『日本語の値段』大修館書店

*井上史雄 2001『日本語は生き残れるか－経済言語学の視点から－』PHP新書

岩見宮子 2002「地域日本語支援コーディネーター研修について」『日本語学』21-6

江川清・米田正人 1999「日本語観国際センサス」『日本語学』18-4

江川清・米田正人 2003「『日本語観国際センサス』の実施」『日本行動計量学』30-1

川村湊 1994『海を渡った日本語』青土社

*木村宗男編 1991『講座日本語と日本語教育15　日本語教育の歴史』明治書院

倉沢愛子編著 1997『南方特別留学生が観た戦時下の日本人』草思社

*クルマス, F. 1993『ことばの経済学』大修館書店

駒込武 1996『植民地帝国日本の文化統合』岩波書店

佐藤和之 2004「災害時の言語表現を考える」『日本語学』23-10

*真田信治・庄司博史編 2005『事典　日本の多言語社会』岩波書店

真田信治他 1996「リレー連載・非常時におけるコミュニケーション(1)〜(6)」『月刊言語』25-1〜5，8

柴田実 1999「『やさしい日本語』は報道メディアの現場で実際に使えるか」『月刊言語』28-8

鈴木孝夫 1995『日本語は国際語になりうるか－対外言語戦略－』講談社学術文庫

鈴木孝夫 2000『英語はいらない!?』PHP新書

*関正昭 1997『日本語教育史研究序説』スリーエーネットワーク

*関正昭・平高史也 1997『日本語教育史』アルク

田島弘司 1997「日本語教育行政の連携の可能性を探る」『日本語学』16-5

多仁安代 2000『大東亜共栄圏と日本語』勁草書房

中右実 1988「『簡約日本語』を問う」『日本語学』7-9

西尾珪子 1997「日本語教育政策推進のための連携を考える」『日本語学』16-5

ネウストプニー, J. V. 1985「言語計画のパラダイムをめざして」林四郎編『応用言語学講座3　社会言語学の探求』明治書院

ネウストプニー, J. V. 1995「日本語教育と言語管理」『阪大日本語研究』7

野元菊雄 1992「簡約日本語」『文林』26　松蔭女子学院大学

野山広 2002「地域社会におけるさまざまな日本語支援活動の展開」『日本語学』21-6

深澤博昭 1994「地域における日本語教育推進の構想」『日本語学』13-7

松田陽子・前田理佳子・佐藤和之 2000「災害時の外国人に対する情報提供のための日本語表現とその有効性に関する試論」『日本語科学』7

松本妙子 2004「外国籍住民への日本語支援の現状と問題点－地域の外国籍住民に対する先進的言語政策の構築を目指して－」『熊本大学留学生センター紀要』8　熊本大学留学生センター

三浦信孝・糟谷啓介 2000『言語帝国主義とは何か』藤原書店

安田敏朗 1997a『植民地のなかの「国語学」－時枝誠記と京城帝国大学を
　　めぐって－』三元社

*安田敏朗 1997b『帝国日本の言語編制』世織書房

柳澤好昭 2002「数字で見る日本の外国人」『日本語学』21-6

網站

海外技術者研修協会　http://www.aots.or.jp/

国際協力機構　http://www.jica.go.jp/Index-j.html

国際交流基金　http://www.jpf.go.jp/j/index.html

日本国際教育支援協会　http://www.jees.or.jp/

入国管理局　http://www.immi-moj.go.jp/

弘前大学人文学部社会言語学研究室　http://human.cc.hirosaki-u.ac.jp/koku-
　　go/

索 引

( )內的文字爲原書日文，後方爲英文用語，( )後的數字爲所在頁碼。

後 記

　　現今所刊行的語言學教科書，標題多含「入門」「序說」「概論」等字眼，且大多數內容為基本觀念之解說、以往研究之介紹等。無論是何種內容，讀者皆處於被動之立場，以務求內容之理解。

　　本書以《展望》入題，一如字面意義所示，期能展望過去到未來之研究演變，並以提示今後此領域亟待研究之課題或易於理解之研究方法為職志。正因如此，本書花了許多篇幅撰寫「問題意識」、「未來展望」各節，並設定「練習與討論」呈現研究課題。

　　我們這樣的嘗試是否成功，留待讀者們評斷。但只要能多一位讀者對社會語言學（或對語言相關的社會問題）感興趣，筆者們都莫感榮幸。因此，若對本書有任何意見或感想都還望不吝告知。

　　本書之撰寫，除序章由編者擔任外，其他各章節乃由末尾頁所示33位執筆者負責。筆者群共分初稿撰寫者以及補充修改者兩組，而各單元項目則由兩組中各選一名，分別各有二名負責之形式進行。此二名完成之各單元項目原稿交由渋谷勝己氏負責整合，日高水穂氏則負責引用文獻或引用內容之編輯，最後再將所有原稿交回編者與全體執筆者進行確認。索引的製作乃由舩木礼子擔綱。

　　此外，日語書寫方式的統一、圖版的製作則仰賴日高みはる氏的協助，而くろしお出版社的福西敏宏氏除了給予諸多建言外，更耐心等候我們進度落後的原稿，在此一併銘謝。

2006年2月24日

真田信治

編 者

真田信治（Shinji SANADA）

　　1946年生於富山縣東礪波郡上平村（現今的南砺市）。金澤大學
　　畢，東北大學大學院（研究所）修了。大阪大學文學博士。曾任
　　國立國語研究所研究員、大阪大學教授等，現任奈良大學教授、
　　（台灣）東吳大學客座教授。著有《地域語への接近—北陸をフ
　　ィールドとして—》（秋山書店1979年）、《地域言語の社会言
　　語学的研究》（和泉書院1990年）、《地域語のダイナミズム》
　　（おうふう1996年）、《方言は絶滅するのか—自分のことばを
　　失った日本人—》（PHP研究所2001年）、《方言の日本地図—
　　ことばの旅—》（講談社2002年）等。

執筆者

　　朝日祥之、李吉鎔、井上文子、遠藤仁、太田有多子、生越直
　　樹、尾崎喜光、オストハイダ　テーヤ、金澤裕之、簡月真、北
　　村武士、金美善、渋谷勝己、高木千恵、田原広史、陳於華、辻
　　加代子、都染直也、鳥谷善史、中井精一、ナカミズ　エレン、
　　西尾純二、新田哲夫、野呂香代子、日高水穂、舩木礼子、彭国
　　躍、松丸真大、水野義道、村上敬一、村中淑子、余健、ロング
　　　ダニエル

國家圖書館出版品預行編目資料

社會語言學展望/真田信治編著；簡月真，
黃意雯，蔡珮菁譯. －－初版. －－臺北市：
五南，2015.09
　　面；　公分
ISBN 978-957-11-8175-2（平裝）

1.社會語言學

800.15　　　　　　　　　104011256

1XOD

社會語言學展望

編　　者－ 真田信治

譯　　者－ 簡月真　黃意雯　蔡珮菁

發 行 人－ 楊榮川

總 編 輯－ 王翠華

主　　編－ 朱曉蘋

封面設計－ 童安安

出 版 者－ 五南圖書出版股份有限公司

地　　址：106台北市大安區和平東路二段339號4樓

電　　話：(02)2705-5066　　傳　　真：(02)2706-6100

網　　址：http://www.wunan.com.tw

電子郵件：wunan@wunan.com.tw

劃撥帳號：01068953

戶　　名：五南圖書出版股份有限公司

法律顧問　林勝安律師事務所　林勝安律師

出版日期　2015年9月初版一刷

定　　價　新臺幣350元